Chère lectrice,

En ce beau mois de mai, je suis particulièrement heureuse de vous emmener à Londres, sur les pas d'Isobel et du cheikh Tariq (*Un si troublant tête-à-tête* de Sharon Kendrick, Azur n° 3472). Isobel se croit immunisée contre le charme légendaire de son patron, mais lorsqu'ils sont amenés à partager l'intimité du petit cottage qu'elle possède à la campagne, elle devine que rien ne sera jamais plus comme avant. Et si cette jeune Anglaise, aussi impétueuse qu'indépendante, pouvait conquérir le cœur du plus arrogant des cheikhs ?

Et pour celles d'entre vous qui ne jurent que par le soleil méditerranéen, le deuxième tome de votre merveilleuse saga, « La fierté des Corretti », vous fera découvrir le cadre enchanteur de la Sicile. Dans *La fiancée de Luca Corretti*, Sarah Morgan a imaginé des héros hors du commun, vibrant de vie et de passion. La belle Taylor Carmichael et le sulfureux Luca Corretti ont tous deux d'excellentes raisons de se prêter au jeu des fausses fiançailles, mais ce qu'ils ne pouvaient pas prévoir, c'est que de cette troublante comédie naîtrait un bouleversant amour…

Je vous souhaite une excellente lecture !

La responsable de collection

Un envoûtant milliardaire

*

Exquise revanche

CHRISTINA HOLLIS

Un envoûtant milliardaire

collection Azur

éditions HARLEQUIN

Collection : Azur

Cet ouvrage a été publié en langue anglaise
sous le titre :
THE RUTHLESS ITALIAN'S INEXPERIENCED WIFE

Traduction française de
ANNE DAUTUN

HARLEQUIN®
est une marque déposée par le Groupe Harlequin

Azur® est une marque déposée par Harlequin S.A.

ÉDITIONS HARLEQUIN

83-85, boulevard Vincent-Auriol, 75646 PARIS CEDEX 13.
Service Lectrices — Tél. : 01 45 82 47 47
www.harlequin.fr

ISBN 978-2-2803-0685-0 — ISSN 0993-4448

1.

Dehors, les éléments se déchaînaient. Soudain alertée par une odeur de brûlé, Cheryl se leva vivement de son fauteuil pour examiner la chambre. Elle découvrit vite la source du désagrément : sur le chevet du lit de Vettor, l'ampoule de la vieille lampe allumée était couverte d'une pellicule de poussière qui se carbonisait sous l'effet de la chaleur. Elle essuya le verre avec un mouchoir en papier, puis tenta de se convaincre qu'elle n'avait pas de raisons de s'angoisser.

Pourtant, elle était seule, dans un pays étranger, livrée à elle-même dans une villa délabrée — un lieu à donner la chair de poule —, au chevet d'un petit garçon malade. Elle se pencha vers ce dernier et épongea son visage brûlant avec un linge humide et frais. Elle voulait transmettre une sensation de calme à Vettor, et non le perturber avec sa propre inquiétude.

Un sentiment d'impuissance l'avait envahie lorsqu'on avait annoncé à la radio qu'une violente tempête estivale se dirigeait vers Florence. Les domestiques de l'équipe de jour avaient déjà regagné leurs foyers à ce moment-là. Cependant, la présence du gardien et sa femme, qui résidaient en permanence à la villa Monteolio, avait insufflé à Cheryl un sentiment de sécurité. Mais à peine l'orage s'était-il abattu sur la Toscane que l'épouse du gardien avait reçu sur la tête une tuile, emportée du toit par le vent. Son mari s'était hâté de la conduire à l'hôpital. Cheryl était maintenant tout à fait seule, sans autre compagnie que Vettor.

Une fois de plus, elle survola du regard la vaste chambre du rez-de-chaussée, afin de prendre des repères. Elle anticipait une panne d'électricité et voulait le cas échéant pouvoir trouver son chemin dans l'obscurité. La tourmente faisait rage depuis des heures et de nombreuses sautes de courant lui avaient déjà fait craindre le pire. Dans cette vieille demeure campagnarde, une panne lui semblait inévitable. Si seulement cet endroit était moins sinistre...

Son regard se posa sur une sculpture : un ange de pierre muni d'un bouclier. Dressé sur un rebord, il regardait son jumeau, érigé sur le mur opposé. Ce deuxième ange était décapité, brisé au ras des épaules. Une cassure récente semblait-il, car en surface la pierre était claire et friable. De temps à autre, des fragments tombaient sur le sol dallé.

Cheryl se remémora les avertissements des domestiques, ce matin-là : « Quoi qu'il arrive, ne contrariez surtout pas le *signor* Rossi, lui avaient-ils murmuré d'un air inquiet. C'est un démon travesti en homme. » Sur le moment, elle avait ri, croyant à une plaisanterie. Elle ne riait plus, à présent.

Une nouvelle bourrasque assaillit la maison. Les volets et les portes se mirent à grincer et à branler sur leurs gonds en un chœur diabolique. Le vent s'engouffra dans les fissures et lézardes de la vieille villa. De nouveau, l'intensité du courant diminua. Des ombres enveloppèrent les anges de pierre.

Cheryl se cramponna au bras du fauteuil sur lequel elle comptait passer sa première nuit ici. A dire vrai, il semblait grotesque d'envisager le moindre repos dans cette tempête infernale ! Le fauteuil fut agité d'une sorte de soubresaut, et elle laissa échapper un cri étranglé. Y avait-il des tremblements de terre en Italie ? Elle ignorait la réponse, mais la vie lui avait appris à se préparer au pire...

Elle promena son regard autour d'elle et, tant bien que

mal, se convainquit que les lieux étaient bâtis pour durer. Peut-être devrait-elle monter jeter un coup d'œil dans la pièce du dessus, afin de s'assurer que rien ne menaçait de s'écrouler et de transpercer le plancher pour atterrir sur le lit de Vettor…

Mais que se passerait-il si le petit garçon se réveillait pendant qu'elle était à l'étage, ou si une coupure d'électricité se produisait juste à ce moment-là ? Elle ne voulait pas que Vettor se trouve seul plongé dans le noir. C'était pourquoi elle avait posé sur le chevet la lampe antédiluvienne qu'elle avait dénichée, sans songer à la dépoussiérer.

Elle était prête à parier qu'il y aurait une panne de courant dès qu'elle quitterait la chambre, comme par hasard… Pourtant, si tel n'était pas le cas et que Vettor ouvrait les yeux en son absence, la lumière de la lampe le rassurerait jusqu'à son retour, n'est-ce pas ?

Indécise, Cheryl hésitait toujours à monter au premier étage. Elle guetta avec inquiétude une nouvelle vibration du fauteuil ; celui-ci ne bougea pas. Après un temps, elle se décida à s'y rasseoir. Quelle serait la prochaine alerte ? Dehors, pendant toute la soirée, les tuiles étaient tombées comme des feuilles.

Lors de son entretien d'embauche pour ce nouveau job, elle avait pourtant été prévenue : la vieille demeure, en cours de restauration, était un véritable chantier. « Un chaos », selon le DRH du *signor* Rossi. Malgré tout, à la vue des trouées dans la toiture, elle avait reçu un choc. La pluie devait y ruisseler de toutes parts en ce moment. Combien de temps faudrait-il pour que les plafonds de l'étage supérieur commencent à gonfler et à se déformer ?

Une tournée d'inspection s'imposait. Il fallait évaluer la situation au lieu de rester à se ronger les sangs. Mais d'un autre côté, que pourrait-elle faire si elle découvrait de graves dégâts ? Aucun ouvrier ne tenterait de venir jusqu'ici par ce temps et à cette heure ! Cheryl décida donc de ne pas quitter le petit garçon dont elle avait la charge.

Le reste attendrait. De toute façon, ce n'était pas son problème. Et elle avait déjà bien assez de soucis comme ça.

Pour elle, le travail était un refuge, une arme contre la souffrance. Ce poste en Italie était censé l'aider à oublier le désastre de son existence. Comme ses parents ne manquaient aucune occasion de lui renvoyer à la figure son récent échec sentimental, elle avait quitté l'Angleterre pour repartir d'un bon pied. Le passé pouvait réellement la faire souffrir. Mais voici que le présent aussi l'assaillait de toutes parts…

Dehors, un fracas épouvantable se fit entendre, dont l'écho se répercuta dans l'atmosphère lugubre. Cheryl bondit de son siège. La lampe s'éteignit. Des éclairs grésillants et bleutés inondaient la chambre à travers les persiennes. Elle se précipita à la fenêtre et regarda entre les lames, plissant les paupières sous les éclats de lumière aveuglants. La tempête avait arraché un des grands arbres du chemin défoncé de la villa ; ses branches tressautaient sur la ligne électrique, faisant jaillir dans les ténèbres de vives étincelles qui illuminaient la pluie battante.

Cheryl sortit son portable. Lorsque le gardien avait dû quitter les lieux, elle lui avait demandé un annuaire et avait programmé une série de numéros d'urgence. « J'ai été bien inspirée ! », pensa-t-elle. Il lui fallut un temps fou pour joindre la compagnie d'électricité. L'opérateur lui expliqua que la moitié du secteur avait des problèmes cette nuit et promit d'envoyer quelqu'un aussi vite que possible ; cependant, il ne put préciser la durée de l'attente.

A l'autre bout de la chambre, la petite voix enrouée de Vettor se fit entendre. Délaissant aussitôt son portable, Cheryl se rua vers le lit. Le petit garçon de trois ans avait les yeux brillant de fièvre. Cheryl lui épongea le front avec un sourire le plus enjoué possible.

— Vettor, c'est moi, Cheryl. Tu te rappelles ? Je suis ta nouvelle nounou. Nous sommes chez ton oncle Marco. J'ai essayé de le joindre au téléphone pour qu'il vienne.

Son petit patient resta sans réaction. Elle lui apporta un verre d'eau et le fit boire après avoir une fois encore rafraîchi son visage et ses mains avec une serviette mouillée.

— Il est sûrement très occupé, dit tristement Vettor. Il n'est jamais libre.

Cela fit tant de peine à Cheryl qu'elle n'osa même pas regarder le garçonnet. Elle songea aux nombreux messages qu'elle avait laissés à la secrétaire de Marco Rossi, tous restés sans réponse.

— Ton oncle travaille dur, observa-t-elle.

C'était même, selon toute apparence, un bourreau de travail. Elle se remémora la succession de secrétaires auxquelles elle avait eu affaire depuis qu'elle avait répondu à l'annonce parue dans *The Lady*. Elle s'était entretenue avec une demi-douzaine de gens, mais jamais le patron en personne. Quel genre d'homme était donc Marco Rossi pour recruter une nounou pour son neveu orphelin sans chercher à savoir personnellement qui s'en occuperait ? Un homme capable d'ignorer ses appels urgents. Un homme que ses employés redoutaient et prenaient pour un démon.

Elle rajusta les draps sur le petit corps fiévreux de Vettor.

— On a annoncé à la radio que les routes sont coupées sur des kilomètres à la ronde dans la région, à cause du mauvais temps. Ton oncle est sûrement bloqué quelque part.

Heureusement, son petit patient sombra de nouveau dans un sommeil fiévreux. Elle ne serait pas obligée de tricher sur ce sujet embarrassant. « Il faut juste que je tienne le coup jusqu'à ce que quelqu'un arrive », se dit-elle.

Cheryl tressaillit en entendant claquer une porte. Vivement le jour ! Il se lèverait dans quelques heures, et tout irait mieux, sans doute. Alors qu'elle tentait ainsi de se rassurer, une nouvelle bourrasque se déchaîna contre la maison dont toutes les vitres tremblèrent. Soudain, une voix humaine perça à travers le vacarme. Sous le choc, Cheryl bondit une nouvelle fois de son fauteuil. On tambourinait contre la porte d'entrée ! Sans doute les électriciens. Quel soulagement ! Elle souhaitait ardemment que le courant soit rétabli, pour le bien-être de Vettor.

S'étant assurée que le petit garçon dormait toujours, elle prit une torche et s'orienta tant bien que mal dans la vieille maison sinistre, contente d'atteindre le couloir sans trop tâtonner.

Les arcs électriques intermittents provenant de la ligne endommagée, qui trouaient les ténèbres, faisaient danser des ombres chaotiques dans le vaste vestibule. Cheryl ne songea même pas à s'en alarmer : elle courut jusqu'à l'imposante porte en chêne clouté et l'ouvrit.

— Dieu merci, vous voilà ! s'écria-t-elle à la vue d'une impressionnante silhouette.

Au même instant, le tonnerre gronda, tout proche. Cheryl sursauta, laissa échapper sa torche, et échoua dans les bras de l'inconnu.

Alentour, le vent hurlait et se déchaînait, soulevant un tourbillon furieux de feuilles et brindilles. Mais Cheryl n'y prenait pas garde. L'électricien la tenait serrée contre lui. D'instinct, elle sentait qu'elle était à l'abri. Le nouveau venu la protégeait de son corps, la joue contre sa tête.

— Chut… *Lei è al sicuro con me*, murmura-t-il d'une voix calme.

Il était si apaisant qu'elle en oublia ses peurs anciennes comme sa terreur récente. Pourtant, la réalité ne tarda pas à reprendre ses droits, et la voix de la raison s'éleva en elle : « Seigneur ! Mais qu'est-ce que je fabrique ? »

— Désolée, dit-elle en tentant de s'écarter. Mon italien est rudimentaire…

— Dans ce cas, je parlerai anglais. Cela va-t-il mieux ainsi ?

Cheryl se détendit aussitôt. C'était exactement ce dont elle avait besoin, si loin de son pays : entendre sa langue maternelle.

— Mieux ? C'est merveilleux ! affirma-t-elle avec élan.

Elle était en Italie depuis moins de vingt-quatre heures, mais il lui semblait déjà que sa tête allait éclater : il était épuisant de chercher ses mots, d'en mémoriser de nouveaux, de devoir recourir à un manuel d'aide à la conversation pour s'exprimer. De plus, elle avait dû se familiariser avec ses nouveaux collègues, s'acclimater à un endroit inconnu et, dans le même temps, s'occuper d'un enfant atteint de la scarlatine.

— Veuillez me pardonner ce cri du cœur, *signor*... Je dois vous paraître stupide. Le maître de maison tenait à engager une Anglaise, et comme tout le monde ici a très peur de lui, semble-t-il...

L'inconnu inclina sa tête brune ; Cheryl entendit un son léger qui évoquait un rire.

— Ne vous inquiétez pas, il n'y a pas lieu de s'excuser. C'est le pire orage que j'aie jamais vu, dit l'inconnu avec amusement. Le gardien n'est pas là ?

— Il a dû se rendre à l'hôpital parce que...

Elle s'interrompit comme un nouveau tourbillon d'une fraîcheur automnale les environnait ; elle eut un frisson. Loin de la relâcher, l'homme resserra son étreinte. Il la ramena sur ses pas, vers l'intérieur de la maison, et Cheryl se laissa reconduire à travers le vestibule enténébré. Enfin, elle n'était plus seule pour affronter cette horrible tempête, dans cette vieille demeure délabrée pleine de bruits étranges, et cela suffisait pour qu'elle parvienne à refouler sa panique coutumière face à une virilité aussi affirmée.

Un nouveau claquement sonore retentit : la porte venait de se refermer. Toujours blottie contre son sauveur, Cheryl frémit à peine : c'était l'électricien, sans doute, qui avait repoussé le battant d'un coup de pied, se raisonna-t-elle. A présent que les bruits du vent et de la pluie torrentielle étaient assourdis, elle avait les idées plus claires. C'était paradoxal car la haute silhouette de l'homme l'enveloppait, ses mains avaient la puissance d'un étau, et elle pouvait à peine bouger. Il était trempé, dégoulinant de pluie. Pourtant, elle se cramponnait à lui. C'était insensé… mais plus fort qu'elle ! Elle acceptait l'étreinte d'un inconnu. A sa décharge, songea-t-elle, elle n'avait jamais connu, et ne connaîtrait sans doute plus jamais une pareille tempête.

— Allons, allons, tout va bien, maintenant, murmura le visiteur d'une voix basse et musicale, aux accents lents et graves.

Il la fit pivoter face à lui, lui caressa le dos avec douceur.

Cheryl tiqua, rattrapée par la peur. Ce n'était pas seulement à cause de l'ouragan : les souvenirs du passé, de Nick, remontaient dans sa mémoire. Et son esprit lui soufflait d'être sur ses gardes, de repousser cet inconnu. Pourtant, elle restait figée.

Soudain, un nouveau coup de tonnerre se répercuta au-dessus de leurs têtes. Elle lâcha un cri. La main de l'homme, se posant sur sa nuque, amena son visage tout contre son torse. Il murmura à son oreille avec douceur. Il lui caressa de nouveau le dos, et elle sentit à travers son T-shirt la tiédeur et la fermeté de sa main. Elle percevait une odeur de lin humide et de bois, mêlée à une senteur qu'elle ne parvenait pas à identifier — une fragrance sauvage, musquée. Gagnée par la tension, elle se raidit, prête à prendre la fuite. Son cœur s'était emballé, la tête lui tournait.

— Chut… Tout va bien. Je suis là, maintenant.

Ces mots l'enveloppèrent comme du velours ; toutefois, son instinct lui souffla de s'écarter.

— Non. Je ne peux pas. Lâchez-moi ! Je dois rejoindre mon… mon petit garçon et…

Elle n'acheva pas sa phrase. Quelque chose, dans la force silencieuse de cet homme, lui soufflait qu'à dater de cet instant c'était lui qui menait la danse.

— Je suis là, redit-il.

On sentait un effort dans sa voix, comme s'il prenait soin de n'exprimer aucune émotion particulière.

— Avec ce temps épouvantable, il y a des câbles électriques endommagés un peu partout. J'ai été pris dans un embouteillage. Il y avait tant de routes barrées que j'ai dû abandonner ma voiture et couper à travers la campagne. Un fermier du coin m'a emmené dans son véhicule pendant une partie du chemin, mais en contrebas de la propriété le carrefour est inondé. J'ai dû escalader le mur et poursuivre à pied.

— Par ce temps ? fit Cheryl en tressaillant.

Elle renversa la tête en arrière pour le regarder. Un zigzag de lumière, jaillissant à travers une fenêtre, éclaira et mit en relief ses traits vigoureux. Elle entrevit son sourire, l'éclat de ses dents blanches. Cette brève vision lui révéla qu'il aimait relever les défis.

— J'ai pris un raccourci à travers bois, précisa-t-il.

« C'est sans doute pour ça qu'il sent les aiguilles de pin et le chèvrefeuille », pensa-t-elle. En d'autres circonstances, elle aurait savouré l'odeur qui s'attardait sur ce grand corps solide de travailleur. Mais là elle n'osait pas s'y autoriser.

— Vous êtes fou, ma parole ! s'écria-t-elle, sous l'effet d'une peur rétrospective plus que de la colère. Vous saviez pourtant qu'un de nos arbres avait été abattu par l'ouragan. C'est un miracle que vous n'ayez pas été tué !

Son sauveur tira une torche de sa poche. Dans le jaillissement inattendu du faisceau lumineux, Cheryl constata qu'il lui décochait un étrange coup d'œil. Mais elle n'était pas seulement intriguée par l'expression perplexe de son regard bleu clair, maintenant qu'elle le voyait mieux. Cet homme lui semblait aussi étrangement familier.

— Les pins étaient secoués, ça c'est sûr, commenta-t-il, songeur. Mais sur le moment, cela m'était égal. Il fallait que j'arrive ici. Je n'avais pas le choix.

Elle l'examina avec intérêt. Elle n'arrivait pas à se

rappeler où elle avait déjà vu cet air-là, ces traits singuliers, cette mâchoire résolue…

Un énième coup de tonnerre fit trembler toute la maison. Cheryl, qui avait cessé d'agripper le veston de l'inconnu, s'y cramponna de nouveau.

— Celui-ci a suivi l'éclair de moins près que la dernière fois, il me semble, observa-t-il avec une pointe d'amusement.

Elle se secoua, incapable de comprendre pourquoi elle se raccrochait à lui. Elle s'était jetée dans les bras de cet étranger et elle n'était pas loin de prendre plaisir à cette expérience. Un comble !

Elle se pressa contre lui, osant tout juste respirer. Elle attendit le prochain éclair et le fracas qui l'accompagnerait en se demandant si l'orage commençait enfin à s'éloigner. La pluie n'avait pas cessé de cingler les vitres et volets ; le vent secouait les portes. Cependant, les décharges de foudre semblaient avoir évacué en partie la violence de la tempête.

Tandis qu'elle frémissait contre l'inconnu, celui-ci relâcha quelque peu son emprise. Alors, elle se ressaisit enfin tout à fait. Comme elle était le seul membre du personnel présent dans la villa, tout était sous sa responsabilité. Et il n'entrait pas dans son rôle de s'affaler ainsi contre un électricien…

Elle s'écarta, fit quelques pas pour ramasser sa propre torche, puis se redressa et regarda l'arrivant. Même si le vestibule était sombre, l'éclat des torches et, au-dehors, les jaillissements de lumière intermittents de la ligne électrique endommagée fournissaient assez de clarté pour que Cheryl puisse se faire un jugement. L'inconnu était grand, puissant, et il avait l'air sûr de lui. Il avait en fait le physique rêvé pour son rôle de sauveur et de magicien de l'électricité.

A deux détails près…

Tout d'abord, il était en costume. Celui-ci, sans doute

gris clair et réalisé sur mesure, était trempé, ce qui le faisait paraître anthracite, et le tissu adhérait à son corps comme seul le lin mouillé pouvait le faire.

Par ailleurs, l'homme avait les mains vides.

— Où sont vos outils ? demanda-t-elle en reculant instinctivement.

L'homme promena le faisceau de sa torche autour du vestibule. Son visage, soudain plongé dans l'ombre, n'était plus éclairé que de façon intermittente par les flashes de lumière venus de l'extérieur. A chacune de ces apparitions, il semblait encore plus rembruni. Presque menaçant.

— Je suis Marco Rossi. J'ai dû abandonner mes affaires en route, je vous l'ai déjà expliqué. Bon, où est Vettor ?

Cheryl vacilla, les jambes en coton, soudain. Il était là Marco Rossi, son nouvel employeur ? Les domestiques le lui avaient dépeint comme un ogre sinistre. Mais cet homme était superbe ! Il l'avait soutenue et réconfortée tel un ange gardien. On était loin du démon annoncé ! Elle repensa soudain à l'attitude de Sandra, la cuisinière. Cette femme, qui avait l'air d'une professionnelle irréprochable, ne lui avait livré aucune opinion sur leur patron. Seulement des faits. Elle n'avait pas colporté de ragots ni émis de jugements. Selon elle, *il signor* Rossi aimait simplement que tout se déroule sans accrocs.

Il a l'air de savoir y faire, pensa Cheryl. Elle réprima aussitôt cette pensée. Il n'était pas question que cet homme ait raison de ses défenses — même si inexplicablement son cœur frémissait à sa vue. C'était à cause de ses yeux. Ce regard-là ne mentait pas. Il était trop bleu, trop assuré, trop honnête. Lorsque Marco Rossi la contemplait ainsi, Cheryl avait l'impression d'être spéciale. Et unique.

« Il faut que cela cesse », pensa-t-elle. Elle avait été formée dans une école de haut niveau pour professionnels de l'enfance. Elle devait traiter Marco Rossi en employeur, en toutes circonstances. Ses émotions intimes devaient être bannies.

— Enchantée de vous connaître, *signor* Rossi, dit-elle en lui tendant la main. Je suis Cheryl Lane, la nouvelle nounou de Vettor.

— Vous me voyez ravi de faire votre connaissance, Cheryl. On m'a transmis d'excellents rapports à votre sujet, après vos entretiens d'embauche. Je n'ai qu'un regret : m'être trouvé au Brésil à ce moment-là.

Cheryl ne sut comment réagir. Après un premier job chez un homme d'affaires anglais, elle avait pensé que ce poste chez un promoteur immobilier italien serait un peu moins prestigieux. Mais en fait, Marco Rossi n'avait rien d'un homme ordinaire. C'était à une annonce discrète qu'elle avait répondu. Les informations précises, notamment le salaire et le nom de l'employeur, ne lui avaient été révélées qu'au dernier stade, lorsque les recruteurs avaient été convaincus qu'elle était la candidate idéale. Par la suite, elle avait découvert sur le Net que Marco Rossi possédait une des plus grosses fortunes d'Europe. Elle comprenait maintenant pourquoi il était réclamé dans le monde entier. « Par les femmes autant que par les chefs d'Etat », se dit-elle dans un état second, allongeant par réflexe la main pour chercher à tâtons l'interrupteur.

— Inutile, observa Rossi. Il n'y a plus de courant, toute la propriété est dans le noir. Emmenez-moi auprès de mon neveu.

— Bien sûr, dit Cheryl, dopée par les compliments de son patron. Mais vous ne verrez aucune objection à ce que je demande à voir vos papiers d'identité…

Ce petit discours, entamé d'un ton décidé, mourut pourtant vite sur ses lèvres. Marco Rossi venait de lever sa torche et le faisceau de lumière sur son propre visage. En voyant ses traits résolus, ses yeux très bleus au regard perçant, elle sut que ce n'était pas le genre d'homme auquel on pouvait s'opposer.

— Emmenez-moi auprès de lui. Je suis son oncle et son tuteur légal. C'est tout ce qu'il vous suffit de savoir.

La menace sous-jacente qui perçait dans sa voix alarma Cheryl, qui se remémora aussitôt les mises en garde des employés de maison. Il devait y avoir du vrai dans leurs propos ! Marco Rossi semblait sur le point d'exploser.

— J'ai voyagé pendant dix heures d'affilée, reprit-il. Mon avion a été dérouté, mes papiers sont encore dans mes bagages, lesquels sont coincés ainsi que mon chauffeur dans un énorme embouteillage. Je suis descendu de voiture les mains vides. Alors, allez-vous m'apprendre comment va mon neveu, oui ou non ?

Sa voix chantante n'exprimait plus ni chaleur ni réconfort, à présent, et délivrait les mots à toute vitesse. Cheryl eut de la peine pour Vettor. Son oncle n'avait réagi à aucun de ses coups de fil. Il ne se donnait même pas la peine de nommer le pauvre petit par son prénom. Et il pensait qu'elle créait des difficultés alors qu'elle ne faisait que son travail.

Elle décida que le moment était venu de lui dire son fait. Il s'agissait d'une question grave. Elle décocha à son interlocuteur un regard sévère. Cet homme faisait passer son travail avant tout, elle en avait eu la preuve. Un très mauvais point pour lui, même si elle avait du mal à en tenir compte en ce moment… Car, tandis qu'il la dévisageait avec intensité, elle éprouvait d'étranges sensations. Des sensations intimes qui commençaient à la rendre nerveuse… Mais elle n'allait pas se laisser troubler comme une collégienne !

— Si vous aviez répondu ne fût-ce qu'à un de mes appels, *signor*, j'aurais pu vous faire un rapport circonstancié sur l'état de Vettor.

Tout en parlant ainsi, elle songeait : « Il a de si beaux yeux bleus ! ». Contrariée par ses propres pensées, elle laissa échapper une exclamation sourde et rompit leur contact visuel. Décidément, cet homme était un magicien ! Il avait essayé de l'enjôler avec son regard de tombeur, mais elle n'était pas dupe des hommes. Elle se rappela

Nick Challenger, ce qui suffit à calmer les battements accélérés de son cœur. Ce souvenir était propre à étouffer en elle tout sentiment naissant.

Dans le silence tendu, Marco Rossi s'éclaircit la gorge.

— J'ai essayé à plusieurs reprises de vous joindre avec mon mobile, mais il n'y avait jamais de signal. La tempête a dû abattre des antennes relais.

Cheryl risqua de nouveau un regard vers lui. Il n'y avait plus aucune trace d'amusement dans son expression. Ses traits aquilins semblaient sculptés dans la pierre. Elle lui accorda le bénéfice du doute et se radoucit :

— Très bien, concéda-t-elle, je vais vous expliquer ce qui s'est passé. Votre neveu n'avait pas l'air bien à mon arrivée. J'ai pris sa température, il avait de la fièvre. J'ai identifié tout de suite les premiers signes de la scarlatine. Un médecin local a confirmé ce diagnostic.

Elle avait impressionné le médecin. Elle s'attendit à ce que Marco Rossi la félicite lui aussi, mais son nouvel employeur parut plutôt mal à l'aise. Elle revint à la charge :

— Vettor a réclamé sa grand-mère. Elle semble lui manquer énormément. Serait-il possible qu'elle vienne le voir ?

— Est-ce donc grave ? demanda-t-il, raidi, en faisant un pas vers la chambre de Vettor.

— Non… non, attendez, *signor* Rossi !

Sans réfléchir, elle posa une main sur son bras. Il s'immobilisa, fixant d'un air méprisant ses doigts repliés. Elle se força à desserrer son emprise.

— Pardonnez-moi, *signor*, je ne voulais pas vous inquiéter. C'est juste que… vos gens de maison ont dit que vous ne veniez pas souvent.

— Qu'est-ce que cela change ? Ils ont les moyens de me joindre. J'écris régulièrement à Vettor qui ne manque de rien.

« Sauf de chaleur humaine », compléta mentalement Cheryl.

— Ce n'est qu'un gosse, dit-elle. Il a perdu ses parents. Il a besoin d'une personne qui s'occupe de lui et qui l'aime.

L'expression de son vis-à-vis lui révéla qu'elle avait franchi les bornes. Il serra les mâchoires, lui tourna le dos, puis s'engagea dans le couloir vers la chambre de Vettor.

— Assez perdu de temps comme ça ! Laissez-moi le voir.

Cheryl s'élança et le dépassa. Ayant atteint la première la chambre de son petit malade, elle en barra l'accès. Elle devait absolument poser des limites. Il était inacceptable que cet homme laisse son neveu tout seul dans cette ruine pendant des semaines d'affilée, puis surgisse sans crier gare. Vettor délirait de fièvre ! Cheryl savait pour sa part comment elle réagirait si, en ouvrant les yeux dans la pénombre, elle voyait penchée sur elle la puissante silhouette de Marco Rossi…

Mais ce n'était pas le moment de s'attarder sur ses propres fantasmes. Le danger était réel. Si Marco abordait Vettor dans l'humeur peu engageante où il se trouvait, le petit garçon aurait une véritable frayeur. Elle ne pouvait tolérer une telle chose.

— Attendez. Je vais voir s'il…

Marco Rossi n'attendit rien du tout. Avec une exclamation de colère, il l'écarta de son chemin et pénétra dans la chambre.

2.

Alors que son patron se penchait vers la petite silhouette allongée sur le lit, Cheryl crut l'entendre murmurer quelque chose comme : « *Eh, bimbo...* » Toutefois, en constatant qu'elle l'avait rejoint, il sombra dans un mutisme sévère.

Vettor s'agita et murmura dans son sommeil. Rossi commença à rabattre les draps. Cheryl n'y tint plus. Pour que le petit garçon voie d'abord un visage amical s'il ouvrait les yeux, elle essaya de se faufiler entre l'oncle et le neveu. Peine perdue : Marco Rossi était aussi inébranlable qu'un roc. Elle eut alors recours au seul moyen qu'il lui restait : elle immobilisa les mains de son employeur.

Leur contact lui causa un choc. Il avait des mains fermes, qui révélaient une sacrée poigne. Ces mains-là auraient pu lui briser la nuque, sans doute. Pourtant, malgré son frémissement intérieur, elle tint bon.

— S'il vous plaît, ne l'effrayez pas, *signor* Rossi ! murmura-t-elle.

— Je veux examiner ses éruptions cutanées. Selon le dernier message de ma secrétaire, vous redoutiez une infection bactérienne. Au même âge que lui, sa mère a eu une méningite. Si elle y a survécu, c'est que, tout comme vous, je connais les signes avant-coureurs.

— Oh ! lâcha Cheryl, étonnée. Dans ce cas, veuillez m'excuser.

Elle desserra son emprise mais ne s'écarta pas.

— Vous avez dû avoir un sacré choc en apprenant la

maladie de Vettor, continua-t-elle. En fait, j'ai joint votre bureau pour vous transmettre au plus vite le diagnostic du médecin : c'est la scarlatine. Votre neveu est sous antibiotiques, et ils ont déjà commencé à faire effet.

— Une scarlatine, c'est sérieux. Pourquoi n'est-il pas à l'hôpital ?

Son regard avait la dureté du silex ; Cheryl eut l'impression qu'il la transperçait jusqu'à l'âme. Troublée, elle s'empourpra. Cherchant désespérément à juguler la dérive de ses pensées, elle précisa :

— Selon le médecin, il est préférable qu'il reste à la maison.

Marco Rossi lui faisait peur. Il était aussi très beau. Il y avait quelque chose d'incroyable dans le fait de se retrouver tout près de lui, dans cet affrontement corporel feutré où aucun d'eux n'était disposé à céder. Cela lui donnait le frisson…

— Son état s'est déjà amélioré, enchaîna-t-elle, il n'y a donc aucune raison de le déplacer. Si vous étiez malade, où préféreriez-vous être, *signor* Rossi ? Dans un service hospitalier inconnu ou bien chez vous, à l'abri, avec quelqu'un qui se soucie réellement de vous au lieu de se contenter de vous soigner ? Vettor est mieux ici.

Son interlocuteur continua à la scruter de son regard perçant. Puis ses lèvres s'incurvèrent en un sourire malicieux. Il se redressa, libérant ses mains avec une facilité déconcertante.

— Vous autres Anglais et vos manières empesées ! fit-il, écartant les bras. Laissez-moi vous dire, Cheryl…

— Je m'appelle mademoiselle Lane.

— Et moi, Marco, fit-il en haussant un sourcil. Je n'ai pas de temps à perdre en salamalecs, Cheryl. S'il vous déplaît que je n'aie pas été présent auprès de mon neveu, je m'en moque. Votre avis n'a aucune importance. Au demeurant, si vous énonciez vos récriminations avec franchise au lieu d'agiter votre jolie crinière brune et de me fixer avec ces beaux yeux qui lancent des éclairs ?

Cheryl, qui allait rétorquer, fut désarmée par ces derniers mots. Toute la tension, provoquée à la fois par la maladie de Vettor et l'orage, se dissipa. Et, malgré elle, elle lâcha un petit rire. Une réaction très peu professionnelle ! Horrifiée, elle porta une main à sa bouche pour étouffer son rire en posant sur Marco Rossi un regard honteux. Elle était bonne pour un renvoi !

De façon surprenante, il sourit. C'était une réaction de triomphe, comme si elle venait de combler ses attentes. Ce sourire eut sur elle un impact alarmant. De petits tremblotements la parcoururent. Son trouble intime — trop intime — lui fit peur. Elle se mit à rajuster les draps fébrilement, se hâtant de passer de l'autre côté du lit pour dissimuler sa gêne.

— Je suis navrée d'écourter votre visite, *signor* Rossi, mais Vettor a besoin de calme. Je dois vous demander de sortir.

« Avant que je perde tout à fait la tête », ajouta-t-elle *in petto*. Cet homme charismatique s'imposait dans ses pensées et perturbait ses sens. Elle n'osait même plus lever les yeux, de peur de retomber sous l'envoûtement de son regard.

— Bien sûr, acquiesça-t-il.

Cette réaction la surprit, elle qui s'était attendue à une objection. Soudain, il lâcha un juron étouffé en examinant sa propre tenue, comme s'il prenait enfin garde au fait qu'il était complètement trempé.

— Vous avez raison. Et je ne serais pas très utile à Vettor si j'attrapais une pneumonie. Est-ce que l'équipe de jour a pu rentrer sans encombre ?

— Oui. Ils sont partis aux environs de 17 heures, avant que les bulletins météo ne deviennent vraiment alarmants.

— Ils ont bien fait. Cette contrée est bordée de collines, les tempêtes ont tendance à y rester piégées. Bon, je vais me sécher et me changer. Comme tout le monde est parti, je me vois contraint de faire appel à vous, même si cela n'entre pas dans vos attributions. Pourriez-vous me dénicher des serviettes de bain, Cheryl ? J'ignore où on les range.

Embarrassée, elle rougit. Parmi les dizaines de personnes qui travaillaient pour Marco Rossi, elle était la seule à avoir entrevu une facette de son caractère inconnue des autres membres du personnel. Elle avait été heureuse d'être réconfortée par lui alors qu'elle était seule et désemparée. En se jetant dans ses bras, elle avait accompli l'acte le plus osé de toute son existence. Mais cela, c'était avant de savoir qui était réellement son visiteur. Et voici soudain qu'il n'était plus qu'un employeur s'adressant à une subordonnée. Ce changement la chagrinait malgré elle.

Elle espéra qu'il oublierait sa bévue : elle avait commis une grossière erreur en le prenant pour un électricien, tout à l'heure. Mais elle veillerait à ne plus jamais se méprendre à son sujet. A compter de maintenant, elle ne lui manifesterait plus que du respect. Une barrière les séparait, et ce à plusieurs titres. Sa rapide visite de la demeure et ses premiers contacts avec les employés de maison l'avaient convaincue que la réputation médiatique de Marco Rossi n'était pas usurpée : il était très riche. Quelqu'un qui osait entreprendre la réfection d'une demeure aussi délabrée que la villa Monteolio avait forcément d'énormes moyens financiers… Il suffisait d'ailleurs, pour en être persuadé, de voir le nouvel escalier réalisé sur mesure et la piscine olympique en cours d'installation à côté de la terrasse sud de la propriété. Marco Rossi était milliardaire. Lui et elle ne jouaient pas dans la même cour !

« Heureusement, il n'est pas vraiment mon genre », pensa-t-elle. Mais pourquoi alors ses traits remarquables s'étaient-ils déjà gravés dans son esprit ?

Le souvenir de leur brève prise de bec près du lit investit son esprit comme pour la narguer. Pendant quelques instants merveilleux, ils avaient été liés l'un à l'autre.

Par deux fois, ils s'étaient touchés ; un contact plein de douceur, d'abord, très déterminé ensuite. Elle n'était pas près d'oublier et l'un et l'autre.

Désireuse de chasser ses sentiments naissants, elle pensa délibérément à Nick Challenger. Il avait été son seul et unique petit ami — une relation désastreuse…

Son cœur se serra à ce souvenir. Elle cessa de sourire et replia ses bras autour d'elle en frissonnant. Nick ne faisait guère le poids comparé à Marco Rossi ; et pourtant, le fréquenter lui avait causé de sévères blessures. Son employeur serait un ennemi autrement plus redoutable si elle se le mettait à dos ! Elle n'avait pas du tout envie d'aller par là…

Il était particulièrement bien de sa personne et sa stature, peu commune, avoisinait les deux mètres. Cheryl devait renverser la tête pour le regarder et en avait déjà la nuque tout endolorie. Quant à ses vêtements si bien coupés, de toute évidence, ils étaient luxueux. Son costume en lin et sa chemise blanche accentuaient la puissance et la masculinité de son corps parfait, même mouillés et souillés par sa dangereuse équipée à travers bois.

Cherchant à distraire le cours de ses pensées, elle s'enquit :

— Quand récupérerez-vous vos bagages, *signor* Rossi ?

— Je vous ai déjà dit de m'appeler Marco.

Elle sourit, et il sourit en retour — d'un sourire si fascinant ! Cependant, une nouvelle bourrasque s'abattit contre la maison et rompit la magie de l'instant. Cheryl jeta derrière elle un regard effrayé.

— Avec un temps pareil, mes affaires ne sont pas près d'arriver !

— Alors c'est une chance que votre personnel m'ait familiarisée avec les lieux, dit-elle, recouvrant en partie son professionnalisme coutumier. Comme nous disons en Angleterre : « A quelque chose malheur est bon ». Je vais vous trouver du rechange pendant que vous prendrez votre douche, Marco. Mais il me faudra un peu de temps, à la lueur d'une torche !

— Occupez-vous des serviettes, je me charge des vêtements. Et ne vous inquiétez pas pour l'éclairage : le groupe électrogène vient de prendre le relais, vous entendez ?

Il s'approcha de l'interrupteur le plus proche et l'actionna. Une ampoule à basse intensité commença à luire au milieu des ténèbres.

— Oh ! c'est merveilleux ! s'exclama Cheryl.

Marco haussa les épaules avec une désinvolture très italienne.

— Il vaut mieux assurer ses arrières quand on vit à la campagne.

— C'est très avisé de votre part.

— Il faut bien que je soutienne ma réputation. Et vous pouvez sourire lorsque vous vous adressez à moi, vous savez. C'est permis.

Il s'était exprimé d'un ton badin. Troublée et déconcertée, Cheryl ne savait que penser. A en croire le personnel, Marco Rossi était toujours sérieux comme un pape… Elle préféra ne pas poser les yeux sur lui. Cela l'aurait amenée, une fois de plus, à revivre les instants où leurs mains s'étaient jointes… Elle se rabattit sur les nécessités pragmatiques :

— Quand j'aurai trouvé les serviettes, je vous débarrasserai de vos vêtements mouillés.

Se rendant aussitôt compte de l'ambiguïté de ses paroles, elle bredouilla d'une voix étranglée :

— Non, je… Je ne voulais pas dire… enfin, je pensais qu'une fois déshabillé… Non, ce n'est pas ça… je…

Tandis qu'elle s'enferrait, une expression espiègle passa sur le visage de Marco. Cheryl s'embourba de plus belle, avec une nervosité croissante. Marco ne dit mot. Il semblait s'amuser ferme. Finalement, il s'étira tel un chat et sourit.

— *Non te la prendere*, dit-il de sa voix mélodieuse. Je dirais volontiers : « Du calme ! », mais vous n'avez pas l'air de savoir ce que c'est. Avez-vous laissé votre flegme britannique en Angleterre ? Vous aurez la vie difficile en Italie si vous vous souciez sans cesse des doubles sens possibles de nos paroles. Quant au costume, je me débrouillerai. Je n'attends pas que vous soyez aux petits soins pour moi. D'autant qu'on est au milieu de la nuit !

— Vous escomptez sûrement ce genre de traitement de la part de vos employés, fit valoir Cheryl, surprise par sa sollicitude sincère, sans raillerie.

— Pas en ce qui vous concerne. Je vous ai engagée comme nounou, rien d'autre.

— Je ne peux tout de même pas rester les bras croisés. Vous êtes trempé, votre costume est sali, et en vous aventurant en pleine campagne par ce temps, vous auriez pu être tué !

Tout en parlant, elle le voyait en imagination foncer à travers la tempête. Ces visions faisaient naître un trouble inaccoutumé dans les replis secrets de son corps.

— Le jeu en valait la chandelle, étant donné la réception que vous m'avez faite à mon arrivée, la taquina-t-il.

De nouveau, il lui décocha un sourire qui, couplé à sa voix grave et mélodieuse, touchait une corde qui n'avait pas vibré en elle depuis longtemps… Elle songea, non sans une pointe de détresse, que si elle ne se ressaisissait pas, elle était perdue. Lorsque ce superbe Italien la regardait, elle oubliait le lieu et l'heure. Happée dans les profondeurs mystérieuses de son regard, elle aurait sans doute pu succomber en quelques secondes à l'attrait d'un baiser dévastateur…

— Je préfère m'occuper pour oublier l'orage, dit-elle. Indiquez-moi la salle de bains que vous utiliserez, j'y apporterai les serviettes.

Elle le dépassa en refoulant de son mieux ses sensations tandis que, lui emboîtant le pas sans hâte, il répondait :

— Parfait. Je me doucherai dans ma suite.

Cheryl avait l'impression d'être suivie par un gigantesque

félin qui guettait ses moindres mouvements. Tendue, elle referma la chambre de Vettor. Marco se tenait si près d'elle qu'elle croyait sentir son souffle sur sa nuque. Elle hésita. Ils semblaient tous deux en attente de quelque chose…

Incapable de résister à l'envie de se tourner vers lui, elle frémit dès qu'elle croisa son regard bleu si intense. Le dévisageant à travers ses cils, elle observa :

— J'essaie seulement de me montrer utile, Marco.

— Je suis sûr que vous serez d'une aide très précieuse… murmura-t-il avec un sourire.

3.

Titillé par sa propre excitation, Marco contempla le visage renversé de Cheryl Lane. Elle entrouvrit les lèvres. C'était une invite, volontaire ou non, dont il se serait passé ; il avait le sang chaud… Un baiser de ces jolies lèvres charnues le récompenserait d'avoir tout laissé tomber pour ne songer qu'à rentrer ici.

Après des heures de voyage par ce temps de chien, il était éreinté lorsqu'il avait enfin gravi le perron de la villa Monteolio. Il avait besoin d'une pause, et une version inattendue du repos du guerrier s'était présentée sous les traits de cette fille superbe. En arrivant, il était loin de songer au sexe ; pourtant, dès que Cheryl s'était jetée dans ses bras, il avait réagi, revigoré en un éclair. Si son esprit était dévoré d'inquiétude au sujet de son neveu, son corps, lui, n'était pas resté indifférent aux charmes de la belle Anglaise.

Depuis cette arrivée explosive, son désir n'avait cessé de croître. A présent, il frémissait avant l'ébullition, prêt à déborder d'un instant à l'autre. Maintenant qu'il avait vu Vettor, il pouvait s'octroyer une gourmandise. En toutes circonstances, la partie la plus virile de son anatomie était toujours prête, anticipant un moment délectable.

Des signaux d'alarme retentirent dans son esprit. Cette nouvelle recrue aurait dû être taboue, à l'instar de toutes les autres. Il ne frayait pas avec ses employées. Mais jamais l'une d'elles ne l'avait si fortement tenté… Cheryl Lane avait la chair tendre, et il était enchanté de sa retenue toute britannique. C'était presque aussi excitant que les interrogations qu'il lisait dans son regard — « Quand ? Où ? Comment allez-vous me prendre ? »

Oui, Cheryl Lane ne lui envoyait que des signaux de consentement ; or, il n'y avait pas de mal à flirter un peu, si ? Sans se l'avouer — ni l'avouer à quiconque —, Marco éprouvait envers les femmes des sentiments qui se mâtinaient souvent d'un esprit de revanche. En des occasions comme celle-ci, le souvenir d'une autre Anglaise s'imposait dans son esprit.

Des années auparavant, Sophie l'avait séduit dans la grande villa de ses parents. Marco était réaliste : à l'époque, l'expérience lui avait déjà appris qu'il lui suffisait de s'exhiber torse nu et de faire jouer ses muscles pour enjôler n'importe quelle femme dotée de tempérament. Aussi n'avait-il accordé aucune signification au fait qu'une *lady* anglaise de noble extraction lui fasse du plat. Mais Sophie s'était révélée différente. Et intelligente. En manifestant du désir pour lui, elle avait vite orienté à son avantage ses élans sexuels. Elle lui avait donné de faux espoirs, puis l'avait laissé tomber dès que ses parents avaient menacé de lui couper les vivres. L'aventure lui avait si bien retourné le cœur qu'il s'était juré de ne plus se laisser prendre par les sentiments.

Cette rude leçon lui avait prouvé que les gens pouvaient se porter aux extrêmes limites de la manipulation pour parvenir à leurs fins. Marco apprenait vite. S'il lui restait aujourd'hui quelque chose à perdre, ce n'était pas sa naïveté ! Il ne donnait plus dans les relations suivies et, désormais, il était aussi prudent en matière de liaisons féminines qu'en affaires.

Heureusement, il pouvait se permettre d'être exigeant et sur ses gardes. Qu'elle vienne de Manhattan, Melbourne, Miami ou Florence, toute femme, dès qu'elle savait qui il était, avait des visées sur sa fortune. Cependant, il décelait en Cheryl un je-ne-sais-quoi… Elle était à part. Lorsque cette belle fille pulpeuse avait salué son arrivée en se jetant dans ses bras, sa chaleur et son désarroi, inhabituels pour lui, avaient aussitôt stimulé ses sens. Il ne lui restait maintenant qu'à traiter avec sa raison…

Il promena sur Cheryl un regard appréciatif. Elle portait un jean étroit qui épousait ses courbes et, rien que pour le coup d'œil, il avait été ravi de lui emboîter le pas pour sortir de la chambre de Vettor. Qu'éprouverait-il s'il mêlait ses doigts à son opulente chevelure brune ? Il avait très envie d'éprouver la douceur soyeuse de cette belle crinière qui ondoyait à chacun de ses mouvements.

Décidément, cette jeune femme l'intriguait. Il avait hâte de la sentir de nouveau dans ses bras. Cheryl Lane était différente des célébrités pleines d'assurance à l'expression dure qu'il avait laissées derrière lui en ville. Peut-être devait-il en être soulagé, et se trouver apaisé d'être finalement revenu ici, dans son refuge secret.

Il était simplement regrettable que Cheryl fasse partie de son personnel…

Il traitait si bien ses employés que les membres clés de son équipe se montraient loyaux à l'excès. Cependant, les nouveaux venus, telle Cheryl, n'avaient pas encore été testés, mis à l'épreuve. Elle était peut-être capable se rendre directement au siège d'un journal *people*. Auparavant, les déballages de secrets d'oreiller laissaient Marco indifférent ; cela avait changé depuis qu'il était responsable de Vettor.

Il plongea le regard dans celui de Cheryl, dont les yeux étaient assombris par un trouble sensuel, il l'aurait juré. Elle le désirait. Il la désirait. Il fallait des pouvoirs surhumains pour résister à cette jeune beauté.

Il n'avait pas couché avec une femme depuis au moins trois mois — période de célibat d'une longueur inhabituelle en ce qui le concernait. D'autres choses lui avaient paru plus importantes, jusqu'à maintenant du moins ! Mais cela pouvait changer. Il tenait la parfaite occasion…

Il devinait Cheryl déchirée entre son corps et sa raison. S'il y avait une invite dans son regard, ses poings étaient serrés et son front plissé. Il devrait être persuasif s'il voulait concrétiser son désir. Ce défi l'excitait. Il sourit.

— Ne vous inquiétez pas, *cara*. Ce qui se produira à dater de maintenant restera entre nous…

Il se pencha, frôlant sa chevelure parfumée qui formait comme un halo autour de son visage. Il avait déjà eu, au toucher, un avant-goût de son corps voluptueux, et il n'avait pas de mal à imaginer ce corps ployer sous ses caresses, se lover dans ses bras, céder au courant de désir qui circulait entre eux…

Cheryl ferma à demi les yeux, enivrée par la présence si proche, si sensuelle de Marco. Soudain, un faible cri troua la nuit. Il venait de la chambre de Vettor.

— J'y vais ! s'écria-t-elle, arrachée à sa transe.

Le charme était rompu…

— J'arrive ! enchaîna Marco.

Elle redoutait encore que, avec sa stature peu commune, il effraie son patient. Il la talonnait de près au moment où elle parvenait près du lit, où Vettor se tenait assis, l'air égaré.

— Ce n'est qu'un mauvais rêve, murmura-t-elle en s'empressant de l'apaiser.

Cette interruption, qui était aussi une diversion propre à apaiser sa propre fièvre, aurait dû lui paraître bienvenue — et non l'inverse. Avait-elle perdu l'esprit en se laissant aimanter par le charme de Marco ? Il éveillait en elle des sensations qui menaçaient d'anéantir son bon sens. Elle devait lui résister. Il était son patron, et l'oncle de Vettor. Elle ne pouvait pas se laisser séduire. Même si elle était dévorée de désir.

Elle se désola de s'être précipitée dans ses bras. Elle avait commis une bêtise. Et quelle impression sa méprise avait-elle bien pu produire sur son employeur ? La réponse sautait aux yeux. Cet homme si viril y avait vu une invite, un encouragement à une tentative de séduction. Cette réaction était inévitable, mais il fallait détromper Marco sans tarder.

Elle rafraîchit Vettor à l'aide d'un linge mouillé, puis le fit boire. Après l'avoir aidé à se rallonger, elle s'assit au bord du lit et lui tint la main jusqu'à ce qu'il soit rendormi.

Quand elle se releva pour quitter la chambre, elle vit avec stupéfaction que Marco, un sourire dans le regard, était resté à quelques pas, à la regarder. Elle souhaitait éperdument qu'il l'entraîne dans un monde de passion débridée. Sa présence virile la faisait vibrer. D'étranges sensations prenaient naissance dans son bas-ventre, et sa main frémissante résistait avec peine à la tentation de venir s'y poser…

Face à Marco, elle se remémorait ce qu'elle avait, à une certaine époque, aspiré à vivre. Mais son rêve ne s'était jamais concrétisé, sinon sous forme de cauchemar. Sa relation avec Nick n'avait abouti qu'à un désastre. Ce salaud l'avait malmenée, physiquement et affectivement. Cette expérience l'avait amenée à se retrancher de la vie, à chercher refuge dans son travail auprès des enfants — où personne ne lui ferait du mal. Mais voici que Marco Rossi, ce cambrioleur de l'âme, semblait lui faire miroiter des choses qu'elle avait peur de vivre.

Il fixa sa bouche, ce qui la fit rougir. Puis il gagna le seuil. Il s'y immobilisa et se retourna vers elle.

— Vous promettez d'être une de mes employées les plus capables, dit-il d'un ton enjôleur.

Elle le suivit des yeux, troublée par les accents de sa voix. Seigneur ! C'était insensé… Le moindre mot de Marco Rossi avait sur elle l'effet d'un aphrodisiaque. Sans compter que la confiance qu'il plaçait en elle lui mettait le moral au beau fixe.

Pour lui, elle était prête à piétiner son code de bonne

conduite, et sans tarder. Sa chaleur et son assurance, les baisers qu'elle fantasmait la poussaient à se donner à lui. Mais l'ombre du passé pesait sur elle puisque sa seule et unique relation s'était soldée par un échec. De plus, elle soupçonnait qu'elle avait mal interprété les signes : Marco ne désirait pas l'embrasser, sinon, il aurait repris les choses là où il les avait laissées, n'est-ce pas ?

Sa mère avait raison : en matière de sexualité, elle perdait vite le sens commun.

En fait, elle l'avait échappé belle. Elle avait failli se ridiculiser devant son employeur. Et puis elle ne voulait pas souffrir de nouveau. Ses impulsions furent donc muselées par son instinct, même si à la pensée que Marco passerait la nuit à la villa, elle demeurait nerveuse, inquiète de ses propres réactions…

« Un peu de tenue ! » La voix de sa mère résonna dans son esprit, lui remémorant la froide et rude réalité. De plus, à en croire Nick, elle était frigide. En amour, selon lui, elle était « nulle ». Elle n'avait pas été à la fête en s'éprenant d'une brute dans son genre…

Au bout du compte, elle devait remercier sa bonne étoile que Marco Rossi ne l'ait pas embrassée. Quelle horreur si un homme aussi beau s'était aperçu qu'elle ne valait rien au…

Elle déglutit, n'osant même pas penser le mot. Elle n'avait qu'un recours : couler une chape de plomb sur son désir. Sinon, elle irait droit à la catastrophe.

Se remémorant la visite effectuée sous la houlette bienveillante de Sandra, Cheryl emboîta le pas à Marco. Elle se rappelait que la buanderie se trouvait dans la même direction que ses appartements. Il aurait été préférable qu'elle le devance dans le couloir… Comme il avait sans doute entendu le déclic de la porte refermée derrière elle, elle n'osa pas rester à la traîne, établir une distance : cela aurait paru bizarre.

— Je déposerai les serviettes dans votre suite, dit-elle de sa voix la plus professionnelle.

— Très bien.

Elle s'attendait à ce qu'il s'éloigne à grandes enjambées ; ainsi, son embarras serait passé inaperçu. Mais il attendit qu'elle arrive à sa hauteur et, au lieu d'allonger le pas, ralentit sa foulée. Tandis qu'ils avançaient côte à côte, elle percevait sa senteur chaude et musquée. Titillée, elle ne résista pas au désir de lever les yeux. Elle vit qu'il souriait toujours, mais comme pour lui-même.

— Je n'aurais jamais cru rencontrer une femme dont le regard ne s'illumine pas chaque fois qu'elle prononce mon prénom, murmura-t-il.

Cheryl retint un sourire devant tant de fatuité. Pourtant, il ne devait pas être loin de la vérité. S'il savait d'ailleurs ce qu'il lui en coûtait de se maîtriser…

— Soyez tranquille, je ne suis pas unique. Les diplômés de mon école professionnelle apprennent à gérer les relations avec des parents célèbres. Nos illusions se dissipent vite. Nous cessons de voir en eux des personnes. Au demeurant, l'expérience m'a appris qu'ils traitent ainsi leurs propres enfants.

Marco leva un sourcil perplexe, sans doute asticoté par la note acide qu'elle avait mise dans sa voix.

— Ah ? Et vous êtes bien meilleure qu'eux, je suppose ?

— Sans doute. Sinon, pourquoi emploieraient-ils des nounous qualifiées, rétorqua-t-elle.

Elle regretta aussitôt sa pique. Les traits de son patron s'étaient durcis, et elle vit qu'elle avait commis une faute en l'asticotant au sujet de Vettor. Comme ils atteignaient au même moment la porte de la suite, elle saisit l'occasion de rectifier le tir, en redevenant une professionnelle neutre :

— Je vais vous chercher des serviettes et un pyjama.

Marco éclata d'un grand rire.

— Inutile ! Je ne porte plus de pyjama depuis l'adolescence.

— Alors, que… ?

Cheryl s'interrompit. Marco Rossi pouvait-il aller au lit avec autre chose que son fichu sourire en coin ? Troublée, elle baissa les yeux et s'empourpra.

— Des serviettes suffiront, dit-il, ne laissant plus percer qu'un léger amusement.

— Je ferai au plus vite, mais je devrai éventuellement retourner voir Vettor. Il sera si content de vous savoir ici lorsqu'il se réveillera pour de bon ! dit-elle, espérant que c'était vrai.

Marco entra dans ses appartements tout en enlevant son veston mouillé. Elle le vit faire avec une appréhension vague, se demandant s'il allait continuer à se dévêtir devant elle.

— Les électriciens viennent quand ? demanda-t-il.

— Ils n'ont pas pu me donner d'heure précise pour leur passage.

— Dans ce cas, concentrez-vous sur Vettor. Je réglerai les choses avec eux quand ils seront là.

— J'espère que vous trouverez à manger dans la cuisine. Tout s'est compliqué lorsque l'équipe est partie. Et avec la maladie de Vettor…

— Je me réjouis que vous soyez présente près de lui. Je vous en suis très reconnaissant. Vos brillantes références semblent justifiées. Vous êtes une femme remarquable.

Encore un compliment, nota Cheryl. Cela ne promettait que des ennuis… Elle se demanda si son instinct avait vu juste, si elle avait réellement été à deux doigts d'échanger un baiser avec lui. La prochaine fois qu'ils se trouveraient seuls, sa résistance serait sans doute mise à mal. Or, elle n'avait pas le droit de se laisser enchanter de nouveau par son charme vénéneux !

Désireuse de souligner le fossé social qui les séparait, elle observa :

— C'est pour qu'ils soient remarquables que vous payez si bien les gens comme moi. Ceux qui n'offrent que des cacahuètes ont les singes qu'ils méritent. Bon, je vais chercher les serviettes.

Une diversion bienvenue pour échapper au tourment qu'elle ressentait en présence du magnétique Marco Rossi.

4.

Cheryl recouvra assez de présence d'esprit pour se rappeler où se trouvait le linge de maison. Elle espérait que cet intermède lui permettrait de se ressaisir. En présence de Marco, elle se sentait toute chose. Mais quand il était hors de vue, qu'elle n'était plus distraite par son physique et ses mouvements félins, elle redevenait capable de se concentrer, d'être efficace.

De retour dans les appartements de maître, elle constata que le silence régnait. On n'entendait que le ruissellement de l'eau dans la salle de bains voisine. Elle aurait dû déposer les serviettes dans le dressing et se retirer, mais elle avait très envie d'explorer le royaume de Marco. Et, tant qu'elle entendait le bruit rassurant de l'eau, cela signifiait qu'il était sous la douche… Elle ne résista pas à la tentation.

Cette suite, que Sandra lui avait montrée au cours d'une brève visite, était une des seules parties entièrement restaurées de la villa ; même si les pièces étaient encore presque dénuées de mobilier. Les murs arboraient des couleurs cérusées raffinées. Il n'y avait pas encore de rideaux aux fenêtres : leur confection était en cours dans un atelier de Milan, rien de moins. Un tableau abstrait était suspendu au-dessus de la cheminée du grand salon. Ses aplats savants, déclinant divers tons de cuivre et or, faisaient écho aux couleurs d'origine des éléments d'éclairage et de la cheminée, apportant une note contemporaine bienvenue. Les décorateurs et architectes d'intérieur de Marco Rossi connaissaient leur métier…

Comme la douche coulait toujours, Cheryl continua d'avancer dans la suite. Tout un pan de mur du dressing était occupé par des placards intégrés. Une porte restée ouverte laissait entrevoir une garde-robe de la taille d'une petite pièce. Elle contenait des costumes luxueux en laine et en lin, des douzaines de chemises ; s'y trouvait également une commode. En cherchant ses vêtements, Marco avait tiré les tiroirs, qui s'étageaient tels des marches depuis le bas vers le haut — on aurait pu croire que des cambrioleurs les avaient visités. Tendant le cou, Cheryl vit des hauts parfaitement pliés, disposés selon leur genre, style et couleur, et ne put s'empêcher de se demander combien tout cela avait coûté. En se décidant à quitter discrètement les lieux, elle songea que les riches étaient décidément des personnes à part.

Attentive au bruit d'eau qui provenait toujours de la salle de bains, elle avança pour déposer sans entrer les serviettes juste au-delà du seuil, sur le rebord du lavabo. Quelques secondes suffiraient, et elle pourrait s'esquiver sans que Marco ait conscience de son passage.

Dès qu'elle entra, cependant, elle vit ses vêtements mouillés abandonnés par terre, en tas. Aussitôt, son imagination se mit à l'œuvre et, de nouveau, d'étranges sensations la tourmentèrent. Il était passé par là, entièrement dévêtu…

Puis elle remarqua que la porte de la grande salle de douche à l'italienne était entrouverte. Elle apercevait par l'entrebâillement un mur entièrement tapissé d'un miroir, qui n'était pas recouvert de buée. Allait-elle oser y pénétrer ? Elle regarda les serviettes qu'elle venait de placer sur l'étagère proche de l'entrée. N'aurait-il pas mieux valu les mettre sur le sèche-serviettes voisin de la douche ? Marco aimerait sûrement se sécher avec du linge tiède quand il sortirait. Si elle apercevait son reflet dans le miroir… eh bien, ce ne serait jamais qu'en faisant son travail !

Prise d'une impulsion insensée, Cheryl se faufila par l'entrebâillement et pénétra dans le vaste espace douche. Son cœur battait la chamade. Encore un pas ou deux et elle pourrait jeter un coup d'œil au-delà de l'avancée du mur, là où se tenait Marco. Elle savait qu'elle aurait dû rebrousser chemin, mais elle était poussée par le désir de voir cet homme qui la fascinait.

Après une profonde inspiration, elle fit un pas en avant. Alors, elle se figea, subjuguée.

Marco Rossi, debout sous un torrent d'eau, dos tourné, lui apparaissait dans toute la splendeur de son physique de dieu grec. Il était occupé à répartir du shampoing dans ses cheveux coupés court ; la mousse s'écoulait le long de son dos, formant par sa blancheur un saisissant contraste avec sa peau café au lait.

Elle ne put le quitter des yeux tandis qu'il se savonnait. A mesure qu'il se penchait, elle voyait s'accentuer la saillie de sa colonne vertébrale. Sous la lumière, sa peau luisait, lisse et parfaite, ombrée de juste ce qu'il fallait de poils. Les muscles de ses jambes étaient clairement dessinés, ses chevilles soulignées par la tension nette du tendon d'Achille.

Il renversa la tête pour mieux rincer le shampoing sous le jet. Elle aurait dû pressentir son mouvement suivant, mais ses facultés étaient paralysées. D'ailleurs, elle aurait été incapable de bouger même si elle l'avait voulu. Quand il ferma le robinet et se détourna en allongeant le bras pour prendre la petite serviette accrochée près de lui, elle tressaillit.

Elle lut la surprise sur le visage de Marco lorsqu'il la vit là, contemplant son corps nu. Il fut le premier à se ressaisir et s'empara de la serviette, qu'il déploya aussitôt pour s'en envelopper les reins. Il dut la tenir d'une main car elle n'était pas assez grande pour être nouée. Dégoulinant d'eau, il avança vers elle, révélant dans ce mouvement la perfection de son corps et sa parfaite assurance.

Il tendit le bras. Muette de saisissement et de trouble, Cheryl lui remit un drap de bain. Il l'ajusta en un tournemain autour de sa taille. Il n'avait pas cessé de sourire. Quand il lui lança la petite serviette, elle l'attrapa d'un mouvement instinctif.

Malgré ses mauvaises expériences passées, et bien que son vis-à-vis soit presque nu, Cheryl ne songea pas à prendre la fuite. On eût dit qu'une sorte de déclic s'était produit dans son corps, qui vibrait d'un désir ardent — le genre de désir qu'elle avait toujours redouté... Son expérience des hommes se limitait à Nick, et cette période malheureuse ne l'avait pas préparée à ce qu'elle ressentait à présent. C'était si différent de tout ce qu'elle avait vécu ! De plus, elle se trouvait face à un homme qu'elle connaissait à peine, et qui n'était que trop dévêtu.

Pourtant, au lieu de décamper, elle restait.

Son esprit en tumulte lui soufflait que c'était une folie. Son corps, en revanche, semblait sûr de lui. Il prit le pouvoir. Elle fit un pas vers Marco. Le sol carrelé était mouillé et elle glissa. Marco la retint avant qu'elle tombe. Pendant de brèves secondes, elle se raccrocha à lui, partagée entre le soulagement et la peur.

La bouche sèche, elle passa la langue sur ses lèvres. Marco incurva les siennes en un lent sourire de satisfaction.

— C'est ce qu'on appelle le pouvoir de la pensée. Je songeais à vous, et vous voici. J'obtiens toujours ce que je veux.

Piégée, elle le dévisagea, tendue. Pour la deuxième fois cette nuit, elle allait au-devant du danger.

Peu à peu, Cheryl vit le regard de Marco devenir plus froid tandis qu'il jaugeait la situation. Elle tenta de sauver ce qu'il lui restait de dignité.

— Je... j'ai apporté les serviettes. Je ne pensais pas que vous...

— Vous n'imaginiez quand même pas que je me douchais tout habillé ? Mon costume a déjà été trempé une fois, aujourd'hui, c'est plus que suffisant.

Marco était près d'éclater de rire, mais quelque chose le retint. La part la plus sensée de son esprit lui disait que Cheryl s'était introduite ici naïvement, sans arrière-pensées. Il aurait dû en rester là, s'éloigner. Mais son instinct primitif n'était pas sur la même longueur d'onde. Il semblait si naturel qu'elle vienne ainsi à lui ! L'histoire de la villa Monteolio était nourrie d'occasions de ce genre. Princes et aristocrates avaient comploté et lutté pour vivre et aimer dans cette demeure. Pourquoi n'aurait-il pas pris la relève et goûté à ces lèvres presque offertes ?

Il ne tenait qu'à lui de submerger la jeune Anglaise du désir sauvage qui menaçait de lui enlever son vernis d'homme civilisé. Mais son expression de biche aux abois l'en empêcha. Il avait admiré son efficacité et sa solidité lorsqu'elle s'était occupée de Vettor ; s'il la touchait, elle réagirait avec toute la vigueur de son tempérament. Et si une petite joute ludique n'était pas pour lui déplaire, il n'était en revanche pas du genre à se comporter en soudard pratiquant le viol et la rapine.

— Je crois que vous feriez mieux de me laisser partir, Marco.

Elle avait parlé d'une voix faible et mal assurée. A regret, il desserra son étreinte. Ne la relâchant pas tout de suite cependant, il laissa ses mains errer sur le fin coton de son chemisier. La douche froide n'avait pas tempéré la flambée d'excitation qu'elle avait allumée en lui. En la sentant contre lui, il éprouvait même un regain de désir, qui, contrariant ses bonnes manières, lui fit grommeler :

— Je n'attends pas de mes employées qu'elles m'épient

lorsque je me douche. Pourquoi êtes-vous venue ici, si ce n'était pas dans l'espoir d'un accueil… enthousiaste ?

— Je vous apportais vos serviettes.

Décidément, elle avait toujours réponse à tout ! Debout devant lui, le regard brillant d'intelligence et le port altier, elle semblait le mettre au défi de tenter quoi que ce soit ; dans le même temps, elle était rouge, sans doute de la honte d'avoir été prise sur le fait. Il sourit. Il ne servait à rien qu'elle agite ainsi sa jolie crinière : la ligne de démarcation était établie entre eux. Du moins, pour le moment…

— Ce n'était pas la peine de vous donner tout ce mal.

— J'ai pensé que cela vous réconforterait après votre équipée à travers champs.

Il nota une nouvelle fois qu'elle n'était jamais à court d'arguments.

— Oh ! je suis déjà bien assez entouré de confort et de luxe, non ?

Cheryl acquiesça mais ne parvint pas à se mettre en mouvement. La vue de ce corps halé et à demi nu la subjuguait.

Marco passa devant elle et ouvrit toute grande la porte, après quoi il s'écarta pour lui livrer passage. Consciente des courants électriques qui circulaient entre eux, elle sortit. En l'entendant évoluer derrière elle, Cheryl s'enflamma, excitée et nerveuse. Il lui semblait sentir son regard braqué sur elle. Malgré la minceur son chemisier, elle avait tout à coup la sensation de suffoquer, emprisonnée. Que ressentirait-elle si les mains de Marco la dénudaient, lui ôtaient le soutien-gorge qui comprimait de façon désagréable ses seins aux pointes tendues ? Et si ses mains erraient plus bas pour se glisser entre son jean et…

— Je… vous avez tout ce qu'il vous faut ? balbutia-t-elle, dans une tentative désespérée pour refouler ses fantasmes.

Elle se précipita vers le banc où Marco avait déposé ses vêtements soigneusement pliés. Ainsi, elle disparaissait de son champ de vision… Hélas, il vint se placer près d'elle et l'observa. Au passage, il prit une autre serviette et sécha son torse, tout observant ses gestes nerveux.

— Je vais prendre cette chemise tout de suite, dit-il, allongeant un bras.

Le regard de Cheryl fut attiré par la saillie de son biceps. Puis se porta sur la toison brune de son torse. « Tu ne peux pas regarder cela ! », lui souffla la voix de la raison, tâchant de la mettre en garde. « Si, je le peux ! », répondit la rebelle qui couvait en elle.

— Vous faites des progrès ! commenta malicieusement Marco de sa voix grave. Je constate que vous n'avez en fait pas toujours l'esprit au travail.

Elle constata qu'elle avait manié sa chemise avec tant de nervosité qu'elle l'avait presque froissée entre ses doigts. Elle lui tendit le vêtement sans le regarder.

— Je… je dois aller voir Vettor. Je vous laisse vous habiller.

— Parfait. Mais nous devons manger un peu. Vous me rejoindrez dans la cuisine.

Il déplia un caleçon, aussi se dépêcha-t-elle de sortir en lançant : « Entendu ! »

Cheryl alla s'assurer que Vettor dormait toujours, puis elle regagna ses quartiers pour se doucher. Elle avait un moyen sûr de creuser encore plus le fossé qui la séparait du presque irrésistible *signor* Rossi : le port de son uniforme officiel. Presque toutes les personnes en vue voulaient qu'une diplômée de la prestigieuse école dont elle sortait s'occupe de leurs enfants — c'était considéré comme un signe extérieur de réussite. Si Marco était comme les autres nantis pour lesquels elle avait travaillé, il ferait passer son prestige avant tout autre considération.

Elle sortit son uniforme d'été, une robe lavande à manches longues dont l'ourlet s'arrêtait à hauteur du genou. Elle brossa ses boucles châtaines et les ramassa en chignon, avec des mains tremblantes tant elle était nerveuse. Puis elle épingla son badge pour parachever son look guindé. Ainsi vêtue, aucun prédateur ne la regarderait deux fois — surtout avec ses bas épais et ses chaussures plates à lacets.

Alors qu'elle sortait de sa chambre, elle constata que les premières lueurs de l'aube irisaient le ciel plombé. Une nouvelle journée de travail allait commencer, qui lui permettrait d'oublier l'enjôleur Marco Rossi.

Du moins, c'était à espérer.

En approchant de la cuisine, une inquiétude surgit dans l'esprit de Cheryl : et si son employeur s'attendait à ce qu'elle lui prépare son petit déjeuner ? C'était son premier séjour hors d'Angleterre. Elle n'avait aucune idée de ce que mangeaient les Italiens !

Quand elle entra dans la salle à manger, une irrésistible et familière odeur de bacon grillé lui chatouilla les narines. Il y avait, près du seuil de la cuisine adjacente, un amas de vêtements humides — ceux de Marco. Elle les ramassa, poussa la porte battante et entra.

Marco était seul dans la pièce restaurée, où tout s'ordonnançait à la perfection en surfaces impeccables d'inox brillant et de bois nobles. A l'aide d'une spatule, il mélangeait des ingrédients dans une grande poêle placée sur le fourneau. Quand elle entra, il haussa les sourcils.

— Pour une transformation, c'en est une ! commenta-t-il.

Il se rembrunit en voyant son fardeau.

— J'allais m'en charger, reprit-il. Sandra n'aimerait pas que vous ameniez ici ces vêtements mouillés.

— C'est juste, concéda-t-elle, mortifiée. Je les porte dans la buanderie. Si j'avais su ce que vous vouliez, j'aurais préparé votre *breakfast*.

— Ne vous souciez pas de ça. Je vous ai engagée comme garde d'enfants, pas comme médium.

Une fois de retour, délestée des vêtements, elle constata

avec surprise que Marco était en train de disposer dans une assiette un copieux mélange typiquement anglais de bacon, saucisses, œufs et champignons. L'assiette débordait de nourriture et ne pouvait accueillir tout le contenu de la poêle. Il plaça cette dernière au chaud puis revint vers le fourneau. Il ne tarda pas à déposer sur la table une autre assiette, dans laquelle il versa le reste de sa préparation.

— Et voilà pour vous !

Cheryl ne put dissimuler son étonnement :

— Mais je ne mange jamais autant à cette heure-ci !

— Cela se voit, répliqua-t-il. Allons, venez, ça vous fera du bien.

Impossible de refuser. Elle hocha la tête tandis que Marco essuyait le plan de travail. Il semblait très à son aise, ce qui ne manqua pas de la surprendre.

— C'est une bonne chose que vous soyez descendu le premier, dit-elle en disposant des couverts. Je ne me doutais pas que vous preniez un petit déjeuner aussi élaboré.

— J'en reviens à mes premières amours.

Il plaça la spatule en équilibre contre le bord de la poêle, puis versa depuis une grosse théière deux tasses de thé. Il sucra généreusement l'une d'elles, dont il remua le contenu. Cheryl se hâta de prendre l'autre tasse avant qu'il lui réserve le même sort. Elle saisit un carton de lait dans le Frigidaire et en ajouta dans sa tasse. Il avait préparé un thé très corsé, si brun qu'on aurait dit du café.

Elle s'assit et regarda Marco s'attaquer à son plat.

— Ça fait drôle que la cuisine soit rénovée alors que la toiture est dans un si piètre état, dit-elle.

— Il faut être Anglais pour attacher plus d'importance à l'aspect d'une maison qu'à l'état de la cuisine. Soyez tranquille, l'étanchéité intérieure de la toiture a déjà été rétablie. Quand les tuiles que je fais fabriquer spécialement seront en place, cette vieille demeure recouvrera sa beauté initiale.

— Oh… c'est donc pour ça que vous avez pu installer le nouvel escalier !

Savourant une gorgée de thé, il la regarda par-dessus sa tasse, posant sur elle son regard bleu et inquisiteur.

— Vous l'avez vu ? Comment le trouvez-vous ? demanda-t-il.

— Superbe ! Je suis émerveillée qu'il y ait encore des artisans aussi habiles.

— Je l'ai réalisé moi-même, annonça-t-il, visiblement ravi de sa réponse.

Cheryl hésitait à le croire. Marco Rossi passait pour un homme impatient et irritable. Or, le vaste escalier du vestibule principal était unc véritable œuvre d'art. Il avait fallu de la patience pour le réaliser, et un grand sens du détail.

Elle entama son petit déjeuner et, pendant un instant, ils mangèrent en silence. De temps à autre, Cheryl jetait un coup d'œil sur son hôte.

— J'ai remarqué que votre suite était glaciale, observa-t-elle. Comme je me suis installée avec Vettor pour l'instant, afin d'être prête à réagir à tout moment…

— Je suis impressionné !

— C'est normal, je suis responsable de lui. Mais ce n'est pas ce que je voulais dire. Comme mes messages sont restés sans réponse, vos employés de maison ont supposé que vous n'alliez pas rentrer de sitôt. Du coup, ils n'ont pas chauffé vos appartements. Pourquoi n'utiliseriez-vous pas mon logement en attendant, histoire de récupérer votre manque de sommeil ? Il est petit mais bien plus agréable, pour le moment. Le chauffage y fonctionne depuis trois jours.

— C'est tentant, concéda-t-il d'un air songeur. Mais cette maison est sous ma responsabilité, pas la vôtre. Et plus vite j'aurai obtenu qu'on s'occupe de ce tilleul qui s'est abattu sur les câbles électriques, mieux ça vaudra.

— La compagnie d'électricité a assuré qu'ils enverraient quelqu'un le plus tôt possible.

— Passez-moi votre portable si vous avez leur numéro, je vais les rappeler. Je veux régler le problème moi-même. Si je ne suis pas là pour les surveiller, ils massacreront cet arbre magnifique. Autant le débiter tout de suite en bûches !

— Vous êtes arrivé ici par nuit noire, fit valoir Cheryl. Comment pouvez-vous connaître l'état de cet arbre ? Vous n'aurez peut-être pas envie de le garder quand vous le verrez en plein jour.

— C'est un tilleul, vous ai-je dit, répliqua-t-il, le regard brillant. Bien sûr qu'il est beau ! Je m'y connais en bois d'ébénisterie. Je travaille dans la construction. Enfin, je travaillais... C'est ainsi qu'un pauvre garçon des quartiers déshérités de Florence s'est fait à partir de rien, et peut employer aujourd'hui une nounou telle que vous.

Cheryl repensa à l'escalier. Peut-être Marco avait-il dit vrai en affirmant l'avoir construit lui-même. Son visage s'illuminait de plaisir quand il parlait du bois.

— On dirait que vous avez des regrets. Comment est-ce possible ? Vous possédez tout ce qu'un homme peut désirer, et vous avez sans doute abandonné depuis longtemps le rude travail manuel.

— Vous êtes la première à vous aviser de cela ! commenta-t-il d'un air stupéfait.

— La déduction est évidente. Tous les rup... je veux dire, ceux qui réussissent aussi bien que vous, se reprit-elle, sont asservis à la vie de bureau. Mon précédent employeur passait le plus clair de ses journées en rendez-vous et à faire du relationnel.

— Le sujet de lamentation de toutes mes compagnes passées, commenta Marco, rembruni. Mais il n'y a plus de place dans ma vie pour les complications féminines. Vous n'aurez rien à redouter de ce côté. Pour le moment, je ne vis que pour le travail.

Il lui décocha ce sourire entendu dont il avait le secret.

Cheryl fit la moue. Ainsi, les employés de Marco avaient dit vrai : son travail absorbait toute sa vie, et il délaissait sa famille à son profit. Même si elle aurait dû s'en douter, ce constat la rendit amère. Voilà la raison pour laquelle il n'avait pas rendu visite une seule fois au petit Vettor depuis que celui-ci était à la villa.

— Bon, j'appelle la compagnie d'électricité, lança-t-il en se levant, son assiette terminée.

Elle lui tendit son portable, le numéro voulu affiché sur l'écran, puis se prépara à patienter de longues minutes, s'attendant à ce qu'on le promène d'un interlocuteur à l'autre, comme cela avait été le cas avec elle. Or, cela ne traîna guère ! Il suffit à Marco de quelques paroles bien senties, puis il lui rendit son mobile avec un sourire :

— Les ouvriers sont en route. Je vais les recevoir.

— Vous devez être épuisé. Vettor n'aimerait pas vous voir aussi fatigué que lui. Si vous alliez faire un somme avant son réveil ? Je m'occuperai des électriciens, si vous me dites ce qu'ils doivent faire de l'arbre.

— Avez-vous déjà eu affaire à des hommes surmenés et débordés par une tempête, Cheryl ?

L'accent chantant avec lequel il avait prononcé son prénom la troubla, alors même qu'il était en train de lui opposer une rebuffade.

— Non, mais…

— Alors, laissez-moi me charger de ça. Je connais le langage des ouvriers, et ce n'est pas seulement de l'italien que je veux parler.

Elle dut s'avouer qu'il avait raison. Elle n'avait aucune envie de palabrer avec des inconnus. C'était entre autres pour cette raison qu'elle avait choisi un métier qui la plaçait en retrait et non au centre de la scène. Mais Marco la tenait pour une perle, et elle voulait lui prouver son excellence.

Autrefois, des choses aussi simples que conduire et mettre un DVD dans le lecteur lui avaient été interdites : Nick avait décrété qu'il lui revenait de gérer certains domaines exclusivement masculins. Chaque fois qu'elle était allée chez lui, il l'avait cantonnée au ménage et aux tâches domestiques. Jusqu'au jour où elle avait découvert qu'elle lui avait lavé ses chemises pour le bénéfice d'une autre… Alors, elle s'était rebellée. Pour la première fois de sa vie, elle avait défendu son point de vue et dit stop. Elle avait décidé d'être la maîtresse de ses faits et gestes. Et elle n'avait pas oublié le plaisir qu'elle en avait tiré.

Là, Marco lui laissait le choix.

— D'accord, dit-elle, non sans soulagement. Vous avez plus d'expérience de ce genre de cas, ça tombe sous le sens.

— Certes. Et s'ils commettent la moindre bourde, ils auront affaire à moi. Ce bois-là a de la valeur.

— Je l'ignorais. Je les aurais laissés le découper en rondelles !

— La vie vous apprend vite qu'on peut profiter de la naïveté d'autrui, observa-t-il avec un sourire de conspirateur. Je m'occuperai donc des ouvriers. Mais vous pouvez m'accompagner, si vous avez envie de voir comment je négocie. Cela pourrait s'avérer formateur.

— Je n'en doute pas.

— Vous ne me traitez pas d'arrogant ? demanda-t-il avec un demi-sourire.

— Vous l'êtes peut-être, et cela ne me regarde pas. Néanmoins, je vous connais depuis peu mais j'ai compris déjà que vous n'avez rien d'un plaisantin.

— Parfait, fit-il en riant. Et maintenant, apprêtons-nous à recevoir les électriciens. Si je m'attarde encore dans la tiédeur de la cuisine, je pourrais me laisser tenter par le petit somme que vous suggériez.

Dans le silence qui suivit, une bourrasque secoua la maison. Cheryl tressaillit et se surprit à regarder Marco droit dans les yeux. En le contemplant, elle se sentait incroyablement vivante. Cela ne lui était jamais arrivé auparavant ! Il la rendait nerveuse, aussi. Quand le vent rabattit bruyamment des branches contre les fenêtres de la cuisine, elle sursauta comme si elle s'était rendue coupable d'un quelconque péché.

Soudain, les mains de Marco se posèrent sur les siennes, lui enserrant doucement les doigts, lui insufflant du réconfort et de la chaleur tandis que dehors, les dernières turbulences de la tempête se déchaînaient.

— Tout va bien. Il n'y aura sans doute plus ni foudre ni tonnerre, maintenant.

Il s'exprimait d'une voix douce, rassurante. Elle se figea, consciente qu'elle aurait dû s'écarter de lui. Car leurs mains nouées remuaient ses désirs les plus profonds. Et c'était dangereux. Quelque chose lui soufflait qu'elle n'avait qu'à se laisser aller un peu, en cet instant, pour que Marco l'emporte dans un tourbillon de volupté. Le moindre encouragement à son endroit suffirait, elle en était sûre. La tentation faisait luire son regard bleu.

Elle prit une profonde inspiration, censée la calmer mais qui ne fit qu'apporter à ses narines l'odeur de son compagnon. Ses sens exacerbés captèrent une note très masculine sous le parfum frais du gel de douche. Aussitôt, elle se vit allongée, nue, dans la plantation de citronniers de la villa, sous un ciel aussi bleu que les yeux intenses qui la dévisageaient…

Marco contourna la table sans lui lâcher la main. Quand il fut à son côté, il l'amena à se lever. Puis, après une dernière pression des doigts, il la lâcha.

Il parla d'une voix douce, mais son regard resta impénétrable :

— Nos visiteurs ne vont pas tarder. Vous feriez mieux d'aller mettre votre manteau. Je vous retrouve dans le vestibule.

5.

Ce contact passager avec la main de Marco avait suffi à chambouler Cheryl, à l'embraser tout entière. Elle était remontée endosser des vêtements chauds mais malgré cela, et le feu sensuel qui courait encore dans ses veines, le froid glacial qui s'engouffrait par le vantail ouvert la frigorifia dès qu'elle commença à descendre les marches.

Marco parlait avec un groupe d'ouvriers réunis près du seuil. Il se détourna à demi en l'entendant venir. Il leva la main, comme pour lui intimer de ralentir le pas, de ne pas dévaler l'escalier. Rien n'était plus éloigné de ses intentions ! Elle avait besoin de tout son courage pour faire face à ces hommes. Heureusement, Marco était là et dirigeait les opérations.

Elle descendit les dernières marches pour gagner le vestibule. Tous les ouvriers la regardèrent, et elle eut un mouvement de recul instinctif.

— Cheryl, venez par ici.

La voix de Marco l'arracha à sa timidité craintive. Elle se dépêcha de le rejoindre, contente d'avoir un rempart contre les regards masculins. Tant qu'elle serait tout près de lui, personne ne se permettrait de la dévisager trop ouvertement.

— Vous avez vu ? Le jour se lève. Les techniciens ont sécurisé le réseau électrique ; à présent, nous pouvons jeter un coup d'œil sur mon trophée.

Il l'entraîna dehors. Dès qu'elle sentit sur ses joues le

vent endiablé chargé d'humidité, Cheryl se détendit. Dans l'avant-cour déserte, elle pouvait oublier ces hommes qui, depuis le vestibule, l'examinaient sûrement pour lui trouver des défauts. Mains dans les poches, elle contempla, postée près de Marco, le tronc abattu par la tempête.

Le tilleul atteignait sans aucun doute les vingt mètres de haut avant d'être déraciné. Maintenant, le fier géant écroulé offrait un spectacle désolant. Ses racines extirpées du sol y avaient ouvert un trou béant.

— C'est moche, commenta Marco par-dessus le bruissement continu des frondaisons agitées. Mais ce que perd la nature est un gain pour moi. Et pour le pépiniériste le plus proche, qui se réjouira d'avoir du travail. Il me suffira d'un coup de fil pour que cette allée recouvre son aspect antérieur.

— Vous ne pouvez pas acheter un arbre de cette taille ! objecta Cheryl en riant.

— Mais si, presque ! Il suffit d'avoir l'argent. Et des jardiniers pour veiller sur le nouveau tilleul jusqu'à ce qu'il ait bien pris dans la terre.

De nouveau, elle se remémora les choses négatives que les domestiques avaient dites sur leur employeur. Or, un homme capable de dépenser autant d'argent pour un arbre pouvait-il être réellement mauvais ? Elle songea à Vettor, pauvre orphelin qui vivait dans le décor nu et exposé aux courants d'air de la villa Monteolio. De toute évidence, Marco n'allait pas jouer le rôle de père à plein temps ; il accordait plus d'importance à son job qu'à la solitude affective du petit garçon. S'il tenait aux possessions matérielles plus qu'aux humains, alors oui, il avait un cœur de pierre !

Tandis qu'ils considéraient le grand arbre abattu, des ouvriers se présentèrent pour l'emporter. Marco leur délivra ses instructions et leur donna même un coup de main, gagnant ainsi le respect des travailleurs. Cheryl remarqua qu'il les connaissait tous par leurs prénoms. Sous ses directives, le travail fut exécuté avec efficacité.

Comme les équipes s'apprêtaient à partir, une immense et imposante Mercedes noire franchit les grilles de la propriété. Tout le monde s'interrompit pour la regarder venir — sauf Marco, trop occupé à jauger le bois d'ébénisterie que lui avait valu la tempête. Quand la voiture fut à l'arrêt, il s'en approcha et, ayant échangé quelques mots avec le chauffeur, prit dans le coffre une mallette, une housse de costume et un sac cabine en cuir. Alors que la Mercedes repartait, Marco adressa un sourire à Cheryl.

— Voudriez-vous me rendre un service ? J'ai les mains prises et je préfère éviter de poser mes bagages sur ce sol détrempé. Les hommes méritent un bon pourboire. Il y a de l'argent dans la poche de mon costume : prenez-le et remettez-le-leur, s'il vous plaît.

Cheryl fit coulisser à demi la fermeture à glissière de la housse. S'en échappa aussitôt l'odeur entêtante de l'après-rasage de Marco, qui la titilla délicieusement alors qu'elle palpait les poches doublées de soie du veston Armani. Elle sortit une liasse et, d'un geste indécis, commença à en séparer le premier billet de vingt euros.

— Je leur donne combien ?

— Confiez le tout à Berni, là-bas, juste derrière nous. Il fera le partage.

— Le tout ? Mais il y a au moins cent euros !

— Et alors ? dit-il avec nonchalance.

Il s'adressa en italien aux hommes, qui eurent de petits rires approbateurs. Cheryl donna les billets, puis s'empressa de s'écarter. Même si elle n'avait pas compris les propos de Marco, il adoptait toujours un ton qui la mettait à l'aise.

— Que leur avez-vous dit ? demanda-t-elle dès que les ouvriers furent remontés dans leurs véhicules.

— Juste des propos de chantier, du genre « c'était sympa », répondit-il d'un ton léger.

Tout à coup, son expression se fit grave, et il plissa légèrement les yeux en dardant sur elle un regard pénétrant.

— Vous ne vous plaisez pas ici, n'est-ce pas, Cheryl ?

Marco avait formulé d'un ton presque coupant cette interrogation abrupte. Il suivait à présent des yeux les véhicules des travailleurs qui cahotaient dans l'allée envahie de mauvaises herbes de la villa.

— Ce n'est pas du tout ça ! s'écria-t-elle, effarée, alors que sa chevelure lui fouettait le visage. Qu'est-ce qui vous fait penser cela ?

— Vous n'êtes pas à l'aise, je le sens.

— Cela n'a rien à voir avec la villa Monteolio.

— Alors, reprit-il en revenant vers la maison, ni ce temps infernal ni l'état de la demeure ne vous ont rebutée jusqu'ici ?

— Personne ne peut changer la météo. Et je sais par vos domestiques que vous possédez cette villa depuis peu, ce qui explique pas mal de choses.

Il s'immobilisa, sur ses gardes.

— Que vous ont-ils dit d'autre à mon sujet ?

— Rien, dit-elle après une légère hésitation.

Il était blessant qu'on médise sur vous dans votre dos, elle en avait l'expérience !

Marco se mit à rire.

— Voyons si vous apportez une réponse plus spontanée à ce que je vais vous soumettre maintenant.

Il fit encore quelques pas puis regarda en arrière. Cheryl temporisa, mal à l'aise. Elle se demandait ce qu'il lui réservait ; lui attendait qu'elle l'interroge. Elle avait appris à se plier aux directives au lieu de poser des questions. De toute évidence, pour Marco, la curiosité était permise. Mais elle s'en avisa trop tard pour profiter de l'occasion. Déjà, il annonçait en poussant la porte :

— J'ai pris une décision qui devrait vous réjouir, si vous avez du bon sens. Et j'ai l'impression que vous êtes loin d'en manquer.

— Je vous écoute.

— Dans combien de temps mon neveu sera-t-il en état de voyager ?

— C'est difficile à dire. Il faut d'abord que l'infection se résorbe. Après, il sera sans doute fatigué pendant quelque temps. Pourquoi ?

— J'ai une proposition à vous faire. Ne me regardez pas comme ça, il n'y a pas d'appréhension à avoir ! A votre avis, est-ce qu'un séjour à la mer lui plairait ?

— Je suis sûre que oui ; tous les enfants aiment ça.

— Parfait. Il n'est pas naturel qu'un gamin reste cloîtré. Cette propriété est vaste, mais… la mer, il devrait adorer, pas vrai ?

— Oui. Mais vu que l'automne approche, il faudra veiller à ce que Vettor ne prenne pas froid.

— Cela ne risque pas d'arriver là où je compte l'emmener. Ainsi que vous, bien entendu. Je possède une île tropicale. Un endroit pour me détendre et être moi-même. Un garçon de trois ans y sera heureux comme un roi. Il pourra profiter d'une eau bien tiède et jouer les explorateurs. Ce sera bon pour lui, non ?

Cheryl garda le silence. Les employés l'avaient avertie que Vettor était fragile, même lorsqu'il n'était pas malade. Il ne semblait pas du genre à barboter ni à partir en exploration.

Marco revint à la charge :

— Est-ce que vous pensez que le soleil et le grand air lui feront du bien ?

— Oui…

S'il perçut le doute dans sa voix, il n'en fit pas cas.

— Alors, c'est décidé, lança-t-il en pénétrant dans le vestibule. Nous partirons dès que vous le jugerez remis.

Elle hocha la tête. En fait, elle était tout à la vision qui dansait dans sa tête : Marco, savourant un cocktail à l'ombre d'une véranda, dans un décor exotique. Un paradis tropical, c'était sans doute son milieu naturel. Elle en avait les sens surexcités…

— Inutile de prendre cet air interdit ! Je me charge de tout, déclara-t-il en déposant ses bagages sur le vieux fauteuil en chêne proche de la vaste cheminée. Dès que le petit ira suffisamment bien, je l'emmènerai à Orchid Isle. Il n'y aura là-bas que les membres les plus fiables de mon équipe.

Il sourit et se passa la main dans les cheveux, remettant en place les quelques mèches que le vent avait dérangées.

— J'aime avoir mon intimité, reprit-il. C'est pourquoi je restreins le nombre de visiteurs sur Orchid Isle. Sur mon petit bout de paradis, je n'ai pas affaire à des photographes indésirables ni à des journalistes trop curieux. Et j'ai grand besoin de vraies vacances.

Il y avait une étrange inflexion dans sa voix, à laquelle Cheryl prit à peine garde.

— Vous avez acheté une île entière ? s'exclama-t-elle. Rien que pour fuir les photographes ?

— Tout le monde devrait avoir droit à un refuge, non ? On voit bien que vous n'avez jamais été traquée par des paparazzis à l'affût d'un scoop !

— Elle est grande, votre île ?

— Elle ne fait que quelques hectares. Quand je suis d'humeur, j'y invite des amis, je donne une soirée. Cheryl, pourquoi faites-vous cette tête ? Qu'y a-t-il ?

— Rien, je… ça fait pas mal de choses à digérer. Une île tropicale pleine de gens riches et célèbres…

— Dans votre profession, vous devez avoir l'habitude de fréquenter des gens en vue.

— Grands dieux, non ! Je travaille pour eux, c'est tout.

— Vos précédentes responsabilités impliquaient je suppose de prendre régulièrement des repas avec des enfants qui dînaient en compagnie de leurs parents et des invités de ces derniers. A moins que les gosses des riches ne partagent pas le quotidien privilégié de leurs géniteurs ?

— D'après mon expérience personnelle, ceux qui recourent à des nounous n'aiment pas s'encombrer de marmots.

— Eh bien, vous allez avoir droit à du changement ! Tout ce que je possède reviendra un jour à mon neveu. Plus vite il apprendra à en jouir, mieux ça vaudra. Il dînera avec moi tous les soirs. Sous votre supervision.

L'idée plaisait à Cheryl, sans toutefois que cela fasse totalement disparaître ses appréhensions.

— Et quand vous donnerez une soirée ?

— Ce n'est pas fréquent. Je ne veux pas être tenu de me montrer sociable, à Orchid Isle. Mais si je décide d'héberger quelques amis, il faudra que vous présentiez Vettor et qu'il apprenne à se comporter comme il faut quand il y a du monde. N'ayez pas cet air inquiet : voyez là une occasion de goûter à la grande vie.

— Ce n'est pas ma tasse de thé, s'exclama-t-elle en riant. Heureusement, Vettor focalisera l'attention !

Marco sourit. Mais il n'y avait aucune trace d'amusement dans son regard bleu.

En quelques jours, Marco Rossi bouleversa les idées que Cheryl s'était faites sur lui.

Les propos qu'elle avait entendus à son sujet l'avaient convaincue qu'il ne ferait à la villa Monteolio qu'un passage éclair, qu'il retournerait au plus vite à sa vie professionnelle brillante. Au lieu de ça, il fit venir à lui son travail. Des ouvriers travaillèrent sans relâche pour installer un bureau dans une des nombreuses pièces vides de la villa. Vingt-quatre heures plus tard, il y avait établi son quartier général, avec secrétaires personnelles et conseillers à l'air grave.

En dépit de sa curiosité, elle évitait de son mieux cette partie de la demeure. Elle ne comprenait pas la démarche de Marco. On lui avait rapporté qu'il ne voulait pas être distrait dans son travail par la vie de famille. Or, cette installation rapprochait étroitement ces deux aspects de sa vie.

Au fil des jours, l'état de Vettor s'améliora. Cheryl en fut soulagée. De plus, Sandra était très ouverte à ses suggestions sur le régime alimentaire du petit malade. Ensemble, elles conçurent des plats susceptibles de lui faire envie. Vettor ne se laissa pas facilement convaincre de goûter au bouillon de poulet maison mais après avoir sauté le pas, il ne cessa d'en redemander. En quelques semaines, il prit du poids et des couleurs.

Comme convenu, tous deux se joignaient chaque soir à Marco pour le souper. Une habitude italienne, selon lui. Les enfants devaient apprendre à s'intégrer à la vie de famille. Elle se demandait pourquoi il prenait cette peine : ils n'avaient guère de sujets de conversation communs, et Marco ne révélait rien de son travail.

Etant donné les nombreuses allées et venues des équipes dans la villa, Cheryl préférait dans la journée se réfugier dans la nursery avec Vettor. Elle n'avait donc pas d'autre compagnie que le petit garçon pendant des heures d'affilée.

La fin de l'été était marquée par de fortes chaleurs. On étouffait d'autant plus dans la nursery qu'il fallait fermer les fenêtres pour atténuer le vacarme des travaux. Un jour que le bruit des perceuses gâchait sa pause thé, Cheryl, sur les nerfs, éprouva le besoin d'intervenir. Gagnant le bureau de Marco, elle frappa à la porte.

Une secrétaire au physique gracieux, environnée d'un nuage de parfum, vint ouvrir. Avec un sourire suave, elle lui apprit que Marco était dans son atelier.

Cheryl dut demander son chemin à tous les employés qu'elle croisa sur sa route. En nage et agacée, elle fut soudain confrontée, au détour d'un angle de la maison, à un curieux tableau.

L'antique galerie située à l'arrière de la villa était devenue un atelier en plein air. De grands panneaux de contreplaqué étaient entassés contre le mur du fond. Cheryl ne se demanda pas longtemps pourquoi ce matériau moderne était nécessaire dans une maison aussi ancienne. Figée, bouchée bée, yeux écarquillés, elle était fascinée par le spectacle qu'offrait son employeur.

Seulement vêtu d'un jean taille basse, toujours aussi magnifique et sculptural, Marco était penché sur un établi, absorbé par la confection d'une pièce de bois. Son torse luisait, ses muscles jouaient sous sa peau lisse et halée. Elle le contempla avec émerveillement. Il était divin, presque trop beau. Elle s'embrasa, l'imagination en feu, et, les yeux clos, laissa échapper un gémissement.

— Cheryl ? Est-ce que ça va ?

Elle rouvrit les yeux et entreprit de se ressaisir.

— Oui ! Oui, ça va…

Mortifiée, elle baissa la tête. Dire qu'elle était engoncée dans son uniforme et ses croquenots face à cet homme superbe. C'était injuste !

— Le seul problème, c'est la chaleur, expliqua-t-elle. C'est pour cette raison que je suis venue. J'ai dû fermer les fenêtres de la nursery parce qu'un abruti nous écorchait les oreilles avec sa perceuse.

Marco se saisit d'une scie, sourire aux lèvres.

— Etes-vous sûre que c'était un abruti ?

Il désigna le fond de la galerie, contre le mur de laquelle une planche avait été fixée. Toute une série d'outils y étaient accrochés. Cheryl s'avisa soudain de la puissante odeur de sciure qui flottait dans l'air, celle du bois fraîchement percé.

— C'était… c'était vous ? fit-elle avec lenteur.

Il acquiesça. Seigneur, elle venait de traiter son patron d'abruti… Il fallait absolument qu'elle garde sa dignité !

— Je suis désolée, Marco.

— Je le suis aussi de vous avoir dérangés, mais il

fallait que j'installe cette planche, pour avoir mes outils à portée de main. Et puis j'en avais marre d'être rivé à mon ordinateur, ajouta-t-il.

Il était en sueur ; de fines gouttelettes perlaient sur son torse puissant. Subjuguée, Cheryl le fixa. Elle déglutit avec difficulté.

— Que penseraient vos clients si… s'ils savaient ?

— Ils n'ont pas à se plaindre de mon travail, je crois. Je suis très attaché à les satisfaire. La manière dont j'occupe mon temps libre ne les concerne pas, si ?

Il essuya son front d'un revers de main, avant de continuer :

— Sandra m'a dit que Vettor commençait à avoir une nourriture plus variée. En faisant jouer ses contacts, elle a pu se procurer ceci.

D'un geste du pouce, il désigna les caisses à claire-voie placées au fond de l'atelier. Des formes blanches et duveteuses en dépassaient. En s'approchant, Cheryl vit de petits yeux noirs en forme de bouton qui la regardaient.

— Des poules ? fit-elle, nerveuse.

— N'ayez pas peur ! Leur activité la plus dangereuse consiste à pondre des œufs, lança-t-il avec humour.

— Oh ! c'est pour ça ! s'exclama-t-elle, soulagée. Ce n'est pas pour le bouillon, alors ?

— Quand elles arriveront à la fin de leur vie naturelle, peut-être que…

— Non, arrêtez ! Tenons-nous-en aux œufs, pour l'instant.

Elle examina l'ouvrage de Marco, et comprit que le contreplaqué lui servait à construire un poulailler grillagé.

— Pourquoi diable faites-vous cela ? s'étonna-t-elle.

— Il y a quelques semaines, un renard a tué les premières poules que j'avais fait venir. Je croyais qu'elles se cacheraient dans les haies et seraient en sécurité. C'était une erreur.

Il se mit en devoir de polir un bord rugueux à l'aide de papier de verre.

— Je ne veux pas que le petit soit bouleversé en voyant des poules égorgées, ajouta-t-il.

— Non, je voulais dire : pourquoi ne payez-vous pas quelqu'un pour effectuer ce travail ?

— Vous connaissez tout sur les enfants, commença-t-il en saisissant un panneau de contreplaqué.

Il marqua une pause, au cours de laquelle il prit des mesures puis traça des lignes au crayon.

— Moi, c'est ça mon domaine d'expertise, acheva-t-il.

— Vous êtes trop habile pour vous limiter à la menuiserie, Marco. Je suis sûre que vous réussiriez en tout. Même la garde d'enfants !

Il répondit à sa remarque malicieuse par un sourire éblouissant.

— Il est vrai qu'aucun job ne m'a jamais résisté.

— Je parie que Vettor adorerait vous regarder travailler.

— Vous prétendiez qu'il devait rester à l'abri des courants d'air, non ?

— Il n'y aura pas de problème. En revanche, je ne suis pas sûre de retrouver mon chemin jusqu'à la nursery.

— Elle est juste là, affirma Marco, désignant l'aile que longeait la galerie.

— C'est donc pour ça que le vrombissement de la perceuse était si fort ! Saviez-vous que nous étions à côté ?

— Je m'en suis douté. J'ai entendu un bruit feutré très *british* quand vous avez fermé la fenêtre, tout à l'heure. Une Italienne aurait déversé un torrent d'imprécations puis claqué les battants.

— Désolée, Marco. Bon, je retourne auprès de Vettor.

— Pourquoi n'utilisez-vous pas cette porte-fenêtre ? lança-t-il en la lui désignant d'un geste de la tête.

— Je l'ai verrouillée de l'intérieur avant de laisser Vettor seul.

— Sage précaution. Mais ce n'est pas un problème…

Il prit à ses pieds une trousse à outils, la posa sur l'établi et fouilla dedans. C'était une sacoche ancienne remplie d'instruments mystérieux de toutes les sortes. Il sélectionna une bobine de fil de fer et en coupa une courte longueur. Puis il s'approcha de la porte-fenêtre ; il se pencha sur la serrure. Un déclic se fit bientôt entendre. Il actionna la poignée avant d'ouvrir la porte en grand. Cheryl entendit Vettor s'exclamer.

— Mais… mais c'est une…, balbutia-t-elle, cherchant en vain un mot moins blessant qu'effraction.

— C'est légal, puisque je suis ici chez moi, observa Marco. J'ai dû souvent me débrouiller tout seul quand j'étais enfant. On apprend vite quoi faire lorsqu'on se retrouve enfermé dehors.

— Tu viens prendre le thé, tonton Marco ? lança Vettor depuis la nursery.

Celui-ci se mit à rire.

A l'instant où Cheryl franchissait le seuil, il releva un bras pour s'essuyer le front. Elle perçut son odeur, mélange brut de sueur et d'après-rasage. Elle s'immobilisa. Irrésistiblement, leurs yeux se rencontrèrent. Marco avait un regard si magnétique qu'elle en oublia tous ses mauvais souvenirs avec les hommes.

Elle appartenait à cet homme, songea-t-elle confusément. Le reste n'avait plus aucune importance…

6.

— Je suis trop sale, *bimbo* ! lança Marco à l'adresse de son neveu.

Cheryl redescendit sur terre et en fut soulagée. La voix rude de son patron contrastait avec la séduction taquine dont il faisait en général preuve lorsqu'il était seul avec elle. En sa présence, elle perdait sa concentration, alors qu'elle aurait dû penser seulement à Vettor.

— S'il te plaît, tonton ! implora le garçonnet.

Elle constatait chaque jour une amélioration dans l'état de ce dernier. Mais cette bouffée d'enthousiasme était nouvelle. C'était la première fois qu'elle le voyait animé. Si son oncle avait cet effet sur Vettor, il fallait l'encourager.

— Si vous entriez, Marco ?

— Pour salir le seul tapis neuf de la maison ? fit-il en examinant ses bottes poussiéreuses.

— Vous n'avez qu'à les enlever. Ainsi que vos chaussettes, suggéra-t-elle, la gorge sèche.

L'imaginer pieds nus avait fait remonter à son esprit les images de l'épisode de la douche.

— Pas ici, et pas maintenant, dit Marco en riant.

— Alors, je peux aller dehors avec toi. Pas vrai, Cheryl ? plaida Vettor, qui leva les yeux vers elle d'un air anxieux.

Il avait des yeux aussi bleus et pénétrants que son oncle, et un regard tout aussi irrésistible. Elle ne s'étonnait plus que Marco lui ait paru familier à leur première rencontre.

— Je vais mieux, et j'ai mangé toute ma *torta*, souligna-t-il d'un ton triomphant.

— C'est une excellente idée, Vettor. Un peu d'air frais te fera du bien, approuva-t-elle en ébouriffant affectueusement son épaisse chevelure brune.

— Je n'en suis pas si sûr, lâcha Marco, qui semblait mal à l'aise.

— Pourquoi ?

Cheryl ajouta, en murmurant par-dessus la tête du petit :

— Vous voulez que ce travail reste un secret ?

— Pour quelle raison ?

— Lui faire la surprise, expliqua Cheryl.

Marco secoua la tête.

— Va donc avec ton oncle, Vettor, reprit-elle alors. Il a quelque chose à te montrer. Moi, je me charge de débarrasser la vaisselle. Sauf si vous désirez du thé, Marco ?

— Je crois que je vais avoir besoin d'une bonne tasse, observa-t-il, rembruni.

Elle les regarda longer la galerie. Marco tenait avec raideur la main de son neveu. Celui-ci trottinait à sa suite, s'efforçant de suivre ses longues enjambées. Cheryl en aurait souri, si l'indifférence de Marco n'avait pas été si désolante. Pourquoi avait-il tant de mal à se mettre au diapason de Vettor ? Depuis quelque temps, elle était convaincue qu'il n'avait pas d'antipathie pour lui. Il ne savait tout simplement pas comment se comporter en sa présence.

Elle prépara une tasse de thé bien corsé, puis alla voir comment se passaient les choses. Vettor était accroupi près de la caisse des poules. Marco, à son établi, ne semblait guère réjoui.

— Le petit ne s'intéresse pas à ce que je fais. Il veut seulement donner du grain aux poules.

— Ce n'est pas un problème, dit-elle avec calme. Tenez, voici votre thé.

Il saisit la tasse qu'elle lui tendait, avala une gorgée, puis grimaça :

— Il n'y a pas de sucre !

Cheryl lui reprit la tasse et fit mine de s'éloigner.

— Je m'en charge, fit Marco. Vous, restez ici !

— Non, c'est un bon exercice pour moi, prétexta-t-elle à dessein, j'ai encore besoin d'apprendre à me diriger dans la villa.

— Le travail n'avancera pas si je dois garder un œil sur le petit !

Elle lui décocha un regard éloquent et s'accroupit près de Vettor.

— Plus vite ton oncle aura fini le poulailler, plus vite on pourra y mettre les poules. Il t'autorisera peut-être même à l'aider. Mais un atelier est un endroit dangereux, alors tu devras faire exactement ce qu'il te dit, d'accord ?

L'enfant acquiesça d'un air grave.

— Eh bien, le problème est résolu, Marco, dit-elle en se relevant.

Elle gagna la cuisine et s'y attarda pour laisser le temps à l'oncle et au neveu de s'apprivoiser. Quand elle revint, Marco était en train d'assembler la cabane. Il semblait content.

— Alors, qu'est-ce que vous avez mijoté, tous les deux ? lança-t-elle.

— J'ai presque fini, dit Marco avec satisfaction.

— Et Vettor ?

— Je lui ai dit de s'asseoir et de ne pas bouger, et il a obéi.

Vettor s'était glissé entre la caisse de poules et le mur de la villa. Il suçait son pouce. De sa main libre, il caressait les touffes de plumes qui sortaient des claires-voies.

— Evidemment ! Pourquoi cet air surpris ? Je vous croyais habitué à vous faire obéir, plaisanta-t-elle.

Marco ne l'écoutait apparemment plus. Il semblait préoccupé.

— Est-ce qu'il va bien ? murmura-t-il. Je n'ai jamais été aussi tranquille, enfant.

— Vettor est un garçon sage.

Marco la dévisagea. Peu à peu, sa bouche crispée se détendit, et il ébaucha un sourire malicieux.

— Alors, il est très différent de ce que j'étais à son âge.

— J'espère qu'il ne faut pas en conclure que vous allez le détourner du droit chemin ! rigola Cheryl. Qui vous a appris à bricoler de la sorte ? Votre père ?

— Non. Je n'en ai jamais eu.

Voilà qui expliquait beaucoup de choses, pensa-t-elle. Si Marco avait grandi dans la rue, sans aucun exemple, il n'était pas étonnant qu'il ait du mal à établir une relation avec Vettor. Ils avaient tous deux besoin de passer du temps ensemble, si possible loin de cette maison. Elle connaissait la solution idéale. Mais si elle mentionnait Orchid Isle, Marco croirait sans doute qu'elle quêtait des vacances gratuites sur son île tropicale. Ou pire : qu'elle lui faisait des avances.

— C'est pourquoi je veux que mon neveu ait tous les atouts qui m'ont manqué, reprit Marco.

Il baissa la voix pour que Vettor ne puisse pas l'entendre :

— Je suis responsable de ce qui est arrivé à sa mère. C'est pourquoi je l'ai amené ici.

Cheryl retint son souffle, désireuse d'en savoir plus sur la situation de la famille Rossi. Non par curiosité malsaine mais pour mieux les comprendre. Mais Marco se concentra de nouveau sur son travail.

— Que s'est-il passé ? osa-t-elle enfin demander.

— Ma sœur était beaucoup plus jeune que moi. Pendant que j'étais à l'étranger, œuvrant à l'édification de mon empire, elle a perdu les pédales.

Il prit du papier de verre, puis continua :

— Je n'ai rien vu venir. Quand j'ai découvert que l'argent que je lui envoyais n'avait servi ni à la nourrir ni à payer les factures, il était trop tard…

Il se mit à poncer son œuvre avec énergie, et Cheryl préféra ne pas l'interroger davantage. Quoi qu'il se fût passé entre Marco et sa sœur, ses propres soucis se trouvaient relégués à l'arrière-plan. Elle devait agir au mieux pour Vettor sans se demander ce que son patron penserait d'elle.

— Marco, si vous êtes toujours décidé à emmener Vettor à Orchid Isle, vous devriez partir au plus tôt. Vous avez tous deux besoin de vacances. Et cela vous donnerait l'occasion de faire plus ample connaissance.

Marco et Vettor la dévisagèrent d'un air interdit. Le garçonnet fut le premier à rompre le silence :

— Je ne suis pas obligé d'y aller tout seul, hein ?

— Ton oncle Marco veillera sur toi, le rassura Cheryl en souriant.

— Ne t'inquiète pas, *bimbo*, Cheryl sera là aussi.

Il la regardait d'un air sérieux, comme s'il attendait une réponse. Qu'elle lui donna en s'efforçant de mesurer son enthousiasme au sujet de ce voyage :

— C'est vous le patron.

En acceptant ce poste à la villa Monteolio, elle avait enfin tâté la vie à l'étranger — un rêve. Si elle partait sous les tropiques, elle se rapprocherait encore plus du paradis. Mais, en ce moment, Marco n'avait pas l'air réceptif aux remerciements. Il était même clair, vu sa mine, qu'elle n'avait pas à s'inquiéter de lui envoyer des signaux d'invite involontaires : il semblait immunisé !

Il se pencha sur son établi, lui cachant ainsi son expression, et répondit sans lever les yeux :

— Dans ce cas, c'est décidé. Nous partons demain à la première heure.

D'un seul coup, l'ambiance avait changé du tout au tout entre Marco et elle. Cheryl sentait qu'il désirait instaurer une certaine distance. Sa raison lui affirmait que c'était normal et pourtant, elle aspirait à vivre quelque chose d'autre, à aller plus loin. En elle, tout la portait vers cet homme…

Elle tenta de se distraire en encourageant Vettor à créer un carré de fleurs devant la nursery. Tandis qu'il prenait le soleil, elle travailla la terre. Dans un sabir d'italien et d'anglais, ils formèrent des plans. Marco, lui, était absorbé par son ouvrage.

Tout en retournant le sol, Cheryl brûlait d'envie de caresser son corps musclé… Elle jetait des coups d'œil dans sa direction chaque fois que Vettor était distrait. Marco, lui, ne lui accordait aucune attention.

Elle était si troublée qu'elle sursauta quand il la héla.

— Pas de panique ! lança-t-il. Je voulais juste annoncer que le poulailler est fini.

Vettor partit au pas de course.

— Je peux mettre les poules dedans, tonton Marco ? S'il te plaît, tu as promis !

Il rejoignit son oncle avant elle. Marco la regarda avec amusement alors qu'elle tâchait d'essuyer sa jupe. Elle fut mortifiée : pour une fois qu'il lui prêtait attention, elle était maculée de terre !

— Si vous expliquiez à Vettor le fonctionnement du poulailler ?

Il eut un mouvement de tête, l'air de dire : « C'est pourtant évident ! »

— Quand les poules ne gambadent pas dans l'herbe, déclara-t-il cependant en se penchant vers son neveu, elles peuvent se mettre à l'abri dans leur maison. Si elles ont envie de pondre, elles se mettent dans un de ces petits nichoirs. Chaque jour, tu pourras soulever les couvercles…

Il fit la démonstration à Vettor, qui observait tout d'un air fasciné.

— … puis ramasser les œufs. Je vais transporter le poulailler sur ce carré d'herbe, là-bas, en contrebas de la terrasse ; après, tu pourras installer les poules dans leur nouvelle maison.

— Si vous la laissiez ici ? suggéra Cheryl. Il vaudrait mieux que Vettor voie les poules de la fenêtre de sa chambre. Il pourrait jeter un œil sur elles, et cela le responsabiliserait un peu.

— J'aurais cru qu'une nounou anglaise redouterait une attaque de bactéries ! plaisanta Marco.

Elle leva les yeux, s'imprégnant de chacun de ses traits. Elle les connaissait par cœur et aurait pu les dessiner de mémoire, mais elle ne pouvait s'en rassasier.

— Pour le moment, je tiens surtout à ce que Vettor ait de la distraction pendant sa convalescence.

— Très bien. Alors, *bimbo*, tu devras t'arranger avec le personnel pour qu'il s'occupe de vos protégées en notre absence.

Le petit garçon les regarda tour à tour, intrigué.

— Tu n'as quand même pas oublié que ton oncle t'emmène à la mer ? dit Cheryl.

— Et vous venez aussi, renchérit Marco. Nous ne pouvons pas partir sans notre irremplaçable Cheryl.

Irremplaçable… Ce mot de Marco s'attarda dans l'esprit de Cheryl pendant toute la fin de la journée, et elle le savourait toujours lorsqu'elle se réveilla le lendemain matin, à cinq heures. Elle s'octroya un bain moussant, pour commencer sa journée fraîche et dispose. Le long voyage avec Marco jusqu'à Orchid Isle la mettrait sans doute au supplice…

Après avoir vaporisé un soupçon de parfum sur son corps, elle enfila un uniforme propre et s'attaqua aux préparatifs. Pendant que Vettor prenait son petit déjeuner, elle logea dans une malle tout ce dont il aurait besoin pour ces vacances. Il avait plus de vêtements et de jouets que les autres enfants dont elle s'était occupée. Cela lui causait du souci plutôt que de l'impressionner. Après avoir vu Marco à l'œuvre avec son neveu, elle devinait qu'il avait accordé au personnel un budget illimité : tout ce que cet enfant voulait, il l'avait. C'était, selon elle, une bien mauvaise méthode éducative.

Par chance, Vettor était si jeune que tout ce luxe le déroutait plus qu'il ne faisait de lui un enfant gâté. Cheryl espérait prouver à Marco, avant qu'il soit trop tard, que c'était en lui tenant compagnie qu'il conquerrait le cœur de son neveu.

Comme elle prenait des dispositions pour qu'on descende les bagages au rez-de-chaussée, la voix de la raison la mit en garde. Tout ce qu'on lui avait rapporté sur Marco Rossi indiquait qu'il avait tout du millionnaire prédateur classique. Il avait laissé de par le monde une cohorte de cœurs brisés, pour ne parler que des liaisons dont les médias avaient eu vent. « Qui sait combien de filles ordinaires dans mon genre il a pu séduire ? », se dit-elle.

Se mordillant la lèvre, elle songea avec anxiété que c'était de la folie de rester en poste alors qu'elle était dévorée par la tentation. A ce moment-là, elle regarda Vettor et sourit. Elle ne pouvait pas abandonner à lui-même ce petit bout de chou ! Son devoir était de veiller sur lui, même si elle devenait ainsi l'esclave de ses propres sentiments pour Marco.

Le personnel déposa ses bagages et ceux de Vettor dans le vestibule. Malgré la chaleur, elle portait son manteau sur son bras. Son uniforme avait le don de la ramener à des pensées plus tempérées au sujet de son employeur. Elle se répétait que son rôle était de s'occuper de Vettor, et qu'il serait positif qu'elle parvienne à convaincre Marco de divertir un peu son neveu. Si seulement ils pouvaient s'entendre !

Les deux vantaux de la porte d'entrée étaient ouverts. La voix de Marco lui parvint du dehors. Aussitôt, son cœur fit un bond. Comme électrisée, elle saisit Vettor par la main et se dirigea vers le seuil.

L'ombre de son employeur se dessina dans le passage, sous le soleil qui amorçait son ascension. Elle s'étirait jusque dans l'avant-cour, soulignant son impressionnante carrure. Comme elle gagnait l'extérieur, elle croisa en frémissant le regard bleu et inquisiteur de Marco.

Elle dut agripper le chambranle pour se soutenir, et constata qu'il avait noté ce geste révélateur. Elle laissa aussitôt retomber sa main. Même s'il n'avait pas l'air menaçant, elle avait peur de lui. « Savoir, c'est avoir le pouvoir », aimait à répéter Nick. Elle ne voulait pas que Marco ait conscience de sa nervosité et s'efforça de prendre un air neutre.

Après un échange de bonjours et quelques considérations sur le temps, il déclara :

— Bon, je vais mettre les bagages dans le coffre.

— C'est vous qui vous en chargez ? s'étonna-t-elle.

— Bien sûr !

Apparemment aussi surpris par sa réaction que par son unique valise, il ajouta :

— Et le reste de vos bagages ?

— Je n'ai que ça.

Face à son air incrédule, Cheryl se hâta d'entraîner Vettor dans la cour. Nick l'avait souvent asticotée sur son apparence, à laquelle elle ne prêtait qu'une attention distraite. Elle ne supporterait pas que Marco en fît autant. Cela aurait détruit toutes les illusions qu'elle se faisait sur lui.

Une fois le coffre chargé et refermé, Marco se tourna vers son neveu.

— Oh ! j'ai oublié de te dire bonjour, petit.

Il donna au garçonnet une poignée de main cérémonieuse. Cheryl en eut le cœur serré. Si elle avait un neveu qui s'apprêtait pour la première fois à faire un aussi long voyage, elle l'aurait serré très fort contre elle.

Marco se pencha vers Vettor.

— J'aurai besoin de place pour travailler, pendant le voyage, expliqua-t-il. Et quelquefois, Cheryl et moi aurons des discussions de grandes personnes. Alors est-ce que ça t'ennuierait d'être assis à l'avant ?

Elle vit rouge. Il mettait Vettor à l'écart !

— Non, Marco ! explosa-t-elle. Vous ne pouvez pas faire ça !

Sa désapprobation passa inaperçue : Vettor se précipitait déjà sur le siège passager avec des cris de joie, tandis que le chauffeur et Marco riaient de sa réaction.

— Quand j'étais gosse, lança ce dernier, j'aurais adoré rouler comme ça, à côté du chauffeur. C'est bon de voir que certaines choses ne changent pas.

Cheryl ne savait plus que dire, partagée entre la honte et l'ahurissement. En voyant son expression, Marco cessa de sourire.

— J'ai fait installer un siège rehausseur pour lui, vous savez.

— Oui, mais…

Elle n'alla pas plus loin. Il n'y avait pas lieu de contester. Elle était la professionnelle censée tout savoir des besoins des enfants, mais son patron venait de lui couper l'herbe sous le pied.

— Oui, mais je pensais que je serais assise à l'avant, objecta-t-elle tout de même, non sans rougir. Vous devriez en profiter pour rester avec Vettor. Vous êtes si souvent loin de la maison…

— Je préfère garder mes distances, répondit-il abruptement. Je crains qu'il n'ait peur de moi.

— On se demande pourquoi, marmonna Cheryl, alors qu'il lui ouvrait la portière.

Ils prirent place dans la voiture.

— Je parie que tout ira comme sur des roulettes lorsque vous aurez affaire à vos propres enfants, observa Marco d'un ton narquois, tandis que le chauffeur s'engageait dans l'allée cahoteuse.

— J'en ai déjà eu cent vingt-six ! Tous des garçons, dit-elle avec un sourire. Pendant ma formation, j'ai suivi un stage dans un collège huppé.

— Alors vous savez qu'il faut faire preuve de doigté avec eux. La marge est parfois étroite entre les directives raisonnables et celles qui attisent la rébellion.

Cheryl le dévisagea d'un air interdit. Marco Rossi semblait savoir très exactement de quoi il parlait.

A l'aéroport, des hommes austères, en costumes chic et lunettes noires, veillèrent au déroulement rapide des formalités. Ainsi, ils purent monter dans le jet privé de Marco en un temps record.

— On est aux antipodes des heures d'attente que j'ai subies en venant d'Angleterre, commenta Cheryl en installant Vettor près d'un hublot, avec une boisson fraîche.

Elle s'assit près de son protégé. Le sac du petit garçon regorgeait de livres de contes et de jeux mais pour le moment, il était ravi d'observer les allées et venues des mécaniciens, à l'extérieur de l'avion.

— Je n'ai moi aussi que trop fait le pied de grue quand je bossais en Angleterre, voilà des années. C'est comme ceci qu'il faut voyager, déclara Marco en se carrant sur son siège.

— Vous avez travaillé en Angleterre ? Où ?

— Un peu partout. Là où il y avait du boulot pour un ouvrier du bâtiment. Une semaine ici, un mois là. C'est comme ça, l'intérim.

— Vous étiez ouvrier du bâtiment ? s'exclama Cheryl, étonnée.

Elle fut prise d'un rire irrépressible.

— Qu'y a-t-il de si drôle ?

— Rien, je… je pensais juste à quelque chose.

— Ne faites donc pas de manières, parlez. Que je puisse rire avec vous.

Il semblait si détendu, alors qu'il se débarrassait de son veston chic, que Cheryl décida de lui faire confiance.

— Eh bien… je ne vous imagine pas du tout en appui sur un manche de pelle, en train de lire un tabloïd ou de manger un sandwich au bacon !

Marco changea aussitôt d'expression.

— N'oubliez pas qui a fabriqué le poulailler… Et rappelez-moi un de ces jours de vous montrer ce que je sais faire d'autre, lâcha-t-il d'une voix traînante.

— Je voulais juste dire que vous semblez trop… sophistiqué pour un job pareil.

Il examina ses mains, que le travail manuel avait éraflées, effleurant avec un pouce la pulpe meurtrie du bout de ses doigts.

— Vous devez avoir raison. En tout cas, mes doigts partagent votre avis.

Le steward lui apporta son ordinateur portable. Il le posa sur ses genoux et l'ouvrit. En une seconde, il fut absorbé par son travail. Il s'était brusquement fermé à elle, comme si elle n'existait plus, et Cheryl ne savait absolument pas pourquoi.

7.

Comme l'avion amorçait sa descente, Marco désigna le hublot. La nuit était en train de tomber, mais Cheryl put distinguer une verte oasis ceinte de sable blanc et de vagues ourlées d'écume. Orchid Isle était un petit coin de paradis au milieu de l'océan. Un rêve trop beau, presque un mirage, pour une jeune femme d'origine modeste comme elle.

— Passez dès maintenant commande au barman, Cheryl, dit Marco. Ainsi, votre cocktail vous attendra dans votre appartement dès que vous y serez.

— Je n'ai jamais goûté à un cocktail ! Ça ressemble à quoi ?

— On peut en préparer à base de jus de fruits, d'alcool, ou d'une combinaison des deux. Vous n'avez qu'à demander ce qui vous fait envie, et vous l'aurez, dit-il d'une voix de velours.

Pour une fois, elle ne fut pas embarrassée par son regard. Elle se sentait excitée, audacieuse. Et annonça hardiment :

— Je prendrai la même chose que vous.

— Soit. Mais je m'en tiens aux boissons non alcoolisées quand je travaille. Cela vous va ?

— Bien sûr. Je ne boirais jamais d'alcool en m'occupant de Vettor.

— Il sera au lit quand vous savourerez votre cocktail.

— Rien n'est moins sûr ! dit-elle en désignant le petit

garçon, le nez collé à un hublot. Il est tout excité. Je pourrai m'estimer heureuse si j'arrive à l'endormir avant demain !

Marco laissa couler un rire en refermant son ordinateur alors que le jet se préparait à atterrir.

— Eh bien, s'il est réveillé, ne manquez pas le coucher du soleil. Ceux d'Orchid Isle sont incomparables.

Le souffle court, Cheryl osa espérer qu'il voudrait se joindre à eux. Mais il ne suggéra rien de tel. Quand ils furent descendus de l'avion, il s'éloigna sans tarder vers le luxueux 4x4 qui attendait sur le tarmac, la laissant derrière lui sur la piste avec Vettor.

Durant le trajet, Cheryl s'aperçut qu'Orchid Isle était un vrai jardin d'Eden, sauvage et encore vierge. On n'y trouvait qu'un petit ensemble de constructions qui s'intégraient harmonieusement au décor et comportaient des appartements de luxe pour Marco et ses invités. Elle découvrit également une piscine naturelle dissimulée par des fougères arborescentes, des mousses et des orchidées, ainsi qu'une aire de repas en plein air avec bar. Les visiteurs privilégiés de l'île disposaient à portée de main de tout ce qu'ils pouvaient désirer. A peine fut-elle installée dans ses nouveaux quartiers que Cheryl sentit s'envoler toute la pression liée à son nouveau travail.

Le lendemain matin, le Vettor qui bondit hors de sa chambre était un tout autre enfant que la veille. Il se précipita à la plage pour en explorer les merveilles. Cheryl le suivit, aussi joyeuse que lui.

Soudain, le rire bas et amusé de Marco porta jusqu'à eux à travers la plage. Debout au bord du rivage, il leva la main en un salut détendu. En maillot de bain, il semblait encore plus grand et impressionnant que d'habitude, parfaitement à l'aise dans ce paradis tropical. Vettor se rua à sa rencontre.

— Cheryl ! Mais que diable portez-vous ? fit Marco, vaguement ahuri.

— Mon uniforme. Je suis en service.

Il leva les yeux au ciel, l'air de dire : « Ah, les femmes ! »

— Il est inutile de se soucier de ce genre de formalité, ici.

— En fait, je… je me sens mieux comme ça. Je suis ici pour travailler, je ne l'oublie pas.

— Allons donc ! Ne me dites pas que vous n'avez rien emporté d'un peu coquet ! railla-t-il, accoutumé à ce que les femmes qu'il connaissait voyagent avec une garde-robe griffée.

— Je ne vais pas courir les soirées. Je ne me soucie guère d'avoir des toilettes.

Marco cessa de sourire.

— Très bien. Qu'avez-vous apporté, exactement ?

— Des uniformes de rechange, des jeans, un ou deux hauts…

— Pas de robes ? Ni de Bikini ? Ni de jolies sandales ?

Son expression incrédule la mortifia. Elle n'était pas particulièrement sociable et sortait rarement. Traîner en compagnie d'autres célibataires ne correspondait pas à sa conception d'un bon moment de détente. En fait, le travail suffisait à combler ses journées. Et en dehors des heures de service, elle portait des vêtements décontractés et des tennis.

— J'envisageais d'en acheter, mentit-elle. Il faut juste que je trouve le temps de faire les boutiques.

— Ce n'est pas compliqué. De quoi avez-vous besoin ? Je passerai un ou deux coups de fil.

— Mais suis-je bête : il n'y a pas de magasins, ici ! s'écria Cheryl en se frappant le front du plat de la main. Juste la jungle et la plage. Comment pourrais-je faire des achats ?

— Je tiens à ce que vous ayez des vêtements appropriés, dit Marco avec un sourire enjôleur. Et quand je veux quelque chose, ce quelque chose vient à moi.

Quelques heures plus tard, Cheryl, ébahie, vit un hélicoptère se poser sur la plage. Tandis qu'elle assistait au spectacle à distance prudente en tenant Vettor par la main, des douzaines de boîtes furent déchargées. Puis le personnel les transporta dans son appartement sans qu'elle ait à lever le petit doigt. Elle les observa avec des yeux écarquillés, se demandant ce que contenaient ces mystérieux paquets. Quand elle entendit derrière elle Marco qui s'éclaircissait la gorge, elle tressaillit, pas encore remise de sa stupéfaction.

— Tout ceci est pour vous, dit-il. Une sélection de tout ce que pourrait désirer la jeune nounou d'Orchid Isle. A vous de choisir ce qui vous plaît.

Cheryl secoua la tête.

— Non, je ne peux pas accepter. Pourquoi faites-vous cela pour moi ? J'aurais dû m'organiser et apporter plus de choses. C'est à moi de régler ce problème. Rien qu'à moi,

— Pas du tout. Même mes gens de maison sont en tenue décontractée, murmura-t-il en désignant le barman qui marchait sur la terrasse — il arborait un short et une chemise éclatante. Je suis censé prendre du repos. Votre uniforme n'est qu'un rappel rébarbatif des journées de travail.

Elle baissa la tête, tentant de dissimuler la rougeur qui avait envahi ses joues. Elle se sentait plus coupable qu'embarrassée. Et, par malheur, un trouble ardent gagnait son intimité. Elle repensa à ce moment où, pendant la tempête, Marco l'avait serrée contre lui en murmurant à son oreille des mots rassurants, dans un italien enchanteur…

— Allons, choisissez ce qui vous plaît et mettez-le de côté avec un petit mot pour indiquer les retouches nécessaires. Je réglerai ça avec les couturiers.

Arrachée à ses doux souvenirs, elle s'écria :

— Je ne peux quand même pas vous laisser payer !

— Pourquoi pas ? Prendre ce qu'on vous offre, et au diable le prix, c'est le rêve de toute femme, non ?

— Pas le mien ! déclara Cheryl avec fermeté. Vous m'offrez déjà la chance de ce merveilleux séjour tropical. C'est ma faute, si je n'ai pas emporté ce qu'il fallait. Permettez-moi de payer ma quote-part.

— Vous vous occupez de mon neveu jour et nuit : ce ne sont pas non plus des vacances…

— J'aime mon travail. Et Vettor est adorable. Ce n'est pas du tout une corvée de s'occuper de lui.

Entrevoyant soudain une occasion de rapprocher l'oncle et le neveu, elle suggéra :

— Si vous passiez un moment avec lui ? Je peux difficilement le surveiller pendant que j'essaie les vêtements.

Marco eut un signe négatif presque imperceptible. Quelque chose, dans son regard, suggérait qu'il avait de profondes raisons pour garder ses distances avec le petit garçon.

— Il n'y aura pas de problème, affirma-t-il. Vous pouvez essayer ce que vous voulez en toute intimité.

— Pendant ce temps, vous pourriez faire faire un petit tour en forêt à Vettor ? insista-t-elle, prenant son courage à deux mains.

Le garçonnet repartit vers les habitations, en quête d'un serviteur obligeant qui lui donnerait de la crème glacée. Marco emboîta le pas à son neveu.

— Quelqu'un de l'équipe s'en chargera, lança-t-il sans se retourner.

Cheryl soupira. Impossible de forcer Marco à aimer Vettor ! Elle se hâta de le rejoindre. Ce n'était peut-être pas le meilleur des tuteurs, mais Orchid Isle était un bel endroit. Il était si magique qu'elle espérait qu'il finirait par opérer sur lui.

— Comment saviez-vous quelle taille commander ? demanda-t-elle alors qu'ils gagnaient les constructions basses à toits de chaume. Avez-vous fouillé mes affaires ?

Il s'arrêta net. Son regard flamboyait, et elle accusa

le coup. La voyant frémir, il se mordit la lèvre, se remit en marche.

— Certains hommes prennent plaisir à intimider les femmes. Pour ma part, j'en jouis d'une façon différente. Ce qui m'a apporté pas mal d'expérience dans certains domaines, et permis d'estimer que vous deviez faire un 38 ou un petit 40.

Il avait mis dans le mille ! Il avait le coup d'œil, c'était clair. Combien de femmes y avait-il eu dans sa vie ? se demanda-t-elle soudain. A quelles faveurs avaient-elles eu droit pour qu'il soit si bon juge du corps féminin ? Cela lui donnait à penser et emballait les battements de son cœur…

— J'ai demandé d'apporter un maximum de choix, dans toutes les couleurs. Allez-vous vous décider à faire des essayages ?

— Pour être franche, je… je me sens dépassée. Je n'ai pas grandi entourée d'un tel luxe.

— Alors, apprenez à le savourer. Quand j'étais petit, je n'avais rien. Je n'étais qu'un gamin esseulé après l'école, né dans les mauvais quartiers. Dès que j'ai pu, je m'en suis évadé. Grâce à un peu de bon sens et beaucoup de travail, j'ai obtenu tout ceci. Y compris les moyens de payer une nounou telle que vous. Puisque vous êtes là, autant que vous profitiez de ce que j'ai à offrir.

L'espace d'une seconde, leurs regards se rencontrèrent. La bouche de Marco s'incurva en un sourire dévastateur. Il fit un pas vers elle, annulant la distance qui les séparait. Elle n'aurait pu lui résister, en cet instant. Il la contemplait d'un air si éloquent que son destin lui parut scellé.

— Ce n'est pas une bonne idée… murmura-t-elle.

Son sang-froid l'avait désertée ; la peur l'avait reprise. Elle sentait l'intensité du magnétisme viril de Marco tandis qu'il la contemplait.

Soudain, il se détourna.

— Faites votre choix. Je reviendrai tout à l'heure pour voir où vous en êtes.

Il s'éloigna en direction de la plage et du bar en plein air. Cheryl le suivit des yeux, embrasée, l'esprit agité par ce qui avait failli avoir lieu. Inutile d'être un génie pour traduire le regard obscurci et le souffle court de Marco : il brûlait de désir, autant qu'elle. Le décor sensuel d'Orchid Isle avait fait monter la pression… et les enjeux !

Si seulement il n'était pas son patron… Elle serait dans ses bras, en ce moment. Cette pensée était pour elle à la fois l'enfer et le paradis. Son seul désir, dans la vie, c'était Marco Rossi. Mais si elle lui cédait, cela ne lui apporterait pas le bonheur. Il jouerait avec son cœur, voilà tout. Se laisser séduire par un tel homme était un rêve qui pouvait vite tourner au cauchemar. Une chose pouvait cependant la protéger. Marco avait affirmé qu'il ne pensait qu'au bien de Vettor. Il n'allait donc pas détourner sa nounou de sa tâche. Elle n'aurait pas juré qu'il avait un cœur, mais il était intelligent. Sans doute continuerait-il à l'empêcher de se fourvoyer puisqu'il y voyait son intérêt.

Quand Cheryl ouvrit la porte de son appartement, elle constata que son salon était rempli de vêtements, dans une gamme étourdissante de couleurs et tissus. Une merveille ! Elle alla de portant en portant, élevant parfois la main pour effleurer une jupe soyeuse, une manche. L'ensemble devait valoir une fortune. Elle osait à peine y toucher. Comment aurait-elle l'audace d'essayer ?

Au bout d'un long moment cependant, elle se résolut à faire ce qu'on lui avait ordonné. Marco était son patron, il avait décrété qu'elle avait besoin d'une garde-robe et lui en offrait une. Elle était tenue de faire un choix. Ce n'était tout de même pas la mort !

Elle décida de se limiter aux articles les moins chers. Mais, après s'être risquée à retourner un ou deux vêtements pour voir les étiquettes, elle dut admettre l'évidence : aucun n'en portait ! Et une fois qu'elle eut palpé les luxueux tissus, elle s'abandonna au plaisir d'un shopping à domicile. Elle décida néanmoins de se cantonner à une sélection restreinte.

En ce qui concernait les maillots, le strict minimum prédominait : il n'y avait pratiquement que des strings, et sans soutien-gorge ! Cheryl n'était déjà pas à l'aise en uniforme, alors se promener seins nus devant son employeur… En continuant à examiner le contenu des portants, elle découvrit enfin des Bikini — des bouts de chiffon qui seraient emportés par la première vague venue. L'article le moins impudique était un une-pièce avec un dos nageur, dont la coupe échancrée ne laissait toutefois guère de place à l'imagination. En désespoir de cause, elle l'essaya.

Au premier coup d'œil dans la glace, elle laissa échapper un soupir — qui n'était pas seulement de soulagement. Le maillot de bain, superbe, épousait joliment ses formes, et avec classe. Une vraie surprise pour elle, qui ne se serait jamais imaginé avoir de l'allure dans un vêtement quel qu'il soit. Mais les articles de prêt-à-porter qu'elle choisissait habituellement dans des magasins ordinaires, mal coupés dans de médiocres tissus, étaient à des années-lumière de ce dressing de rêve !

Elle n'avait pas envie d'enlever le maillot mais devait pourtant achever sa tâche. Ce fut avec enthousiasme cette fois qu'elle alla d'une toilette à l'autre : soie, satin, tissus moirés, couleurs variées allant du blanc au prune… Toutes semblaient lui dire : choisis-moi !

Elle adopta au final une longue robe blanche sans manches, qui était comme éclaboussée d'une seule pivoine couleur cerise. La jupe était hardiment fendue sur le côté, mais la veste à col Nehru qui l'accompagnait en faisait la toilette la plus sage de l'ensemble.

Pour la première fois de sa vie, Cheryl prit plaisir à se

contempler. Ayant parachevé sa tenue par des escarpins à talon en cuir argent, elle pirouetta sur elle-même, ravie.

Jusqu'à ce qu'on frappe à la porte.

— Qui est-ce ?

— Moi, annonça la voix autoritaire de Marco. Avez-vous fait votre choix ?

— Oui.

— Parfait. Je suis venu vous offrir un avis impartial.

— Impartial ? répéta-t-elle en gagnant la porte.

— Enfin… autant que peut l'être un Italien quand il s'agit d'une femme.

Sa voix musicale était pleine d'assurance et, à travers la porte-persienne de sa suite, Cheryl le vit faire un clin d'œil complice qui lui flanqua la chair de poule. Elle se surprit à sourire. Marco paraissait détendu, mais les hommes étaient sujets aux sautes d'humeur, elle le savait. Avec Nick, elle avait appris à ne jamais se fier aux apparences…

Soudain, dans le miroir, elle trouva que la robe dégageait beaucoup trop la naissance de ses seins. Elle enfila la veste qu'elle avait repérée précédemment et la boutonna jusqu'au cou. Puis elle ouvrit, affrontant le jugement de Marco.

Accoudé au parapet de la véranda à présent, il regardait la plage. En la voyant surgir dans sa robe du soir de soie blanche, il se redressa en souriant, écarquilla les yeux, puis lâcha un sifflement.

— Sacrée robe !

Cheryl baissa les yeux. Le tissu bruissait joliment autour de son corps.

— Tournez-vous que je vous regarde, ordonna Marco.

Elle obéit avec lenteur.

— Très joli, déclara-t-il enfin.

Malgré sa nervosité, elle osa lever les yeux sur lui en entendant son intonation chaleureuse. Il était clair qu'il concentrait son attention sur la robe et non sur elle-même, ce qui lui insuffla de l'assurance.

— Alors, ça vous plaît ? demanda-t-elle en soulevant

la jupe qui, entre ses doigts, se déploya, puis glissa tel un éventail qui se referme.

— Vous éclipseriez n'importe quelle femme ! Pouvez-vous danser facilement avec ?

— Je… que… bredouilla-t-elle, interdite.

Sans lui laisser le temps de reprendre ses esprits, Marco l'enlaça d'un mouvement souple et l'entraîna à travers la pièce. Perchée sur ses escarpins argentés, Cheryl n'était guère à l'aise. Elle écrasa un des pieds nus de Marco, trébucha et s'abattit contre lui. Elle s'empourpra, partagée entre la confusion et le plaisir. Il la retenait, apparemment peu disposé à la libérer, et, enhardie par le délicieux bonheur d'être ainsi enlacée, elle le laissa faire.

— Nous voici revenus à la case « première rencontre », lui dit-il à l'oreille avec un petit rire doux.

— Oh ! mon Dieu ! Je suis désolée ! lâcha-t-elle en pouffant.

— Ne le soyez surtout pas, murmura-t-il. Je n'attends pas que vous soyez parfaite en tout. D'ailleurs, la danse ne fait pas partie des compétences que j'exige de vous.

« Et c'est bien dommage », pensa Cheryl. Cela lui aurait offert un prétexte idéal pour se laisser attirer dans ses bras à n'importe quel moment… A l'idée qu'il ne tarderait pas, hélas, à la libérer, elle frissonna. Mais loin de la relâcher, Marco la serra plus fort.

— Comment pouvez-vous avoir froid par un beau temps pareil, *cara* ?

— Je n'ai pas froid, chuchota-t-elle, effleurant de sa joue l'épaule nue et bronzée de son cavalier.

— Mais vous tremblez presque autant que la nuit où l'orage vous a jetée dans mes bras, dit-il d'une voix tendre. Pourquoi ? Vous travaillez pour moi depuis un moment, déjà : vous devez bien savoir que je ne suis pas le monstre qu'on prétend. Si j'étais si redoutable, ferais-je ceci ?

Il inclina la tête, lentement, et Cheryl eut le temps de savourer l'imminence de l'instant tant attendu.

Puis il posa les lèvres sur les siennes.

L'ardeur fiévreuse qui l'habitait en sa présence se mua en flambée de passion. Emportée par son baiser, elle entoura de ses bras son grand corps à demi nu ; ses doigts parcoururent l'étendue lisse de son dos musclé, et elle fut happée dans le tourbillon du désir.

Pendant ses nuits solitaires, elle avait tant imaginé ce baiser ! Et voici qu'il avait lieu, plus incandescent que dans ses rêves les plus fous. Jamais elle n'aurait cru qu'une telle caresse pouvait être si merveilleuse. Et même si, alors que Marco se pressait contre elle, Cheryl ne pouvait ignorer la vigueur de son érection, ce contact la remplissait d'excitation et non de crainte. Elle aspirait à le connaître tout entier. Mais à l'instant où, dans sa fièvre, elle allait oser onduler du bassin contre le sexe tendu de Marco, il se détacha d'elle.

— Vous voilà réchauffée, j'imagine, *bella mia* ! dit-il avec un sourire sensuel.

Empourprée, à bout de souffle, Cheryl le contempla, un peu perdue. C'était inouï ! Il pouvait étouffer le feu sous la cendre, annihiler son propre désir aussi facilement qu'il avait allumé le sien. Et il s'apprêtait à s'éloigner comme si de rien n'était…

— Bon, maintenant que j'ai donné un avis favorable, enfilez votre nouveau maillot de bain et rejoignez-nous sur la plage. A quoi bon séjourner dans une île paradisiaque si ce n'est pas pour goûter les plaisirs de l'océan ?

« Et à quoi bon vos baisers, puisque ce n'est qu'un jeu pour vous, pas vrai ? », faillit-elle riposter. Mais elle se contenta de le regarder s'éloigner, frustrée.

Cheryl passa la journée dans l'eau et sur la plage. Tout en veillant sur Vettor, elle était douloureusement consciente de la présence de Marco. Il s'était installé devant son ordinateur, à l'ombre des palmiers et avec une belle vue sur l'océan. Si elle ne le surprenait jamais à les regarder tous les deux, elle sentait qu'il avait l'œil sur eux. Elle y vit le signe qu'il tenait à Vettor au fond — car ce n'était pas d'elle qu'il se souciait. Cela atténua un peu la déception que lui avait causée son baiser sans signification. Elle était prête à sacrifier beaucoup de choses pour que tout s'arrange entre Marco et son neveu.

En fin d'après-midi, un employé vint les chercher : ils étaient attendus dans la maison. Quand Vettor demanda au messager qu'il le prenne sur ses épaules pour remonter la plage, Cheryl fut ravie. Le petit garçon triste de Monteolio avait repris du poil de la bête ! Elle fut encore plus réjouie quand elle sut pourquoi Marco les avait fait appeler.

— Mon barman a inventé ce cocktail en l'honneur de Vettor. Il garde le secret sur la recette, mais elle ne comporte pas d'alcool, bien sûr. Je soupçonne qu'il contient une bonne quantité d'ugli.

Ils regardèrent Vettor avaler une gorgée du cocktail. Il savoura, se pourlécha les lèvres, puis engloutit le contenu de son verre avant de repartir en courant vers la plage. Cheryl voulut aussitôt se précipiter derrière lui, mais Marco la retint. Il fit signe à un membre de son équipe d'accompagner son neveu.

— Vettor a donné son approbation. A vous de trancher, maintenant. L'ugli est issu d'un croisement entre la mandarine et le pamplemousse — plus juteux que l'une, nettement moins acide que l'autre.

Il fit signe au barman, qui déposa devant elle un verre avec des cubes de glace, puis y versa un jus riche de senteurs. L'ayant goûté, elle le trouva aussi délicieux qu'agréable à l'œil. Marco sourit. Comme l'atmosphère semblait à la détente, Cheryl se risqua à aborder un sujet sensible.

— Je voudrais vous remercier de tout ce que vous avez fait, Marco. Les vêtements que vous m'avez procurés sont vraiment ravissants. Malheureusement, je… je n'aurai pas de quoi vous payer avant d'avoir touché mon salaire. Et je doute qu'il suffise pour d'aussi jolies choses. Serait-il possible de prélever la somme par traites pendant quelques mois ?

Si elle s'était transformée en sorcière devant lui, Marco n'aurait pas été plus interloqué.

— Vous persistez à vouloir me rembourser ?

— Mais bien sûr ! C'est normal. Vous n'avez pas à acheter des choses pour moi.

— Et pourquoi pas ? Ce sont des tenues que vous porterez dans le cadre de votre activité, non ? Donc, ce sont des tenues de travail. Et je vous les fournis, puisque je suis votre employeur.

Vu sous cet angle, les choses étaient nettement plus acceptables. Mais il n'aurait pas été décent de céder tout de suite. Cheryl prit à dessein un air dubitatif.

— Eh bien… si vous êtes vraiment sûr que…

— Sûr et certain !

Elle se détendit. Elle n'avait osé penser au prix des vêtements et était plutôt soulagée de ne pas avoir à payer la facture. Elle savoura une nouvelle gorgée du cocktail, et la trouva encore meilleure que la première maintenant qu'elle était débarrassée de ce souci.

— L'ugli est si bon que c'est presque un péché d'y mélanger autre chose, commenta-t-elle.

— Ne dites pas ça devant Andreas. En tant que créateur de cocktails, il se considère comme un véritable artiste.

— Que diraient vos anciens collègues de chantier s'ils vous entendaient ?

— Je frémis rien que d'y penser, marmonna Marco, sans la note d'humour qu'elle avait anticipée.

— Cela vous manque, non ?

— Effectivement.

Il avait livré une réaction instantanée, et parut aussi surpris de sa réponse impulsive que Cheryl d'avoir osé lui poser cette question.

— Pourquoi n'y retournez-vous pas, alors ?

Marco fronça les sourcils.

— Personne ne m'a jamais dit une chose pareille.

Quelque chose poussa Cheryl à se montrer plus audacieuse qu'elle ne l'aurait été à la villa Monteolio — était-ce l'atmosphère détendue, le murmure de la brise et de la mer ?

— Il suffit de vous voir travailler à cet ordinateur pour comprendre que ça ne vous vaut rien de bon. Vous vous penchez sur cet écran comme s'il risquait de vous sauter à la figure et vous lui jetez des regards si noirs ! S'ils pouvaient tuer, cette machine aurait déjà pris feu et explosé !

Se rappelant un détail dont elle avait été témoin quand Marco construisait le poulailler, elle continua :

— En revanche, quand vous vous êtes fiché une écharde dans le doigt, l'autre jour, vous l'avez ôtée presque sans y penser. Le travail de bureau ne vous convient pas, je le vois. Par contre, construire un poulailler pour Vettor, cela vous motive — et tant pis pour les échardes !

Il la considéra avec surprise. Puis il examina ses mains, repéra la petite blessure, et pouffa.

— Vous vous êtes souvenu de ce détail ? Je n'y avais même pas fait attention. Cela fait partie du boulot, on s'en aperçoit à peine quand on a les mains calleuses à force de travail. Mais à présent ? *Diavolo !* J'ai les doigts d'un rat de bibliothèque.

Il continua de contempler ses mains, frottant les bouts des doigts les uns contre les autres avec un regard de dédain pour la finesse de sa peau — que Cheryl trouvait pour sa part si délectable.

— Même les forçats du clavier ont droit à des vacances, soupira-t-elle.

Elle posa le regard vers Vettor et son nouvel ami qui faisaient trempette là où l'eau était peu profonde. Elle fut soudain traversée par une idée, une petite stratégie qu'elle entreprit aussitôt de mettre en œuvre.

— Vettor ne sait pas encore nager, dit-elle d'un ton

dégagé. Si on pouvait trouver quelqu'un pour lui donner de vraies leçons, ce serait plus sûr, et il aurait davantage confiance en lui. Il aime tellement barboter ! Dommage que je ne puisse pas lui apprendre…

Marco se détourna et tenta de se concentrer sur l'écran de son ordinateur. Cheryl vit qu'il avait du mal. Au bout d'un moment, il finit par repousser son fauteuil, s'écartant de son bureau en plein air avec un long soupir.

Bras tendus, il contracta puis détendit les muscles de ses épaules, fit jouer ceux de son cou, en un mélange de puissance et de grâce. Elle vit s'effacer sur son visage les traces de la tension, comme s'il se délivrait de ses entraves professionnelles.

— *Dio mio !* Pourquoi travailler par une journée pareille ?

Il se leva

— Prenez le reste de la journée pour vous détendre, Cheryl. Je vais m'occuper un moment de Vettor.

8.

Cheryl aurait pu profiter de la salle de sport, de la piscine ou des sentiers de promenade à travers la jungle. Elle préféra, assise à l'ombre d'un palmier et sirotant du jus de fruits, regarder Marco et Vettor évoluer dans l'eau bleue.

« C'est le rôle que m'a assigné le destin, pensa-t-elle. Regarder s'amuser les autres. » Sa vie durant, elle avait été isolée dans une bulle de gêne, de timidité. Elle ne s'était jamais risquée vers ses semblables — contrairement à Marco, sans aucun doute.

Elle avait l'impression que des heures s'étaient écoulées quand il remonta vers la plage, emmenant son neveu par la main. Lui confiant la menotte humide de Vettor, il saisit une grande serviette.

— *Eccellente*, dit-il, en se séchant avec des gestes énergiques.

Son enthousiasme était contagieux. Cheryl, troublée par sa présence, enveloppa Vettor dans son drap de bain en essayant d'ignorer sa silhouette humide aux trois quarts nue. Elle voulut emmener le garçonnet à l'intérieur pour lui faire prendre un bain et le préparer au coucher mais Marco l'en empêcha et le confia à un membre de son équipe. Il vit qu'elle allait protester et la fit taire d'un regard impérieux. Puis il ébouriffa les cheveux de son neveu qui lui adressa un regard d'adoration. Cheryl jubila : Marco acceptait enfin Vettor dans sa vie. Il était clair qu'il avait pris en affection le petit garçon et qu'ils étaient plus détendus quand ils étaient ensemble. Presque comme un père et son fils.

Quand Marco reprit la parole, de sa voix grave à l'accent si musical, elle se laissa une fois de plus envoûter par cette musique ; son désir se ranima, tel un feu qui avait trop longtemps couvé sous la cendre.

— Vous n'avez pas eu envie d'étrenner ce nouveau maillot, finalement ?

— Je ne voulais pas gâcher vos jeux avec Vettor. Je ne nage pas assez bien pour chahuter dans l'eau.

Il la regarda d'un air songeur.

— Il reste encore une bonne heure de jour. Si nous allions nous baigner ?

— Je ne sais pas…

Il accentua son sourire.

— Il n'y aura pas de chahut, c'est promis. Ce sera une mise en appétit parfaite avant le repas. Et si nous choisissons bien notre moment, nous aurons droit à un dîner-spectacle. Je vous l'ai dit : les couchers de soleil à Orchid Isle sont inoubliables.

Cheryl était sur un nuage quand elle gagna sa chambre pour se changer. Tout d'abord, Marco avait renoncé à son travail pour jouer avec Vettor. Et maintenant, il la tirait de sa bulle pour l'introduire un peu dans son monde. Les miracles étaient donc possibles, après tout !

Le maillot de bain était toujours aussi superbe et flatteur, mais Cheryl craignait de s'aventurer sur la plage dans une tenue aussi légère. Heureusement, des sorties de bain étaient fournies dans les suites de Marco. Elle s'enveloppa d'un tissu fuchsia et pourpre, puis se dirigea vers le rivage, le cœur battant.

Autour d'elle, la jungle vibrait du bourdonnement des insectes et des chants des oiseaux exotiques. Elle s'arrêta à la lisière des arbres qui donnaient sur le sable. Il n'y avait personne dans l'eau ; les vagues où jouait le soleil déclinant venaient se briser sur une plage déserte.

— Votre jus de fruits préféré, fraîchement pressé.

La voix de Marco venait de résonner derrière elle, tel le feulement d'un fauve. Elle sursauta.

— Vous m'avez fait peur !

— Vous n'avez pas l'air traumatisée.

Elle saisit le verre qu'il lui tendait, résistant à la tentation de le presser contre sa joue brûlante, et suivit Marco vers le petit bar posé en bordure de la plage.

— Comment va Vettor ? demanda-t-elle.

— Il dort à poings fermés !

Un sourire satisfait éclaira le visage de Marco. Cheryl se rendit compte qu'il avait agi de façon préméditée.

— C'était pour ça que vous l'avez emmené nager : pour qu'il se fatigue.

— Oui, mais ça s'est révélé plus amusant que je ne l'aurais cru.

Son regard pétillait, tandis que, d'une main nonchalante, il essuyait les auréoles humides que leurs verres avaient laissées sur le comptoir.

— Merci, Marco. C'était une excellente idée.

— Ah, vous voyez ? Les hommes ont leur utilité.

— Je n'en ai jamais douté.

Elle prit une pique à cocktail pour attraper une fine tranche de melon qu'elle croqua en essayant d'avoir l'air de participer à une conversation ordinaire. Mais elle captait du regard les moindres détails : les plaques en argent pour désigner le contenu de chaque bouteille, les plats en porcelaine remplis d'amuse-bouches, certains protégés par des cloches de verre… Quel luxe !

— Vraiment ? dit Marco. Vous donnez parfois l'impression que vous n'aimez pas beaucoup les hommes.

Cheryl crut déceler de la compréhension dans son intonation. Elle hésita. Elle aurait été si soulagée de se confier à quelqu'un. Mais comment pourrait-elle avouer à Marco qu'elle s'était comportée comme une idiote ? Ses parents, pourtant liés à elle par les liens du sang, donc censés être compréhensifs, ne cessaient de lui rappeler l'affreux gâchis de son existence. Alors comment espérer de l'empathie de la part de son employeur, un parfait inconnu ?

Après un grand soupir, elle se jeta à l'eau :

— C'est à cause de quelque chose qui m'est arrivé il y a longtemps. J'ai eu la sottise de croire en l'amour qui dure toujours. Cela ne se reproduira plus. Cela ne vous ennuie pas qu'on…

— … passe à un autre sujet ? acheva Marco d'un ton badin.

Ils échangèrent un regard, et ce qu'elle lut dans le sien la secoua. Il y avait quelque chose d'inédit dans ses yeux bleus. Ce n'était ni du désir ni de la curiosité. Comme s'il comprenait ce qu'elle ressentait !

— Pas du tout, continua-t-il. Si nous allions nager, plutôt ?

Il la débarrassa de son verre puis tendit la main, attendant qu'elle accepte son offre implicite. Elle n'eut qu'une hésitation fugitive. Laissant sa serviette sur le tabouret de bar le plus proche, elle prit sa main.

Elle pivota un peu de manière à lui faire face et désigna d'un geste du menton son maillot.

— Qu'est-ce que… vous en pensez ? s'enquit-elle timidement.

Elle guetta sa réaction avec nervosité. Il promena le regard sur son corps, remontant et redescendant plusieurs fois, s'arrêtant en des points bien précis…

— Vous êtes merveilleuse.

Cheryl s'empourpra. Heureusement, Marco l'entraîna vers les eaux tièdes. Un vrai paradis ! Dans l'océan sa gêne se dissipa, surtout lorsque Marco, après qu'ils eurent nagé un peu, rapporta des masques et des tubas pour qu'ils fassent un peu de plongée. Il faisait encore assez jour et elle put observer les bancs de poissons — vivaneaux et perroquets de mer — qui évoluaient à travers les bancs de corail aux formes si variées. On croyait voir des éventails délicats, aussi fragiles que des gaufrettes, des meringues en forme d'oreiller qui semblaient friables et même un jardin miniature avec des couleurs de berlingots.

— Je n'ai jamais rien vu d'aussi beau ! souffla-t-elle comme ils achevaient leur balade marine et revenaient vers la plage en pataugeant dans l'eau.

Marco posa sur elle un regard chaud et sensuel qui la déstabilisa complètement.

— Je suis d'un autre avis, dit-il d'une voix lourde de sous-entendus.

En matière de femmes, Marco avait toujours suivi son instinct sans rien préméditer. C'était la situation qui l'incitait à avancer dans une certaine direction, qui déterminait ses actes.

Cheryl éprouvait de l'attirance pour lui. Cela, il l'avait su dès leur première rencontre. Jusqu'ici, il n'avait pas insisté, mais les choses étaient en train de changer… Leur courte conversation au bar lui avait appris un fait important : elle avait été blessée par un homme, autrefois. Elle savait ce que c'était que de donner son cœur, et de le voir fouler aux pieds. Elle ne désirait pas plus que lui revivre une telle situation et se défiait sans doute de tout engagement. N'était-ce pas l'état d'esprit qu'il attendait chez les femmes ? Il sourit. Un peu de séduction serait une introduction parfaite à ces vacances…

Pour ce qui était du sexe, il était très sélectif. Il pouvait l'oublier pendant des mois, et se concentrer exclusivement sur son travail. Mais lorsqu'une opportunité à ne pas manquer se présentait, telle que celle-ci… *Dio*, il n'avait rien d'un moine ! En amenant Cheryl ici, il aurait parié que sa règle cardinale — pas de rapprochement avec les employées — serait un rempart contre la tentation. Ce soir, tout avait changé. Le soleil, l'océan, le sable… et ce maillot de bain avaient eu raison de ses résolutions.

Pourquoi pas une histoire avec Cheryl ? Après une mauvaise expérience, elle ne voudrait pas d'attaches. Et pour sa part, il n'avait pas envie de dormir seul. Tous les ingrédients étaient réunis pour une parfaite aventure de vacances. La magie d'Orchid Isle était propre à leur faire oublier leurs mésaventures précédentes. A les remplacer par du plaisir.

Il planta le regard dans le sien.

— Cheryl, ce que vous m'avez confié tout à l'heure m'a troublé. S'il y a eu des malentendus entre nous, je ne voudrais pas que vous me croyiez insensible.

— Il semble que vous n'ayez pas eu une vie facile, lâcha-t-elle avec un haussement d'épaules. Cela a dû vous endurcir.

— Ce n'était rien que je ne puisse surmonter, la preuve, affirma-t-il en désignant le décor d'un geste du bras.

Toutefois, il s'efforça de ne pas examiner de trop près ses souvenirs. Il fit quelques pas en avant, comme pour revenir vers le bar. Elle le suivit mais, déjà, il s'était arrêté ; par conséquent, ils étaient plus près l'un de l'autre qu'auparavant.

— Racontez-moi, Marco, murmura Cheryl.

— Une autre fois, peut-être. Cela n'a pas d'importance.

— Si, cela en a pour moi.

Elle lui toucha le bras. Lentement, il pivota face à elle.

— Ce merveilleux baiser que nous avons partagé… il ne m'a pas suffi, avoua-t-il d'une voix rauque.

Elle avait levé sur lui un regard plein de sollicitude mais quand il eut prononcé ces mots, elle baissa les paupières. Elle entrouvrit les lèvres ; aucun son n'en sortit. On n'entendait que le ressac de l'océan. D'une main légère, il essuya une goutte d'eau qui roulait sur la joue de Cheryl puis lui releva le menton.

Leurs premières caresses furent lentes et douces. Légères. Marco n'avait aucune hâte. Il savourait les préliminaires et l'attente presque autant que l'acte lui-même. Et il savait très bien où les mènerait le premier baiser. Leur liaison s'était inscrite dans le destin dès leur première rencontre. Comme toutes les femmes, Cheryl serait impuissante à lui résister. Ce maillot fin et léger glisserait à terre, et elle lui appartiendrait. Son corps souple ploierait sous ses mains, il caresserait cette peau veloutée, savourerait ces rondeurs, jusqu'à ce que, enfin prête et consentante, elle lui offre la part la plus intime d'elle-même...

— Non ! lâcha-t-elle soudain.

Il s'arrêta et s'écarta un peu, interloqué. Le silence s'installa entre eux. Là-bas, dans la baie, le soleil couchant effleurait l'horizon, comme si le ciel incendié allait s'éteindre dans les eaux. Après un instant, Marco, qui enlaçait toujours étroitement la jeune femme, se mit à lui caresser l'épaule.

— Qu'y a-t-il, *tesoro* ?

Cheryl laissa échapper un soupir. Le murmure de Marco avait été aussi léger que le contact délicat de sa main. Sans un mot, il ralentit son geste, lui donna un tour encore plus doux. Sa patience compréhensive insuffla à Cheryl le courage de parler.

— Je... je ne couche pas, dit-elle.

— Voyons, ce n'était qu'un baiser, protesta-t-il, les yeux assombris par le désir.

— D'après mon expérience, une chose en amène une autre.

— D'après la mienne aussi.

Marco attira entre ses bras son corps réfractaire.

— Tu as vécu quelque chose de moche, je l'ai senti tout de suite, Cheryl. Et ton angoisse face aux ouvriers le premier jour me l'a confirmé. Mais cette fois, ce sera différent, je te le promets. Je sais m'y prendre avec les femmes, tu peux me faire confiance. Surtout avec une fleur aussi délicate que toi. Oublie tout pour ne penser qu'à cet instant. Avec moi, tu es à l'abri. Je te l'ai promis cette nuit-là, à la villa Monteolio, tu t'en souviens ?

Comment aurait-elle pu oublier ? Elle se rappela sa force tranquille, savoura la chaleur de ses mains, et sa panique se résorba, d'autant que la ferveur dans la voix de Marco l'avait bouleversée. Elle ne s'était jamais sentie aussi protégée, et n'avait pourtant jamais éprouvé autant d'appréhension. Cet instant avait quelque chose de merveilleux. Mais ensuite ?…

— Je prendrai soin de toi, dit-il à voix basse, contre son oreille.

Marco avait perçu le changement dans l'attitude de la jeune Anglaise. Elle ne se sentait plus menacée. Il n'y avait plus entre eux que de la complicité.

— Ce n'est pas que je ne veux pas, souffla-t-elle. Surtout avec toi. Mais… je n'arrive pas à croire que tu veuilles de moi.

Elle ferma les yeux et se laissa aller contre son torse.

— Aucun homme ne pourrait résister à la tentation que tu représentes, reprit-il de sa voix grave, dont elle aimait tant l'accent musical. Tant de femmes me harcèlent, qui ne pensent qu'à ce qu'elles peuvent obtenir de moi. Mais toi, tu es différente. Tes sentiments sont transparents et ton corps te trahit. Je sais que tu es sans doute novice, alors que moi, j'ai de l'expérience. Laisse-moi t'offrir tous les plaisirs…

Il avait chuchoté ces derniers mots au creux de son cou. Alors, Cheryl, consentante, les yeux clos, capitula.

Leur baiser lui fit tout oublier, sauf Marco, ses mains, sa bouche. Il lui sembla qu'elle était comme suspendue hors du temps dans une sphère de passion. Quand, enfin, il s'écarta doucement d'elle, elle vit qu'un croissant de lune s'était levé dans le ciel, au-dessus des collines ombreuses de la propriété.

Elle frissonna. « C'est son domaine, et je ne peux pas m'enfuir, songea-t-elle. Alors, je ferais mieux d'en finir avec cette situation, de le laisser décider de ce qui se passera ensuite. Ici, il est le maître. »

— Je ne sais jamais quoi faire… ni quoi dire…, souffla-t-elle, tout juste capable d'oser ces mots.

Il caressa son visage, ses cheveux.

— Ce n'est pas là la femme courageuse qui s'est interposée entre Vettor et moi lors de notre première rencontre !

— Je ne savais pas qui tu étais.

Cheryl se sentait partagée. Elle savait que Marco avait eu beaucoup de maîtresses, mais qu'il ne les gardait jamais très longtemps. Pourquoi en irait-il différemment avec elle ? Pouvait-elle se fier à lui, lui accorder son corps et son cœur ? Car elle ne concevait pas une liaison autrement que comme un don de soi absolu, entier.

— Parle, Cheryl. Raconte-moi ce qui t'est arrivé. Tu es comme une enfant apeurée.

Il la tenait serrée contre lui ; le vibrato de sa voix chaude la réconfortait. Un long moment s'écoula sans qu'elle ose parler.

— J'ai toujours été à part, dit-elle enfin. Mes parents étaient si fiers lorsque j'ai eu une bourse, grâce à mes notes, pour une école prestigieuse ! Je travaillais dur et j'obtenais toujours de bons résultats. Je n'avais rien d'autre à faire. Je n'avais aucun ami. Je t'assure que c'est vrai. Mes parents prétendaient que nous étions trop pauvres pour fréquenter les familles qui mettaient leurs enfants dans une telle école.

Marco la pressa un peu plus fort contre lui. Elle puisa dans cette étreinte le courage de continuer :

— Ensuite, au collège, j'étais toujours aussi seule. Je me réfugiais dans la lecture. Et sur le Net.

— Je crois deviner où tu vas en venir, grimaça Marco. Tu as rencontré quelqu'un avec qui tu avais conversé sur internet, et l'expérience a été mauvaise ?

Elle hocha la tête.

— Il s'appelait Nick Challenger. Quand je lui ai dit que je n'étais pas heureuse à la maison, il a compris et m'a soutenue. C'était vraiment l'ami idéal… au début. On s'est rencontrés, et à l'époque, j'ai cru que le courant passait entre nous. Je sais à quoi m'en tenir, désormais.

Cheryl repensa à son premier contact avec Marco. Immédiatement, instinctivement, elle avait senti de l'attirance pour lui. De la vraie. Si seulement elle avait pu percevoir la fausseté de Nick…

Deux larmes roulèrent sur ses joues. Marco les essuya du bout des doigts.

— *Mio tesoro*…, chuchota-t-il.

— S'il te plaît, ne sois pas gentil comme ça ! Je ne peux pas le supporter…

— Mais si, tu peux. Tant que tu seras ici avec moi, je ne permettrai à personne de te faire du mal.

Elle posa sur lui un regard brouillé de larmes, s'attendant à voir de la pitié dans ses yeux. Mais elle n'y lut que de l'inquiétude.

— Je dois être affreuse à voir.

— Crois-tu vraiment que je me soucie de cela ? Tu es bonne et douce. Tu mérites ce que la vie a de mieux à offrir, Cheryl. Ne l'oublie jamais.

Et, tout doucement, il déposa un nouveau baiser sur ses lèvres.

9.

Cheryl était amoureuse…

Comment expliquer autrement ce sentiment si fort, si vrai, qu'elle éprouvait pour Marco ? Au cours des semaines écoulées, elle avait ressenti l'excitation fiévreuse du désir. Mais là, c'était différent : c'était une certitude profonde, tranquille, scellée par le réconfort que Marco avait su lui apporter. Il se souciait d'elle, alors qu'elle n'avait personne, qu'elle n'était personne. Sans tenir compte de son passé, il avait restauré son estime d'elle-même.

Quelques heures plus tôt, elle n'aurait vu dans l'empressement de Marco que le signe qu'elle n'avait aucune importance à ses yeux. Maintenant, elle osait espérer.

Marco Rossi n'était pas du genre à étaler ses sentiments.

Pendant quelques instants merveilleux, elle s'abandonna à son rêve. Quand elle repensait aux moments qu'ils venaient de partager, elle les trouvait magiques. Il était impossible qu'il l'embrasse de cette manière s'il n'éprouvait rien pour elle, n'est-ce pas ? Ne s'était-il pas en partie dépouillé de son armure ? Pour elle ? Oui, elle avait entrevu l'homme qu'il était vraiment, si supérieur à tant d'autres ! A dater de maintenant, elle ferait ce qu'il voudrait. Il avait tant d'atouts, alors qu'elle n'avait pour elle que sa loyauté.

Quand il la prit par la main, elle fut la femme la plus heureuse du monde.

Il la mena vers les grands arbres qui bordaient la plage. En voyant une balancelle entre deux palmiers, elle hésita.

— Reste avec moi, dit Marco de sa belle voix grave. Je tiens à être près de toi cette nuit.

Cheryl reprit sa marche vers la balancelle, en un consentement tacite. Malgré le passé, c'était un nouveau départ. Marco le lui avait affirmé. Elle n'aurait pas pu lui résister, de toute façon, même si elle l'avait voulu.

Il s'assit sur le petit canapé suspendu puis l'attira à côté de lui.

— Il ne se passera rien, dit-il d'une voix caressante. Sauf si tu le veux, *tesoro.*

Elle s'autorisa à s'appuyer contre lui. C'était comme un rêve qui se réalisait, et elle en oublia toutes les pensées qui lui agitaient l'esprit. Sauf une : et si cet homme ressemblait à Nick ? S'il la berçait d'illusions pour l'amener à lui faire confiance, à s'abandonner, tout comme il avait su l'attirer sur la balancelle ?

Elle se crispa, pleine d'appréhension.

— Pose ta tête comme ça, contre mon cou, dit-il en joignant le geste à la parole.

— Et si je refuse ?

Il retira aussitôt ses doigts.

— C'est aussi bien comme ça. Je ne cherche pas à t'imposer quoi que ce soit.

De nouveau, Cheryl hésita. Cette fois, c'était plutôt parce qu'elle avait peur de ses propres actes et non de ce que Marco pouvait avoir à l'esprit. A la fin, n'y tenant plus, elle s'abandonna contre lui. La balancelle oscilla, les ballottant doucement l'un contre l'autre, peau contre peau.

Marco n'esquissa pas le moindre mouvement, comme s'il la laissait venir à lui. Quand elle émit un soupir de contentement, il passa un bras autour d'elle, le laissant reposer avec nonchalance sur son corps. Il lui murmura des encouragements doux, propres à la retenir dans ses bras aussi longtemps qu'il le désirerait. Cheryl serait volontiers restée ainsi pour toujours…

Quand les mains de Marco glissèrent de ses cheveux à ses épaules, puis le long de son dos, elle comprit qu'il n'y avait pas de retour en arrière possible. Elle s'étira, avide de s'offrir à ses caresses. Une des mains de Marco se faufila sous son maillot, caressant sa peau, tandis que l'autre se posa sur son visage. très lentement, il se pencha vers elle et déposa un baiser sur ses lèvres.

— Tu vois, *innamorata* ? Je ne suis pas un monstre.

— Mais et si… et si…

— … si tu voulais que j'arrête ? compléta Marco. Je m'arrêterais. C'est à toi de décider. Nous sommes libres l'un et l'autre de ne pas continuer.

— Oh ! non ! s'exclama Cheryl, voyant déjà se réaliser sa pire crainte : qu'il l'abandonne, même en cet instant.

— Mais je n'irai nulle part ailleurs, affirma-t-il avec un sourire séducteur.

— Et moi, je ne veux pas partir.

Cheryl se demanda soudain ce que penseraient les employés si elle continuait à se laisser séduire. Avait-elle le droit d'abuser ainsi de sa position auprès de Vettor ?

— Alors, reste, dit Marco.

Ces mots murmurés d'une voix douce achevèrent de la convaincre, et elle se laissa prendre à ses caresses, oublieuse de ses questionnements sans réponse, tout entière absorbée par le bien-être voluptueux qui l'envahissait.

— Faire l'amour est le plus grand des plaisirs humains, souffla-t-il. Pourquoi voudrais-je te retenir de force auprès de moi ?

— Tu ne le ferais jamais, je le sais. Je veux être avec toi, Marco, mais… je ne sais pas m'y prendre. Pas vraiment… Et que se passera-t-il si je ne sais pas ce qu'il faut faire ?

— Crois-tu que cela m'importe ? Et puis je peux attendre… mais pas indéfiniment !

L'urgence sensuelle qui perçait dans sa voix libéra

en Cheryl quelque chose de primitif. Ils s'embrassèrent, éperdument. Lorsque Marco la relâcha enfin pour poser sur elle un regard songeur, elle posa une main sur sa joue.

— S'il te plaît, continue…

Remué par sa voix rauque et son toucher si doux, il la trouva plus désirable que jamais.

— *Tesoro…*, souffla-t-il en la ramenant contre lui.

Une fois encore, ses baisers furent légers, suaves, et ses manières précautionneuses touchèrent Cheryl. Elle réagit, timidement au début, puis osa l'enlacer.

— Je t'apprendrai à aimer, murmura-t-il.

Elle se laissa aller entre ses bras. Elle ne s'était jamais sentie aussi chérie. « Non ! lui cria pourtant une voix intérieure. Le mot amour ne fait pas partie de son vocabulaire. »

Marco lui parla encore, mais à voix si basse que ses mots étaient en partie indistincts. Elle crut percevoir de l'amusement dans son intonation. N'était-il pas en train de se moquer d'elle ? Elle fut gagnée par une légère tension, mais ce fut le moment que Marco choisit pour lui mordiller le lobe de l'oreille. Elle fondit.

— T'arrêterais-tu vraiment si je te le demandais maintenant ?

Il cessa aussitôt ses caresses, et elle regretta d'avoir parlé.

— Bien sûr, dit-il, posant sur elle un regard interrogateur. Tu ne veux vraiment pas de moi, n'est-ce pas ?

Pour toute réponse, elle initia un nouveau baiser. Alors, Marco reprit l'initiative. Il la dépouilla de son maillot et entreprit d'explorer de ses mains et de sa bouche chaque centimètre de son corps.

Emportée par les sensations que faisaient naître en elle les caresses savantes de son amant, elle remarqua à peine qu'il s'était, à son tour, débarrassé de son maillot de bain. Lorsqu'elle sentit le sexe tendu de désir de Marco se presser contre son ventre, un frisson de désir la parcourut. Haletante, elle l'accepta en elle.

*
* *

Marco crut devenir fou. Au prix d'un violent effort, il maîtrisa cependant son désir, le débordement de ses instincts. Il voulait que cet instant soit pour Cheryl et non pour lui. Il déposa de petits baisers au creux de son cou, mais la tentation était trop forte : il ne put résister. Après une légère hésitation, il s'enfonça plus profondément en elle.

— Marco, non…

Inquiet, il se figea, mais elle ajoutait déjà, avec des accents qu'il n'aurait jamais cru entendre de sa bouche :

— Non… ne t'arrête pas !

La passion la rendait plus belle que jamais, alors qu'il la rapprochait de l'extase. Seigneur, cette femme était née pour se pâmer ainsi ! « Et je suis le seul homme capable de lui inspirer de telles réactions », pensa-t-il, frappé par les accents rauques et sensuels avec lesquels elle susurrait son prénom. Mu par un besoin instinctif, il entama un va-et-vient puissant, dans une parfaite harmonie avec le rythme de Cheryl. Soudain, alors qu'elle basculait dans l'extase, un plaisir inouï le souleva et l'emporta.

Après un long moment d'extraordinaire langueur, Cheryl sembla reprendre peu à peu ses esprits.

— Et toi qui disais ne pas vouloir ça, *tesoro mio*, chuchota Marco en lui effleurant la joue.

— Je ne voulais pas te décevoir…

— Et tu ne m'as pas déçu.

Elle s'était efforcée de parler d'un ton léger, mais la nervosité perçait dans sa voix tandis qu'elle lui caressait les cheveux d'un geste timide.

— C'était fantastique, souffla-t-il.

— Tu ne le penses pas.

— Je ne suis pas du genre à mentir. Surtout sur un sujet aussi important.

Marco lui tendit la main, résistant au désir de ramener sa belle Anglaise contre lui, de l'étreindre. Cela aurait été trop intime. Il commençait à entrevoir l'importance de ces derniers jours. Il ne s'était jamais privé de femmes, au fil des ans, mais aucune n'avait touché son cœur autant que celle-ci.

« Mauvaise formulation », pensa-t-il en grimaçant. Il avait appris depuis longtemps qu'on ne pouvait se payer le luxe d'avoir un cœur avec les femmes.

Au-dessus d'eux, le ciel de saphir était parsemé d'étoiles. Marco desserra le frein de la balancelle et tira sur une corde, ce qui imprima au siège une légère oscillation. Bientôt, la respiration de Cheryl devint plus profonde, plus régulière. Elle s'était endormie.

Il prit cet abandon comme un grand signe de confiance.

Quand il avait affaire à des gens désemparés, Marco réagissait souvent mal. Il avait tendance à réprimander vertement les hommes faibles, à faire de leur vie professionnelle un enfer. Selon lui, il fallait effectuer du bon boulot ou laisser la place à qui en était capable. Telle était sa règle. Impitoyable. En revanche, son rapport aux femmes était différent. Déstabilisant. Une larme, un tremblement, et il était perdu…

Il redressa la tête pour regarder Cheryl sans risquer de la déranger. Elle dormait comme un bébé. Ses longs cils bruns soulignaient la fraîcheur de son teint clair. Son poing serré se relâcha dans son sommeil, et il remarqua qu'elle avait des ongles roses et lisses, pareils à de la nacre. Il fronça les sourcils, peu habitué à une telle attention. Son intérêt pour l'apparence physique d'une femme se limitait habituellement au visage, à la silhouette. Il ne s'attardait pas aux détails.

Se rallongeant, il contempla le ciel et, bercé par les stridulations en sourdine des insectes, il se reposa, entre veille et sommeil. Une étoile filante traversa le ciel d'un bleu d'encre. N'était-ce pas le signe qu'un enfant allait naître, selon la croyance populaire ? Il se demanda si sa malheureuse mère avait entrevu un jour un tel présage.

Sans doute pas. Elle avait passé sa vie à se tuer au travail. Et puis, en ville, le ciel n'était jamais assez noir pour qu'on voie les étoiles…

Cheryl s'éveilla d'un rêve délicieux, et comprit aussitôt qu'il correspondait à la réalité : elle était dans les bras de Marco ! Une brise légère les effleurait et, au-dessus d'elle, les frondaisons des palmiers laissaient filtrer les premiers éclats du soleil levant, dans un ciel qui virait de l'abricot au rose. La lumière du jour chassait les ombres du visage de son amant, mais il n'avait pourtant pas une expression détendue. Elle perçut soudain, contre sa cuisse, un léger mouvement. Il était excité…

Tous les souvenirs de la veille affluèrent à sa mémoire : leur baignade, le baiser, la douceur dont il avait fait preuve…

Une rougeur lui monta au visage pendant qu'un trouble intime la gagnait à son tour. Seigneur, qu'avait-elle fait ? Faire l'amour avec Marco avait été divin, mais il était son employeur, et le tuteur de Vettor… Elle commença à paniquer. Si, au réveil, il regrettait leur nuit de passion, elle ne le supporterait pas. Du coin de l'œil, elle aperçut son maillot abandonné au pied de la balancelle. Ce serait une piètre protection contre la tentation, mais une protection tout de même…

Tout doucement, car elle reposait à demi sur le torse de Marco, elle réussit à se lever sans le réveiller. Elle remit son maillot de bain, puis, au lieu de se réfugier dans la maison, comme elle en avait eu l'intention, elle s'attarda un moment à regarder son amant. Il était si beau, et en même temps si visiblement troublé. Quand il était conscient, il dissimulait ses émotions ; à présent, ses tourments intérieurs transparaissaient sur ses traits crispés. Elle lança un ultime regard sur son superbe corps halé avant de s'esquiver entre les arbres.

Elle gagna la piscine naturelle, alimentée par un ruisseau

qui s'écoulait en cascade du haut d'un petit promontoire rocheux. Le bassin, parfait pour une baignade, étalait sa surface lisse au milieu des fougères et des orchidées. De petits oiseaux voletaient dans les frondaisons, à travers lesquelles le soleil filtrait comme au travers d'un vitrail. Elle entra dans l'eau et oublia aussitôt ses soucis. Elle fit plusieurs brasses, se rapprochant du tourbillon créé par la cascade. C'était divin de plonger sous l'eau turbulente…

Quand elle refit surface, la première chose que capta son regard fut Marco. Dressée près d'un vieux tronc couvert de mousse, sa silhouette se détachait dans les jeux de lumière et d'ombre que les feuilles découpaient sur son corps.

— Comment as-tu su où j'étais ? lança-t-elle.

— J'ai deviné. Je voulais te rapporter ça, dit-il en montrant le sarong et la serviette qu'il tenait à la main.

Souriant, il tendit la main pour l'aider à sortir de l'eau. Cheryl se demanda alors comment elle avait pu avoir peur de lui. Si elle était un peu nerveuse en ce moment, c'était pour une raison bien particulière, s'avoua-t-elle alors qu'il enroulait la serviette autour d'elle.

— Si je m'étais aperçu que tu te levais, je t'aurais retenue, affirma-t-il.

— Ah ? Pourquoi ? Il y a un problème ?

— Pas du tout, fit-il avec un sourire enjôleur qui la mit aussitôt à l'aise. Après la nuit que nous avons passée… Cela t'a plu autant qu'à moi ?

— Oui, c'était merveilleux, souffla-t-elle timidement.

— Je te l'avais bien dit.

Il faisait preuve d'une assurance si contagieuse que Cheryl se mit à rire. Mais elle cessa en voyant que son expression devenait plus grave. Avec un lent sourire, il se mit à caresser sa longue chevelure. Il la contemplait sans vergogne, admirait son corps. Et, pour la première fois, Cheryl apprécia d'être l'objet de tels regards. Marco était le seul auquel elle avait accordé cette intimité jusqu'ici. Pour elle, il était l'homme idéal. Aujourd'hui et à jamais.

La prenant par la main, il l'entraîna dans une clairière ensoleillée.

— C'est comme ça que je vois le paradis, murmura-t-elle.

— Moi aussi.

Il lui donna un baiser prolongé, langoureux, irrésistible. Il s'attarda à la caresser, tandis qu'ils se tenaient l'un contre l'autre, dans la lumière hachée qui traversait les feuillages. Ce fut elle qui releva la tête la première. Trop d'émotions la traversaient : timidité, gêne, excitation… Marco lui caressa la joue, posant sur elle un regard interrogatif.

— Quelque chose te tracasse encore, je le sens, dit-il comme elle baissait la tête. Qu'est-ce qu'il y a ?

— Rien.

— Tu n'imagines pas que je vais me contenter de cette réponse. Je n'ai jamais désiré une femme autant que je te désire en ce moment, Cheryl. Mais je préférerais m'en aller plutôt que de te contraindre.

Elle fut frappée par son expression déterminée. Il avait dit qu'il la voulait ! Et, avec cette affirmation simple et honnête, il l'arrachait soudain à la bulle qui l'avait toujours séparée de la vie, isolée des autres. Il l'entraînait vers un nouvel avenir. Elle n'osait croire cependant que son bonheur se prolongerait au-delà de ces précieux moments d'intimité. Mais elle pouvait saisir sa chance, vivre son rêve. Même pour peu de temps…

— Je te désire aussi, Marco, plus que je ne saurais te le dire. Mais j'ai peur.

— Pas de moi, tout de même ?

Elle secoua la tête. Quand elle tentait d'exprimer sa crainte d'être abandonnée, elle ne trouvait jamais les mots justes.

— Je ne sais pas quoi faire…

— Alors peut-être devrions-nous envisager des leçons supplémentaires, dit-il avec un sourire sensuel.

Et il l'embrassa avec une folle passion.

Emportée, soulevée de terre par un désir tumultueux, elle se pendit à son cou, puis l'attira avec elle sur le tapis de mousse de la forêt. Affamée, elle accueillit avec transport ses caresses, en quêtant d'autres sans cesse. Il lui murmura qu'elle était belle, chanta les charmes de son corps, titilla les pointes de ses seins, son clitoris, la portant à incandescence.

Cheryl était aux anges. Elle n'avait pas été une enfant désirée et, adulte, elle n'avait pas reçu d'amour. Mais dans le paradis tropical de Marco, elle était enfin la femme qu'elle avait toujours voulu être…

Il lui fit l'amour avec intensité et, quand ils revinrent au réel après un orgasme dévastateur, ils riaient ensemble, avec la même euphorie.

Dans l'explosion de leur plaisir, Marco avait compris une vérité importante : il pouvait assouvir ses instincts aussi souvent qu'il lui en prenait l'envie avec n'importe quelle femme, mais ce qu'il vivait avec Cheryl était une expérience inédite. En lui prouvant qu'elle pouvait trouver autant de satisfaction que lui dans les ébats sensuels, il avait fait une découverte. Pour la première fois, il avait fait l'amour, au lieu de simplement coucher avec une femme…

C'était une pensée étourdissante. Et légèrement angoissante. Pourtant, au lieu d'avoir envie de s'écarter de Cheryl, il l'attira plus étroitement entre ses bras. Le geste fit s'envoler un papillon, qui voleta un instant avant de venir se poser sur sa superbe chevelure auburn — ornement parfait pour sa beauté délicate.

Oui, elle avait raison : ceci était le vrai paradis.

10.

— Es-tu prête à me dire enfin ce qui te trouble ? lui murmura Marco.

Cheryl était bien, blottie contre lui, si détendue à présent.

— Rien d'important, je t'assure. Mon passé me poursuivait, c'est tout. Je n'ai jamais eu de chance dans mes relations. Te rencontrer a été une telle secousse ! J'ai quitté l'Angleterre pour prendre un nouveau départ, et tu me l'as apporté, c'est le moins qu'on puisse dire !

— Qui te prouve que tu n'as pas échangé un cheval borgne pour un cheval aveugle, *tesoro mio* ? plaisanta-t-il.

— Marco, il n'y a que toi pour faire de l'humour dans des moments pareils, dit-elle faisant semblant de le gronder. J'adore entendre ces mots de ta belle voix…

— On ne m'avait jamais complimenté sur ma voix. Ce qui s'est passé cette nuit, et tout à l'heure, peut demeurer une expérience sans lendemain. A toi d'en décider. La suite dépend de toi, Cheryl… Je n'ai cessé de te désirer depuis des jours et des jours. Mais je connais le fond de mon âme : les attaches émotionnelles ne sont pas faites pour moi. Jusqu'ici, j'ai évité d'aller plus loin avec toi parce que je ne voulais pas blesser tes sentiments. Mais quelqu'un qui a eu comme toi un passé malheureux se méfie sans doute de tous les hommes.

— C'est pour cela que je travaille auprès des enfants, lui dit-elle avec simplicité. Ils ne peuvent pas me faire de mal.

— Et moi je le pourrais, c'est ça ? Parce que je sais maintenant trop de choses à ton sujet ?

— Je n'aurais jamais dû t'en parler.

— Si, tu as bien fait, dit-il d'un air assombri, en laissant transparaître une certaine nervosité. Ecoute, j'ai une proposition professionnelle à te faire. Il faut à Vettor une vraie maman à demeure, et non une nounou…

— Tu… Tu veux me renvoyer ? se désola-t-elle, abattue.

Il fit non de la tête.

— Une femme avec un passé tel que le tien a besoin d'un avenir assuré. Et je suis dans la position idéale pour te le garantir. Epouse-moi, Cheryl.

Elle resta saisie, interdite. Incapable de prononcer le moindre mot. C'était une proposition qui allait bien au-delà de ses rêves et qu'elle n'aurait jamais cru entendre un jour ! Et pourtant… Enfin, elle parvint à rassembler à peu près ses idées.

— Je… j'ai mal entendu, n'est-ce pas ?

Marco cessa de sourire. Il redevenait soudain un homme d'affaires coriace et conquérant.

— C'est une solution évidente, soutint-il. Je suis un homme public habitué à susciter l'intérêt des médias, et je me moque bien de ce qu'on peut raconter sur moi. Mais le petit, c'est une autre affaire. Je ne veux pas que Vettor soit en butte aux commérages. Un heureux mariage de convenance me délivrera des paparazzis et lui apportera l'impression d'une vie de famille normale. Et ce sera aussi une récompense pour toi. Une sorte de compensation pour tout ce que tu as subi.

Un nœud se forma dans la gorge de Cheryl. Bien sûr, il ne s'agissait pas d'amour, comment aurait-elle pu s'imaginer le contraire… Si elle l'avait fait un instant, Marco ne lui laissait aucune illusion.

« Un heureux mariage de convenance »…

— C'est tellement soudain…, bredouilla-t-elle, tandis que des larmes lui piquaient les yeux.

— Non, pas du tout, coupa Marco. Je vais demander à mes avocats de rédiger les documents nécessaires pour qu'aucun de nous ne soit lésé dans cet arrangement. Tout le monde sera heureux. Réfléchis : tu pourrais faire un choix pire ! Et puis ce ne serait jamais qu'un arrangement d'affaires.

Elle ne sut que dire. En cas d'accord, elle épouserait le seul homme qui lui avait jamais donné envie de faire l'amour…

— Quel genre d'arrangement ?

— Tu veux savoir si j'aurais encore envie de coucher avec toi ? Cela dépendra de l'avis de mes avocats, plaisanta Marco. Allons, *bella*, ne te tracasse pas pour rien. Nous nous entendons si merveilleusement au lit qu'il serait dommage d'y renoncer, tu ne crois pas ?

— Oui, mais…

Il éclata de rire.

— J'adore ta naïveté ! C'est pour ça que ce mariage est une si bonne idée ! Cela me délivre des sangsues siliconées et, en échange, j'ai droit à une ravissante Anglaise certifiée d'origine.

Cheryl demeura songeuse. Nick, qui avait l'air d'un homme gentil, s'était avéré être un sale type. Alors que la réputation désastreuse de Marco ne correspondait pas du tout à ce qu'il était en privé. Les apparences étaient parfois trompeuses… Et puis elle devinait qu'elle pourrait s'épanouir sexuellement avec lui. Y avait-il vraiment lieu de réfléchir à sa proposition ? L'homme de ses rêves la demandait en mariage. Un mariage sans amour en ce qui le concernait, certes, mais n'avait-elle pas le cœur assez grand pour deux ?

Soudain, sa décision fut prise.

— D'accord, j'accepte, déclara-t-elle hardiment. Si des

personnes de sang royal savent se contenter d'un mariage arrangé, alors moi aussi !

Ils burent des cocktails au champagne que Marco leur avait préparés et emportèrent quelques provisions pour un dîner improvisé au bord de la piscine naturelle. Puis, après un nouvel intermède sensuel qui emporta Cheryl bien au-delà du septième ciel, ils décidèrent de regagner chacun leur appartement.

Le lendemain, alors qu'elle choisissait sa toilette du jour, une masseuse se présenta à sa porte. Marco l'avait fait venir pour l'occasion. Après avoir choisi avec plaisir les huiles essentielles qui entreraient dans la composition de son mélange exclusif, Cheryl eut droit à un massage extraordinairement relaxant. Ensuite, la jeune femme s'occupa d'elle comme d'une reine : coiffure, réflexothérapie, manucure, soins de beauté…

D'abord, elle s'inquiéta de Vettor, se demandant ce qu'il faisait et qui s'occupait de lui. Mais les réponses à toutes ses questions étaient toujours des plus rassurantes : « Le *signor* Rossi est avec lui à la plage », « Beba l'a emmené à la pêche »… Si bien que, lorsqu'elle sortit de ses appartements, elle était tout à fait heureuse et détendue. Elle n'avait qu'une hâte : rejoindre Marco.

Elle le trouva installé à l'ombre d'un arbre. Il se leva dès qu'il la vit et, à la vue de son regard chaud et bienveillant, elle osa hâter le pas dans sa robe virevoltante, laissant dans son sillage des effluves de parfum Chanel. Son fiancé l'attira à lui pour déposer un baiser sur son front.

— Tu es divinement belle. On a bien travaillé pour moi, aujourd'hui. Quand j'ai donné mes instructions, j'ai oublié de préciser le parfum, mais on a dû se rappeler quelle était ma préférence…

— En fait, c'est mon parfum, avoua Cheryl. Quand j'ai pris l'avion pour venir travailler chez toi, j'étais tétanisée. Je me suis offert un petit flacon à l'aéroport, pour me récompenser de faire ce pari sur la vie.

— Alors, tu as un goût parfait.

Il sourit, et elle lui sourit en retour. S'il savait ! En fait, elle avait choisi ce parfum parce que c'était le seul dont elle connût le nom, grâce à Marylin Monroe, et sans croire qu'une occasion de le porter se présenterait un jour — une des occasions qu'elle fantasmait dans ses rêves…

— Je n'ai jamais été aussi chouchoutée, soupira-t-elle. Alors, vous vous êtes bien amusés, Vettor et toi ?

Elle regarda le petit garçon, qui explorait un trou d'eau avec un des hommes à tout faire.

— Oui, beaucoup. Mais à présent, nous devons passer aux choses sérieuses, toi et moi.

Les fantasmes fleur bleue de Cheryl se dissipèrent instantanément. Ce n'était pas de l'amour que Marco lui avait offert, mais un rôle. Cet homme donnait toujours la priorité au travail. Il n'avait guère consacré de temps à son neveu ; il était du genre à déléguer l'affection, ou à l'acheter, au lieu d'aimer pour de bon. Elle ne s'étonnait pas qu'il lui ait proposé le mariage avec tant de facilité : pour lui, ce n'était qu'une décision stratégique. Certes, elle aurait été déloyale de s'en plaindre car Marco avait été franc et honnête, n'avait pas cherché à masquer qu'il s'agissait d'une union de convenance. Cheryl savait ce qui le motivait quand elle avait donné son accord.

— Je nous croyais en vacances, dit-elle en se mettant à marcher sur la plage.

— Attends !

Elle ralentit à peine le pas.

— Cheryl !

L'intonation de Marco était lourde de tant de sens possibles qu'elle s'arrêta et pivota vers lui. Il l'avait déjà rejointe, pieds nus dans le sable.

— Nous avons des choses à discuter, reprit-il. J'ai

demandé au personnel de transporter tes affaires dans mes appartements. Si tu n'y vois pas d'inconvénient, bien sûr.

Il parlait comme s'il traitait une affaire alors qu'elle avait envie d'être courtisée, soulevée de terre, de se sentir unique entre toutes les femmes. Mais de quel droit aurait-elle attendu tout cela ?

— Je… non, je ne crois pas…

— Tu n'as pas l'air très sûre de toi.

— C'est-à-dire… présenté ainsi, ça paraît tellement… clinique.

Comme en réaction à ses paroles, Marco regagna aussitôt d'un pas vif la table installée à l'ombre qui lui servait de bureau. Cheryl en eut un coup au cœur. Elle avait accepté sa proposition, inutile d'espérer un soupçon de romance. Elle le vit saisir son téléphone. Il avait replongé dans son monde de businessman.

Pourtant, à son étonnement, il la rejoignit dès la fin de sa communication.

— Tu dois cesser de te dévaloriser, *tesoro*, lui dit-il. C'est la règle d'or en affaires. Traite-toi comme tu voudrais qu'on te traite. Et tu as tort de croire que j'ai encore l'esprit au travail, aujourd'hui. Je viens de passer un coup de fil pour ramener de ce côté de l'île tout le personnel. Ils seront bientôt tous ici, prêts à satisfaire les caprices du jeune prince Vettor. Nous aurons donc l'autre coin de ce paradis tout à nous…

Soudain, il glissa une main autour de sa taille et, sans effort, la souleva de terre. Elle aurait voulu crier, mais ne parvint à émettre qu'un son étranglé. Elle tenta de se débattre, mais Marco la tenait comme dans un étau.

— Où m'emportes-tu ? hoqueta-t-elle. Que fais-tu ?

— Ce qu'un homme intelligent aurait dû faire depuis longtemps.

Il se dirigeait vers la jetée en suivant la ligne des arbres.

— Pose-moi ! Pose-moi tout de suite !

— Arrête de te tortiller de la sorte, lâcha-t-il, rieur. Tu verras, ça en vaut la peine.

Ils avaient atteint l'extrémité de la crique ; Marco s'engagea sur le ponton de bois. Un ronronnement de moteur se fit alors entendre.

— A point nommé, dit-il. Parfait !

Un hors-bord bleu saphir accosta devant eux. Marco remercia le pilote, qui sauta à terre et se dirigea vers les habitations. D'un mouvement souple et contrôlé, il la déposa en douceur dans l'embarcation. Il l'y rejoignit, chaussa ses lunettes de soleil et prit les commandes.

— Nick était ton premier petit ami, c'est ça ?

— Le seul.

— Tu as beaucoup de choses à rattraper en ce qui concerne le romantisme, à ce que je constate. Et cela ne peut pas se faire en présence d'un enfant. J'ai pris des dispositions pour un repas spécial à Crystal Bay. Personne ne nous dérangera. Pas même un serveur. Tu vas pouvoir continuer à recevoir tes leçons amoureuses.

Cheryl ne put s'empêcher de frissonner en imaginant la suite de la journée. Le programme était prometteur…

Le hors-bord contourna la côte et atteignit l'autre côté de l'île. A l'abri des vents marins, Crystal Bay offrait une plage argentée chargée de parfums tropicaux — et tout à fait déserte. Marco stoppa le bateau le long d'un quai qui semblait de construction récente. Après l'avoir amarré, il tendit la main à Cheryl, l'aidant à mettre pied à terre à son tour.

— Je veux te montrer comment doivent se passer les choses entre un homme et une femme.

Il lui désigna une couronne d'arbres, au-delà de l'étendue de sable. Elle repéra une cabane au toit de chaume nichée au cœur des frondaisons.

— Qu'en dis-tu ? Je voudrais compenser le caractère

si peu conventionnel de la nuit dernière. En déjeunant ensemble, nous aurons une occasion de mieux faire connaissance. Il faut faire sa cour comme il convient avant de demander quelqu'un en mariage, paraît-il, acheva Marco, avec ce petit sourire en coin qui dissipait toujours ses inquiétudes.

Elle se surprit à lui sourire, et en fut étonnée tant Marco l'irritait en agissant comme si leur mariage était une comédie. En dépit de cela, il restait un compagnon de rêve. Qui à part lui aurait songé à un pareil cadeau ? Il était décidément l'homme idéal. Que pouvait-elle désirer de plus ?

« Un vrai mariage ! », lui répondit son cœur.

Il lui sembla soudain qu'elle détenait peut-être la solution, du moins en partie. Son union avec Marco valait d'être célébrée. N'était-ce pas l'occasion parfaite pour s'octroyer un plaisir égoïste ? Issue d'un milieu modeste, elle avait appris à se priver et à épargner. Eh bien, elle allait dépenser cet argent patiemment économisé pour s'offrir la robe de mariée dont elle rêvait depuis qu'elle était toute petite.

— Mon équipe a déjà pris les dispositions pour une cérémonie civile, dit Marco. Ce ne sera pas très long, une demi-heure tout au plus…

— Oh ! lâcha-t-elle, déçue. J'avais tellement envie d'un mariage à l'église.

Il haussa les sourcils, surpris.

— Une cérémonie discrète aura bien plus de sens qu'un mariage public. Je ne tiens pas à prononcer mes vœux devant les médias !

Un frisson glacé lui parcourut l'échine. Marco n'était peut-être pas aussi parfait qu'elle l'avait cru, après tout… Il tentait de précipiter leur mariage, de le traiter comme un contrat d'affaires parmi d'autres et en plus, il voulait que personne n'en sache rien ! Peut-être qu'ainsi il lui serait plus facile de le rompre plus tard…

— Un entrepreneur tel que toi, né du mauvais côté de la barrière, devrait pourtant apprécier une telle publicité gratuite, non ? lança-t-elle, bien qu'elle n'eût pas le cœur à plaisanter.

— Cela impliquera d'inviter certains journalistes ici. Supporterais-tu que tout soit étalé dans les journaux ? De devenir une *people* ?

— Je m'en arrangerai, affirma Cheryl, autant pour se rassurer que pour le convaincre.

Marco resta longtemps éveillé, cette nuit-là. Il regrettait déjà sa proposition précipitée. Il s'était laissé entraîner par les idées fausses qu'il s'était faites au sujet de Cheryl. En général, les femmes n'en voulaient qu'à son argent. Il s'était imaginé que la jeune Anglaise, elle, s'intéressait vraiment à lui en tant qu'homme. Hélas, aujourd'hui, il avait entrevu une autre facette de son caractère. Chaque fois qu'il avait parlé de mariage, son visage s'était illuminé. Elle avait tenté de repousser son idée d'une cérémonie discrète pour mettre en avant un mariage fastueux avec tambours, trompettes et tout le tralala.

Ce n'était pas la question financière qui le turlupinait. Vu son malheureux passé, Cheryl méritait d'être dorlotée. D'où les soins de beauté et le déjeuner romantique qu'il lui avait offerts. Elle y avait pris plaisir. Elle s'était révélée, au cours de ce repas, intelligente et sensible. Ils partageaient le même point de vue sur bien des sujets et avaient plus d'une fois ri de concert. Dans l'ensemble, c'était la femme idéale : une mère parfaite pour Vettor, une compagne agréable à vivre, douée au lit et magnifique.

Pourtant, le fait qu'elle désire un mariage somptueux le tracassait. Etait-ce le commencement de la fin ? Il repensa aux moments qu'ils avaient passés ensemble. Contrairement à ses autres compagnes, Cheryl ne levait pas les yeux au ciel parce qu'il préférait un *breakfast* à l'anglaise aux croissants et café qu'affectionnaient les hommes d'affaires. Elle avait su le comprendre, deviner qu'il aimait le travail manuel et que le dur labeur des chantiers lui manquait. Et surtout, son visage s'éclairait lorsqu'elle était avec Vettor.

En fait, c'était l'employée idéale, comprit-il. Une vraie perle.

Pourquoi diable tout gâcher en l'épousant ?

11.

Quelques instants après avoir enfin sombré dans le sommeil, Marco fut réveillé par un petit tapage.

— Je peux venir ? Je peux venir ?

La voix de Vettor valait tous les réveille-matin du monde !

— Où ça ? dit Marco.

Il se redressa sur un coude et passa une main sur son visage. Il distingua les deux silhouettes qui venaient d'arriver, son neveu tirant sur la main de Cheryl pour se rapprocher plus vite.

— A ton mariage avec Cheryl, oncle Marco ! Je veux une grande, grande fête !

— Pas question.

Marco s'assit, tout à fait lucide, cette fois. Il s'empressa de calmer les ardeurs de Vettor.

— Quand nous nous marierons, ce sera discrètement, avec très peu d'invités.

Il décocha un regard noir à Cheryl.

— J'ai à peine fermé l'œil, lui lança-t-il. Et je ne m'attendais pas à te voir en uniforme.

— Pour le moment, je travaille toujours sous contrat.

Horrifiée par la réaction de Marco, elle se garda d'exprimer ce qu'elle ressentait. Il avait changé d'attitude, et cela la glaçait. La veille, il lui avait donné le sentiment d'être spéciale ; à présent, son air rembruni effaçait de leur relation toute note romantique. Elle avait veillé la plus grande partie de la nuit, excitée à l'idée de devenir sa femme. Dans son enthousiasme, elle avait mis Vettor dans le secret ce matin ; cela avait été plus fort qu'elle. Hélas, elle déchiffrait une tout autre réalité sur le visage de Marco. Et elle avait peur.

— Je crois que nous devrions laisser ton oncle Marco se lever tranquillement, dit-elle à Vettor.

Elle prit le petit garçon par la main et l'emmena, en prenant soin de ne pas regarder Marco.

— Reviens un peu ici, *bimbo mio*, lança ce dernier.

Il se pencha en avant, et Vettor se jeta dans ses bras, pris entre les grandes pattes d'ours de son oncle, qui l'étreignit en riant.

— Bon, dit-il à son neveu d'un ton sérieux, ce mariage ne sera pas l'occasion d'une noce extravagante. Mais je suis peiné de te voir si déçu, petit bonhomme. Alors nous donnerons une grande soirée, où nous inviterons beaucoup de monde. J'amènerai tout un carnaval à Orchid Isle, Vettor. Rien que pour toi.

Marco étreignit de nouveau son neveu, tout en adressant un regard aigu à Cheryl par-dessus la tête du petit garçon.

— Confie Vettor à quelqu'un et reviens me voir, lui ordonna-t-il. Nous avons des choses à régler.

Elle acquiesça sans mot dire.

Marco s'était mépris. Le mariage discret qu'il envisageait ne lui aurait pas déplu. Elle désirait seulement ne pas être privée d'une occasion de porter une jolie robe et d'être heureuse. Or, voici qu'il parlait d'une fête monstre. Elle avait su d'emblée qu'il ne l'épousait pas par amour ; or, elle allait devoir s'exhiber à son bras devant des personnalités et des journalistes, et jouer la parfaite hôtesse. Rien n'aurait pu davantage la faire souffrir.

Elle désirait seulement être avec Marco et s'occuper de Vettor. Mais l'homme qui comptait plus que tout à ses yeux avait une vie publique.

C'était effrayant.

*
* *

Pendant que Vettor, réjoui, prenait son petit déjeuner sous la tonnelle sous la bonne garde d'une domestique, Cheryl rejoignit Marco. L'appréhension lui nouait la gorge lorsqu'elle frappa à la porte.

— *Chi è là ?*

Pourquoi cette question ? De qui aurait-il pu s'agir, puisqu'il lui avait demandé de revenir ? Puis elle se rappela que la vie de Marco était un perpétuel défilé de secrétaires, chauffeurs, employés…

— C'est moi, Cheryl.

Il ouvrit brusquement la porte, la faisant sursauter. Il ne portait qu'un jean, et son visage était couvert de mousse à raser.

— Tu es occupé. Je reviendrai tout à l'heure.

— Non, entre. Je ferai ça plus tard.

Il passa dans une pièce adjacente et, tandis qu'elle refermait la porte de la suite, elle entendit couler de l'eau. Un instant après, il était de retour, se tamponnant le visage avec une serviette.

— Désires-tu un jus de fruits ?

Elle fit signe que non. Un grand écran plasma et des haut-parleurs formaient une sorte d'îlot au centre de l'espace réception. Marco prit une bouteille d'eau minérale dans le réfrigérateur intégré et se servit un verre. Après s'être désaltéré, il darda un regard perçant sur elle.

— Cette nuit, j'étais convaincu d'avoir commis une erreur. T'épouser n'est pas une si bonne idée que ça, Cheryl. Mais il est clair que Vettor serait ravi de t'avoir pour belle-mère.

Elle encaissa le choc sans broncher, sans laisser voir sa tristesse. Marco avait le don d'aller droit au but, sans enrober les choses. Alors, cela allait faire mal mais au moins, ce serait rapide.

— Je suis désolée. Je n'avais pas l'intention de le lui dire, cela m'a échappé. C'était plus fort que moi.

Leur mariage aurait été une comédie. Mais au moins elle aurait fait partie de la vie de Marco. Là, elle le perdait. Comment pourrait-elle s'en remettre ? A ses yeux, il était irremplaçable.

— Les choses sont allées plus loin que nous ne le voulions, reprit-il.

« Pas pour moi », faillit-elle répondre.

— Cependant, le mariage conserve bien des atouts, du moment que nous restons lucides et sans illusions. Si le pire venait à se produire, tu aurais droit à un dédommagement plus que généreux. Mais aucun avocat ne t'accordera plus d'argent que je ne suis disposé à en donner, bien entendu.

Cheryl ne put réprimer un haut-le-cœur horrifié. Elle s'était attendue à ce qu'il mette en avant son souci de se marier avec une femme de son rang social. Et voici qu'il n'était question que de l'aspect financier ! Elle était si bouleversée qu'elle laissa éclater sa colère :

— Tu ne manques pas de toupet ! Dire que j'étais prête à t'accorder le bénéfice du doute lorsque les gens affirmaient que tu ne t'intéressais qu'à l'argent. C'est à ça que se résume le mariage, pour toi, Marco ? A une affaire de gros sous ?

— Bien sûr que non ! Mais dès que j'ai prononcé ce mot, tu t'es mise à vouloir dépenser des millions en dentelles, carrosses et invitations à gogo.

— Je n'ai pas de millions à dépenser !

— Moi, si.

— Il ne s'agit pas de ton argent, il s'agit de mes rêves ! s'exclama-t-elle. C'est peut-être démodé, mais j'ai toujours rêvé d'avoir une belle robe le jour de mon mariage, et de prononcer mes vœux devant un prêtre, main dans la main avec l'homme de ma vie. C'est dans cet espoir que j'ai mis de l'argent de côté. Je voulais une journée spéciale, rien qu'à moi, parce que j'ai passé ma vie à regarder s'amuser les autres. Rien de plus. J'aimerais mieux dépenser mes quelques milliers de livres d'économie dans un mariage qui ait un sens pour nous, plutôt que tous tes millions pour une mascarade !

Haletante, Cheryl le foudroya du regard. Marco la dévisageait fixement. Il avait changé de mine, mais elle s'en moquait. Elle voulait qu'il entende sa colère et, si cela ne lui plaisait pas, tant pis pour lui !

— Comment oses-tu suggérer que je fais ça pour l'argent ? continua-t-elle sans désemparer. Je ne te permettrai pas de m'accuser d'être une croqueuse de diamants ! Je n'ai jamais désiré qu'un peu d'amour.

Elle se tut, et le silence se fit. Puis Marco combla la distance qui les séparait, comme pour l'acculer. Elle tint bon. Quelques jours plus tôt, elle aurait peut-être tressailli, ou reculé. Là, elle lui jeta un regard de défi. Elle vit alors qu'il avait réellement changé d'expression.

— Tu peux avoir le mariage dont tu as envie, concéda-t-il. Paie-le toi-même si tu y tiens, cela m'est égal. Tout ce que je veux, c'est une mère pour Vettor. Notre union est la façon la plus simple d'assurer notre avenir et le sien. C'est tout ce qui m'importe.

La colère et la déception de Cheryl se dissipèrent un peu. Suffisait-il donc de quelques paroles bien senties pour que le grand Marco Rossi ouvre enfin les yeux ? C'était un sacré choc pour elle. Elle en serait restée sans voix si elle n'avait pas lu dans le regard de Marco une sorte de mélancolie.

— Mais… mais et toi ?

Il haussa les épaules.

— Je m'en accommoderai.

Sa désinvolture était d'une certaine façon plus éloquente que des mots. Un calme étrange s'empara d'elle.

— S'en accommoder, voilà qui ne suffit pas dans la vie, murmura-t-elle doucement.

Leurs regards se rencontrèrent. Elle repensa à leurs

moments ensemble. Elle avait été heureuse de les vivre, mais quelque chose lui avait manqué. Elle désirait éperdument que Marco soit amoureux d'elle. Quoi de plus merveilleux que d'être aimée de cet homme irrésistible, d'être dans ses bras pour toujours ? Mais cela n'entrait pas dans ses plans à lui. Et elle n'aurait jamais ce qu'elle désirait le plus : son cœur. Elle avait envie de le consoler, de le prendre dans ses bras. Or, elle voyait à son expression qu'il n'avait nulle envie d'une manifestation d'empathie.

— Je vais très bien, déclara-t-il. N'oublie pas que c'est la cérémonie qui compte. L'existence légale de mon noyau familial.

En entendant cette déclaration, elle comprit définitivement qu'il ne pourrait jamais l'aimer. Parce qu'il était incapable d'un tel sentiment, tout simplement. Il voulait que Vettor ait une enfance heureuse sans connaître le sens de ce mot.

— Et puis, nous avons déjà eu notre nuit de noces, ajouta-t-il. Inutile de t'en faire pour moi.

— Je voudrais être sûre que…

Elle s'interrompit devant le sourire qui incurva les lèvres de Marco.

— Je t'ai déjà dit, *tesoro*, qu'il n'y a pas lieu de se tracasser.

Sa voix soudain embrumée, son sourire séducteur, la convainquirent que Marco, s'il ne l'aimait pas, était réellement attirée par elle. D'ailleurs, il lui avait fait l'amour comme si elle était la plus belle femme du monde. Alors, allait-elle attacher de l'importance au fait qu'il y en avait eu beaucoup d'autres dans sa vie ? Pour elle, il était le seul et l'unique. Elle l'avait su dès le premier instant.

Si elle ne voulait pas faire de nouveau l'amour avec lui — non, coucher avec lui, se corrigea-t-elle, car du côté de Marco, ce n'était rien d'autre — alors, elle devait vite trouver un prétexte pour s'en aller…

Mais déjà, il s'attaquait aux petits boutons qui fermaient

le col de sa robe, effleurant sa chair avec délicatesse, et elle avait trop envie qu'il continue… Alors, elle le laissa la dévêtir. Il lui dénoua les cheveux.

— Une vraie déesse, murmura-t-il.

Son regard dissipa les ultimes doutes de Cheryl. Elle ne pouvait se lasser d'être contemplée avec autant de désir. Soudain, il lui sembla voir passer autre chose dans les profondeurs des prunelles de Marco. Y avait-il réellement eu un éclair d'affection dans ses yeux ? L'expression qu'elle avait cru capter avait disparu, mais elle n'y attachait déjà plus d'importance : le désir montait en elle comme une tornade, obscurcissait son jugement, et bientôt emporterait tout.

12.

Marco occupait entièrement les jours et les nuits de Cheryl. Il manifestait une passion insatiable, et elle-même ne se rassasiait jamais de lui. A vrai dire, sa vie s'écoulait dans un nuage de volupté inouïe. Il n'y avait qu'une ombre à ce tableau idyllique : la fête à venir. Mais elle tentait tant bien que mal de repousser cette pensée en se concentrant sur l'envoûtement sensuel qui les unissait.

De toute évidence, Vettor était sensible à la magie de leur relation. D'enfant sage, il devint petit garçon modèle. Il manifestait un excellent appétit, se gorgeant de fruits et de produits de la mer. Quand Cheryl oubliait un peu Marco, elle voyait au fil des semaines s'épanouir le garçonnet, heureux de s'ébattre sous le soleil tropical.

— Je voudrais qu'on puisse rester ici toujours, soupira-t-elle, tandis que Marco et elle se prélassaient sur la balancelle.

— C'est impossible, hélas. Après la fête de ce soir, il faudra que je rentre au bureau. Ma présence stimule mon équipe.

— Mais nous passerons encore du temps ensemble ? Rien que nous deux ?

— Bien sûr, affirma-t-il en lui donnant un baiser.

Il se redressa subitement en entendant des hélicoptères vrombir dans le ciel.

— Nos invités ne vont pas tarder à arriver. Allons nous préparer.

Leurs invités ? Non, ses invités… Manifestement insensible à l'appréhension qui venait de l'envahir, Vettor laissa échapper un hourra. Il oublia le scarabée brillant qu'il était en train d'observer et partit comme une flèche en direction de la maison.

— Je viens t'aider, *bimbo* ! cria Marco.

Cheryl, qui se levait de la balancelle, se récria.

— Et moi, alors, qu'est-ce que je deviens, là-dedans ? fit-elle. C'est mon travail !

Marco, qui suivait du regard la course de son neveu, lui prit la main et la serra.

— Prépare-toi tranquillement. Même s'il n'y a pas grand-chose à faire, je suppose : tu es déjà belle comme un cœur, *cara*.

Puis, sur un bref sourire, il la laissa et rejoignit Vettor. Elle devrait en être heureuse, n'avait-elle pas rêvé de le rapprocher de son neveu ? Hélas, elle n'avait pas connu la même réussite dans ses tentatives pour se rapprocher de lui…

Si seulement Marco pouvait prendre conscience de ce qu'elle ressentait, songea-t-elle avec tristesse en prenant la même direction qu'eux. Elle avait le sentiment d'être de trop, à présent. Comme nounou, on n'avait plus besoin d'elle. Il ne lui restait qu'un rôle : hôtesse de la soirée. Et elle avait aussi peu envie de le tenir que d'aller chez le dentiste.

La liste des invités comportait plusieurs pages de patronymes en rangs serrés. Elle n'y avait reconnu aucun nom familier, exception faite de ceux qu'elle avait lus dans la presse. Marco avait balayé d'un geste ses appréhensions.

— Si tout le monde est invité, la curiosité générale sera satisfaite. Cela nous épargnera l'obligation de recevoir des gens à la villa Monteolio après la cérémonie. La presse aura les photos qu'elle veut et nous laissera tranquilles pour le mariage.

Cheryl n'avait pas été convaincue.

— Ma présence n'est sans doute pas indispensable. De toute façon, tu es bien plus à même que moi de recevoir toutes ces personnalités.

— Tu t'en tireras à merveille, j'en suis sûr. Et puis tu ne peux pas te dérober dans une telle occasion. Il y aura tout de même un couple anglais, ne l'oublie pas.

— Le duc et la duchesse de Compton ? s'était-elle écriée. Mais comment peux-tu croire que j'aurai quelque chose à leur dire ?

— Tout se passera très bien. J'ai connu Sophie alors qu'elle n'était encore qu'une habituée des soirées mondaines. Si elle cherche à t'asticoter, rappelle-lui que c'est toi que j'épouse. Et si ça ne suffit pas, rappelle-lui aussi que c'est moi, l'année dernière, qui ai tiré son mari du fond du trou.

Ces propos n'avaient guère rassuré Cheryl. La duchesse de Compton, célèbre pour sa beauté, passait pour avoir un grand nombre d'amants. Et si elle jetait son dévolu sur Marco ?

Presque toutes les femmes étaient minces comme des lianes et, tandis qu'elles descendaient de jets privés ou d'hélicoptères, elles affichaient de grands airs, en tournant la tête d'un côté et de l'autre. Cheryl crut d'abord que c'était pour admirer le décor, mais les flashes des photographes la détrompèrent vite.

Orchid Isle éblouit tous les invités. Cheryl se réjouit de n'entendre autour d'elle que des commentaires admiratifs. De plus, bien que de nombreuses célébrités aient débarqué sur l'île, Marco était la star. Tous voulaient être photographiés avec lui.

— Rien qu'une dernière, *tesoro*, murmura-t-il en l'attirant près de lui. Je sais que tu détestes ça, mais tu n'auras plus jamais besoin de poser pour tout ce monde.

Elle se prêta à l'exercice, malgré sa réticence. Au bras de Marco, elle se sentait à sa place. Elle était réconfortée par sa présence alors qu'elle souriait une millionième fois devant des objectifs. Elle aurait seulement aimé pouvoir prendre la pose avec autant d'aisance que la duchesse de Compton. Elle attirait avec naturel journalistes et caméras.

Même Marco semblait différent en sa présence. Lorsqu'elle approchait, son sourire dévastateur vibrait d'une intensité inaccoutumée. Marco semblait nerveux, et cela la mettait mal à l'aise : lui cachait-il quelque chose ?

Quand il suggéra qu'ils se séparent pour circuler parmi les invités, elle voulut protester. Sans lui, son manque d'assurance serait encore plus évident. Mais il s'était fondu dans la foule, entraînant Vettor avec lui, avant qu'elle n'ait pu réagir.

Elle contempla la cohue des convives et le ballet des serveurs, qui distribuaient boissons et amuse-gueules. Quelle attitude adopter dans ce genre de situation ? Elle grignota et but un peu. En tenant un verre à la main, elle arrivait à garder contenance, à oublier ses peurs.

Le champagne coulait à flots ; sur des plateaux d'argent élégamment disposés, on trouvait toutes sortes de mets délicats : saumon fumé, caviar, truffes… C'était si joli que Cheryl hésitait presque à y toucher. Les hommes n'avaient pas ses scrupules et savouraient à belles dents ; leurs compagnes avaient en général plus de retenue.

Quand le photographe attitré de Marco projeta sur un écran géant les clichés qu'il avait pris, elle s'approcha pour regarder, histoire de se changer les idées.

Elle eut du mal à reconnaître sa propre image. Dans la nouvelle robe de soie blanche et noire que Marco avait choisie, elle se trouva belle et sereine. Mais ce n'étaient que des images. En réalité, elle avait l'impression d'être le mouton noir de la fête. Elle se sentait comme un poisson hors de l'eau. Et en danger. Les hommes lorgnaient la naissance de ses seins, les femmes n'avaient d'yeux que pour Marco — au moins, elles se montraient aimables avec elle ; du moins, lui semblait-il…

Lasse de l'agitation et de la foule, elle se faufila sous la vaste marquise spécialement dressée pour permettre aux invités de se rafraîchir ; elle se réfugia un instant dans un des boxes drapés de soie. Alors qu'elle s'apprêtait à ressortir, un bruit de talons l'alerta. Elle battit en retraite dans son petit refuge en reconnaissant la voix de Sophie Compton qu'elle n'osait affronter.

L'accent châtié de la duchesse résonna sous la tente :

— Cette Cheryl Lane n'est qu'une moins-que-rien ! Dieu seul sait où Marco l'a dénichée. Comme je le lui disais, on peut toujours lancer sa canne à pêche, ce n'est pas pour ça qu'on va remonter une bonne prise !

Cheryl frémit d'indignation, même si elle n'était pas surprise de cette odieuse pique.

— Elle n'a aucun titre, si je comprends bien ? s'enquit une voix.

— Juste ciel, non ! Ni titre, ni situation sociale.

— Alors, elle n'est pas des nôtres !

Cheryl identifia la voix d'une présentatrice bien connue outre-Atlantique. Oui, aucun doute, elle serait ridiculisée des deux côtés de l'océan…

— Et vous avez vu comme elle se gave ? ajouta une troisième, dont la réplique fut saluée par une salve de rires.

— Elle engloutit les canapés l'un après l'autre, renchérit une autre femme, comme si elle avait peur de manquer. Marco pourrait lui donner un *doggy bag* !

Puis, riant et cancanant de plus belle, le groupe sortit de la marquise. Morte de honte, Cheryl enfouit son visage dans les draperies, secouée de hoquets de désespoir muets et sans larmes. Elle n'osait pleurer : elle n'aurait pas su réparer le joli maquillage que lui avait fait l'esthéticienne.

Ce serait donc ça, sa vie ? En face, des simagrées et dans son dos, d'odieux commentaires ? Marco ne suscitait que l'admiration alors qu'elle devrait se battre dans un panier de crabes. Aucun doute, son existence allait devenir un vrai cauchemar !

Elle était amoureuse de Marco, à en mourir. Mais lui, pourquoi l'aurait-il aimée ? Il avait seulement besoin d'elle parce qu'elle était une mère idéale pour Vettor. Comment pourrait-elle tenir le coup s'il ne lui apportait qu'une satisfaction sexuelle et jamais d'amour ?

Comme de nouveaux bruits de pas se faisaient entendre, elle se propulsa hors de son refuge, redoutant d'autres commentaires infects. Au moins, dans les contacts directs, personne n'oserait lui lancer de méchancetés.

Du moins l'espérait-elle…

Amuseurs, jongleurs, musiciens, vins exquis, mets divins, feu d'artifice final… Tous les ingrédients d'une fête extraordinaire étaient réunis, mais Cheryl n'en profita guère. L'aube se levait sur l'océan lorsque les derniers invités partirent. Marco l'enlaça tandis qu'ils longeaient ensemble la plage.

— Merci, lui dit-il. Cela n'a pas dû être facile pour toi d'affronter tout ce monde. Si cela peut te consoler, je préfère moi aussi quand nous sommes juste deux.

Il continua à marcher en silence, tandis qu'elle était rongée par le doute. Qu'entendait-il par « juste deux » ? Etait-ce à elle qu'il pensait, la moins-que-rien assoiffée d'argent, ou à Sophie Compton, l'élégante duchesse ?

— La soirée t'a plu ? demanda-t-il.

— Oui.

— Es-tu heureuse ?

— Très.

— Tant mieux.

Elle se réjouit de le voir satisfait — même si c'était au prix d'un double mensonge de sa part…

Ils déambulèrent en direction de l'aire d'atterrissage, où le personnel chargeait dans un hélicoptère les caisses de vin et de champagnes restantes ainsi que les moins périssables des victuailles, emballées dans de la glace. Il devait les déposer sur un paquebot en partance pour l'Italie car Marco tenait à ce que les gens de maison qui étaient restés à Monteolio profitent eux aussi un peu de la fête.

— Si j'allais nous faire préparer un petit déjeuner spécial ? suggéra-t-il. Rien que pour nous ! On se le ferait servir au lit...

Ils s'embrassèrent et, comme de coutume, la passion flamba entre eux. Pourtant, sans amour, la passion sensuelle n'était rien, pensa Cheryl. Bon sang, elle allait se marier ! Et elle avait besoin d'amour.

Horrifiée, elle comprit presque physiquement, dans sa chair et son âme, qu'elle n'aurait jamais la vie de couple dont elle rêvait. Elle ne ferait jamais route côte à côte avec cet homme superbe et merveilleux. La vie avec Marco ne serait qu'une sorte de représentation permanente, un spectacle public vidé de substance. Elle venait d'en avoir un avant-goût amer avec cette soirée. Les instants délicieux qu'ils avaient partagés les semaines précédentes ne semblaient déjà plus qu'un lointain souvenir.

Comme Marco s'éloignait vers le complexe, les pales de l'hélicoptère se mirent à tourner. Le décollage était imminent. Poussée par un instinct de conservation obscur, Cheryl grimpa prestement à bord.

Marco souriait en revenant vers les habitations. Pour la première fois depuis longtemps, il avait le cœur léger. Il n'éprouvait plus le besoin de s'immerger dans le travail, de se prouver qu'il avait surmonté son passé. Cheryl avait changé tout cela. Elle était en train de transformer sa vie. Il y voyait plus clair, à présent. En l'encourageant à se rapprocher de son neveu, elle améliorait leurs existences — « surtout la mienne », se dit-il.

L'écran géant, au-dessus de la piste de danse attira son regard. Des photos de la soirée continuaient à y être projetées. Sur celle qui s'affichait, on voyait trois hommes en habit de soirée, une flûte de champagne à la main :

un play-boy international, un joueur qui hantait les salles de jeu de Monte-Carlo et… Marco fronça les sourcils.

— *Mio Dio*, c'est moi ! s'exclama-t-il.

Il jouait tellement bien son rôle sur cette photo qu'il ne s'était pas reconnu. Ce constat lui fit froid dans le dos. Il se rappela alors la conversation qu'il avait eue avec les deux hommes, qui n'avaient cessé de plastronner, narrant leurs derniers faits d'armes, cherchant à se supplanter l'un l'autre. Marco était fier de s'être fait tout seul et d'être devenu milliardaire, mais leurs sottes vantardises l'avaient laissé froid. Il ne leur avait souri que par courtoisie.

Un vieux proverbe se présenta soudain à son esprit : « Dis-moi qui tu fréquentes, je te dirai qui tu es. »

Pourquoi perdait-il son temps avec des gens de cette sorte ? La seule compagnie dont il avait envie, c'était celle de Cheryl. Maintenant, et pour toujours.

Cette prise de conscience le fit éclater de rire — un rire joyeux, serein, qui fit envoler des perroquets. Il les suivit du regard, sourire aux lèvres.

Cheryl ne savait pas où elle irait, ni ce qu'elle ferait. En revanche, elle était sûre d'une chose : elle devait quitter Orchid Isle !

Elle ne se reconnaissait plus : ces toilettes, ces soins de beauté, cette frivolité ne rimaient à rien pour elle. Elle n'était pas faite pour la vie dans la haute société ! D'autant moins que Marco n'était pas amoureux d'elle. Il serait bien mieux sans elle, et elle ne pourrait pas passer son existence à essayer de répondre aux attentes des autres. Il ne l'aimait pas et ne l'épousait que pour ce qu'elle pouvait lui apporter. Il n'avait jamais éprouvé à son égard ce besoin lancinant, bouleversant, qu'elle avait de lui. Toute son affection allait à Vettor, maintenant : l'oncle et le neveu s'étaient enfin trouvés. Et puis comment le petit garçon aurait-il pu considérer comme sa mère une simple employée, désormais inutile ?

Les larmes affleurèrent à ses paupières quand elle imagina la réaction de Vettor en apprenant que le mariage n'aurait pas lieu. Pour se changer les idées, elle regarda par le hublot, insensible pourtant à la splendeur du décor en contrebas. Tout ce qu'elle voyait, c'était un avenir désastreux.

Après avoir donné ses instructions à la cuisinière, Marco aperçut les aides qui préparaient un hors-d'œuvre de *prosciutto* et de figues pour le repas de midi. Cheryl avait une passion pour ces fruits, alors il en logea quelques-uns dans une petite corbeille, puis repartit en direction de l'héliport.

Elle n'était pas là-bas. Il prit pour retourner vers les habitations un chemin différent de celui emprunté à l'aller mais ne la croisa pas non plus. De retour au complexe, il s'étonna de ne trouver Cheryl nulle part. Vettor dormait à poings fermés. Mais elle, où était-elle ?

— Où diable te caches-tu, future madame Rossi ? lança-t-il à voix haute, en partant sur un sentier à sa recherche.

Madame Rossi… Cela faisait plaisir à entendre. Plus il pensait à Cheryl, plus il avait envie de sourire, de chanter même. *Dio*, que lui arrivait-il ?…

Il tomba de haut quand un membre de son personnel lui apprit que la jeune Anglaise avait quitté l'île à bord du dernier hélicoptère. Il revint en courant à leurs appartements, pour s'assurer qu'elle ne lui avait pas laissé un mot. Non. Rien.

Il tenta de se remémorer leur dernière conversation, leurs derniers échanges… En vain. Il avait perdu la faculté de raisonner. Son esprit était vide. Cet événement était incompréhensible ! Pourquoi diable son oiseau de paradis s'était-il envolé ? Il n'en revenait pas.

Saisissant un téléphone, il s'apprêta à ameuter tous les membres de son personnel pour les lancer sur la piste de Cheryl, leur ordonner de la lui ramener coûte que coûte. Qu'importait la dépense, il voulait…

L'image de sa sœur Rosalia interrompit soudain le train de ses pensées. Quand il s'était aperçu que l'argent qu'il lui faisait parvenir lui servait à assouvir son addiction, il n'avait pas regardé à la dépense pour régler le problème. Il avait entretenu sa sœur et son petit ami — aussi drogué qu'elle —, lorsqu'ils étaient entrés en clinique de désintoxication, pendant qu'il s'assurait que les meilleures nounous s'occupaient de Vettor. Puis il leur avait réservé des places dans le plus luxueux des centres de remise en forme, pour les motiver et les encourager.

C'était lui qui aurait dû les y conduire dans son jet privé. Mais, retenu par un rendez-vous d'affaires imprévu, il avait confié à un chauffeur nouvellement engagé le soin de les mener à l'aéroport. Désireux de prouver sa virtuosité, le jeune homme avait pris des risques insensés sur la route sinueuse, et les trois occupants du véhicule étaient morts.

Non, l'argent ne pouvait pas tout régler, contrairement à ce qu'il avait cru à une époque. En voulant assurer sa propre tranquillité à coup de millions, il avait provoqué la disparition des parents de Vettor. Sa fortune était la cause de cette tragédie et ne lui avait jamais permis de la réparer.

Quelles que soient les raisons qui avaient provoqué la fuite de sa fiancée, ce n'était pas en déroulant un tapis d'or qu'il résoudrait le problème. Tout ce qu'il désirait, c'était Cheryl. Et il la désirait assez pour le lui prouver par des actes, non en lui envoyant un membre ou l'autre de son personnel…

Oui, il fallait à tout prix qu'il la retrouve. Et sache pourquoi elle était partie. Et il allait s'y atteler sans tarder !

*
* *

L'hélicoptère se posa sur le paquebot. Cheryl en descendit, consciente de devoir laisser derrière elle à jamais Orchid Isle et Marco Rossi. Son bon sens n'avait que peu de pouvoir contre l'envoûtement dont elle était l'objet. Mais une dizaine de jours de croisière l'aideraient sans doute à y voir plus clair…

Elle gagna la rambarde du navire en ressassant des pensées agitées. Comment pouvait-elle sacrifier toutes ces journées et ces nuits merveilleuses passées en compagnie de Marco ? Ces instants de passion si parfaits ? Et pour la seule raison qu'il lui avait tout donné, sauf la seule chose qu'elle désirait de lui : son amour…

« Il faut croire que je suis folle », songea-t-elle en fermant les yeux et en cherchant à ne plus penser à rien.

En vain.

Les activités de l'équipage, qui s'affairait avant le départ, s'imposaient dans son esprit, la ramenant au réel malgré elle. Elle fronça les sourcils : il lui semblait percevoir le vrombissement familier d'un hors-bord.

De fait, le bruit se rapprocha bel et bien et, tout à coup, un remue-ménage ponctué de cris excités se fit entendre autour d'elle. Elle comprit en rouvrant les yeux qu'une visite inattendue provoquait tout ce branle-bas. Celle de Marco, dont le hors-bord accostait le navire dans un sillage d'écume…

Il abandonna l'embarcation d'un bond et grimpa quatre à quatre les marches d'accès. Elle eut à peine le temps de revenir de sa surprise qu'il était devant elle.

— Cheryl ?

Son expression était sombre, mais il avait prononcé son prénom avec tant de douceur qu'elle en eut le cœur chamboulé.

— Désolée, lui dit-elle en cillant. Je ne peux pas, Marco.

— Qu'est-ce que tu ne peux pas ?

— Tout ça, lâcha-t-elle avec un geste de désespoir. Je n'ai pas ma place dans ce décor. Si je t'épouse, je ne ferai plus partie de ton équipe, mais je ne pourrai pas pour autant m'intégrer à ton univers. La fête d'hier me l'a amplement prouvé.

Doucement, Marco lui saisit les mains.

— Oublie-la. Laisse-moi te ramener à la maison.

Abasourdie, elle le dévisagea. Que voulait-il dire ? Elle ne voyait qu'un sens possible à cette déclaration, et il lui broyait le cœur :

— En Angleterre ? articula-t-elle la gorge nouée.

— Non, je veux dire chez nous, *tesoro.* A la villa Monteolio.

Elle secoua la tête. Une larme roula sur sa joue et vint tomber sur leurs mains jointes.

— C'est inutile, Marco. Je ne peux jouer aucun rôle dans ton univers, je te le répète. Tu voulais que je sois une mère pour Vettor, mais tu n'en as plus besoin, maintenant, et lui non plus. Il est clair que tu es le seul parent auquel il tienne. C'est toi qu'il lui faut. Quand vous êtes tous les deux, on vous croirait unis contre le monde entier ; et vous allez le conquérir ensemble, j'en suis sûre.

— Vettor a besoin de toi. Et moi aussi ! J'avais perdu de vue depuis longtemps les choses importantes de la vie. Ce qui compte d'abord, ce sont les relations humaines. Les vraies, je veux dire. Sincères. Et pour moi, cela se résume à une seule personne. Toi.

Marco parlait d'une voix ardente, vibrante, avec un regard de feu.

— Je te veux, Cheryl. Ce bateau, cette fête, l'île et les invités : tout cela n'est rien pour moi. Je les donnerais sans hésiter pour t'avoir, *mio tesoro.* Tu as trouvé le chemin de mon cœur. Et quand tu as quitté Orchid Isle, tout à l'heure, c'était comme si on m'arrachait mon âme.

Leurs regards se nouèrent, et elle sentit son cœur battre plus fort dans sa poitrine. Le toucher, elle avait besoin de le toucher. D'un même mouvement, leurs mains s'élevèrent, se posant sur leurs bras, leurs épaules. Déjà, ils échangeaient un baiser brûlant. Quand ils s'écartèrent l'un de l'autre, Cheryl avait les larmes aux yeux, mais de bonheur cette fois.

— Tu m'as tellement manqué ! Je te demande pardon…

D'un nouveau baiser, il la fit taire.

— Je ne veux pas de tes excuses, mon amour. Je t'ai, c'est la seule chose qui compte. J'ai cru t'avoir perdue pour toujours, tu sais.

Il y avait tant de tendresse dans ses yeux ! Cheryl comprit qu'elle pouvait tout lui dire.

— C'est la fête qui a tout déclenché. Je te voyais là, avec tous tes amis, et tu n'arrêtais pas de regarder la duchesse de Compton. Tu n'avais rien à faire avec une empotée comme moi !

— Je voulais m'assurer que Sophie te laisserait tranquille, c'est tout. Tous ces gens réunis, si célèbres ou riches qu'ils soient, ne représentent rien pour moi. A côté de toi, ils ne sont rien !

Il y avait tant de feu dans son attitude qu'elle le crut. Mais il lui restait encore une douleur à exorciser.

— J'ai entendu des choses affreuses sur mon compte. J'ai eu l'impression que je ne serais jamais qu'un poids pour toi.

— Qui a dit ces choses ? s'emporta Marco, le regard noir.

Cheryl secoua la tête. Elle ne se serait jamais pardonné de rapporter de vulgaires ragots.

— Oublions cela. C'est du passé. Si je ne veux pas qu'on continue à me voir comme une potiche, il faudra que je montre plus d'esprit et de caractère, la prochaine fois.

— Il n'y aura pas de prochaine fois. Tu n'auras plus jamais affaire à des gens de cette espèce. J'ai voulu faire plaisir à Vettor, mais c'était une erreur ! Bon sang, je m'en veux de ne m'être douté de rien !

Il paraissait si sincèrement désolé que Cheryl l'embrassa spontanément.

— Quant au caractère, reprit-il, tu es loin d'en manquer.

Sans parler de toutes tes autres qualités. Tu es celle que j'attendais depuis toujours sans le savoir, Cheryl. Tu es la seule qui n'ait jamais cherché à m'extorquer quoi que ce soit. Tu t'es intéressée à moi, au contraire. Et en plus, tu as transformé mon pauvre neveu orphelin en un petit garçon plein de gaieté.

— C'est toi qui as réalisé ce miracle, Marco. Tu es son père, à présent.

— J'ai décidé d'aborder l'existence avec un esprit plus détendu. Comme toi.

— Tu te moques de moi ! commenta-t-elle en riant.

— Pas vraiment. Je me suis beaucoup trop laissé dévorer par mon travail. Allons, mon amour, accompagne-moi en Italie. J'ai besoin de toi. Et Vettor aussi. Il n'a cessé de te réclamer depuis son réveil, et tu es partie depuis quelques heures à peine.

— Tu dois lui manquer toi aussi en ce moment. Tu lui apportes la stabilité dont il a besoin. Sans parler du reste…

— Et j'ai aussi trouvé la mère adoptive parfaite pour lui.

Un long moment, Cheryl le dévisagea en silence.

— Puis-je espérer que c'est de moi qu'il s'agit ? osa-t-elle finalement demander dans un souffle.

— Il ne pourrait y avoir aucune autre femme que toi, mon amour.

Cheryl sentit se dissoudre instantanément le chagrin et l'isolement dont elle avait tant souffert.

— Oh ! Marco… Je veux que tu sois mon mari. Pour de bon. Et que Vettor soit mon petit garçon.

Elle se l'avouait enfin. Jusqu'à cet instant, elle n'avait pas eu tout à fait conscience de ce désir. A présent, elle avait hâte de donner à cet enfant qu'elle aimait de tout son cœur et au sublime fiancé qui la tenait dans ses bras l'amour dont elle avait tant manqué dans son enfance.

— Nous l'aimerons comme s'il était notre fils, affirma Marco en la caressant avec tendresse. Et il sera le frère de nos enfants. Laisse-moi te rendre heureuse. Laisse-moi te garder près de moi à Monteolio aussi longtemps que notre vie durera.

Cheryl avait rêvé de ce moment dès l'instant où ils s'étaient connus. Elle le savoura en silence.

— Est-ce encore une demande en mariage ? demanda-t-elle enfin.

— Bien sûr, chuchota-t-il au creux de son cou. Accepte de faire partie de ma vie, mon amour, et je ferai ton bonheur éternel.

— Je le sais, Marco. Alors, oui, j'accepte de t'épouser. Mais pour le meilleur seulement !

EMMA DARCY

Exquise revanche

collection Azur

éditions HARLEQUIN

Cet ouvrage a été publié en langue anglaise
sous le titre :
THE SWEETEST REVENGE

Traduction française de
JEAN-BAPTISTE ANDRE

Ce roman a déjà été publié en mai 2009

83-85, boulevard Vincent-Auriol, 75646 PARIS CEDEX 13.
Service Lectrices — Tél. : 01 45 82 47 47

www.harlequin.fr

1.

Comme tous les lundis matin, les employés de Multi-Media Promotions détaillaient avec excitation le récit de leur week-end avant de se mettre au travail.

Nick Armstrong, pour sa part, n'adressa que des salutations distraites à ses subordonnés tandis qu'il se dirigeait vers son bureau. Leon Webster, son associé, le talonnait.

Sitôt la porte refermée derrière eux, Nick laissa libre cours à sa frustration. Après tout, si quelqu'un pouvait le comprendre, c'était bien Leon.

— Tu ne devineras jamais ce que Tanya m'a dit samedi soir quand je lui ai annoncé que je devais annuler notre soirée ensemble.

— Quelque chose de particulièrement désagréable, je parie ? hasarda Leon, un scintillement moqueur dans le regard.

Nick se rappela que Leon sortait lui-même d'une rupture difficile.

— Elle a dit que ce dont j'avais besoin, c'était d'une potiche qui se moquerait parfaitement d'être oubliée sur son étagère et que je pourrais exhiber à ma guise.

— Ah, le rêve… Mais une telle femme n'existe pas.

— Attends, ce n'est pas tout. Elle a ajouté qu'à défaut de potiche, une fée ferait l'affaire, si tant est qu'elle ait le pouvoir de me donner, d'un coup de baguette magique, l'énergie sexuelle qui m'a fait défaut ces derniers temps.

— Là, c'est un coup bas.

— Leon, je ne plaisante pas. Et nous allons avoir une discussion sérieuse, toi et moi.

L'intéressé haussa les sourcils d'un air narquois.

— Concernant les femmes ?

— Non. Concernant les affaires.

Contournant son bureau, Nick se laissa tomber dans son fauteuil et fit signe à son ami de l'imiter.

— Assieds-toi. Et efface ce sourire idiot de ton visage. Je te dis que c'est sérieux.

Leon soupira mais, voyant la mine de Nick, s'efforça d'arborer un visage plus grave. Son ami et associé était un génie créatif, souvent irritable, porté à l'excès. D'un tempérament plus tempéré, il jouait quant à lui le rôle du bouffon qui détendait l'atmosphère par une plaisanterie bien placée. Mais il sentait que le moment était mal choisi pour cela.

A bien des égards, les deux hommes étaient l'opposé l'un de l'autre. Physiquement, pour commencer : Nick était grand, brun, avait des yeux d'un bleu intense et une virilité presque agressive. Malgré cela, Leon n'avait jamais senti que son impressionnant associé lui faisait de l'ombre. Même s'il était de taille moyenne et doté d'un teint plus clair, il était lui-même un beau parleur-né et n'avait jamais eu de problèmes avec les femmes.

Nick et lui formaient une équipe de choc — le créatif et le commercial — et Leon n'était pas près d'autoriser quiconque à la mettre en péril. De plus, il était essentiel pour lui de veiller à ce que Nick fût heureux. La productivité de son ami en dépendait.

— Parlons affaires ! enchaîna Nick, tapant sur son bureau du plat de la main. Tu sais que je suis submergé de travail, Leon. Le site internet est en pleine expansion. J'ai besoin de deux graphistes pour me décharger.

— Deux salariés en plus, ça veut dire moins de profits.

— Au contraire. Ça veut dire plus de travail mieux fait, donc plus de clients, donc plus de profits.

— Touché.

— De toute façon, ce n'est pas d'argent qu'il s'agit. Je veux avoir une vie privée.

Leon, à ces mots, ne put s'empêcher de lever les yeux au ciel.

— Tout ça parce que Tanya t'a fait une petite crise ce week-end ? Tu ne lui appartiens pas, Nick. Et crois-en mon expérience…

Deux yeux d'un bleu électrique le transpercèrent, lui imposant le silence.

— Leon, tu es mon ami et mon associé. Nous pouvons dire que nous avons réussi, dans la vie. Mais écoute-moi bien : je ne veux plus de cette pression permanente.

Leon leva aussitôt les mains en signe d'apaisement.

— D'accord, d'accord… Tant que c'est ta décision et pas celle de Tanya… Mais pardonne mon incrédulité : tu as toujours dit que si nous travaillions comme des chiens jusqu'à l'âge de trente ans…

— J'aurai trente ans la semaine prochaine. Et nous avons chacun empoché cinq millions de dollars l'année dernière.

— Et nous sommes bien partis pour empocher le double cette année…

— Justement ! Tu ne vois pas que nous en payons le prix ? D'abord, tu as perdu Liz…

— Voilà que tu recommences. Tu mêles les femmes à tout ça.

— Bon sang, Leon, je veux avoir une vie en dehors du travail, même si ce n'est pas ton cas ! Je vais avoir trente ans et j'ai assez donné de ma personne. Je veux du personnel supplémentaire.

— C'est bon, soupira son ami. Je vais te trouver quelqu'un.

En silence, Nick leva deux doigts. Leon soupira. Deux salaires à payer…

— Voilà ce que nous allons faire, suggéra-t-il. Nous

engageons quelqu'un d'expérimenté et un stagiaire qui sera ravi de travailler pour rien. Qu'est-ce que tu en dis ?

— Que tu es radin.

— Pas du tout. Avoir un stagiaire nous permettra de le former à notre façon. Tu le sais très bien.

Nick concéda le point en silence mais renchérit :

— Commence à chercher et n'essaie pas de gagner du temps. Je me moque de ce que ça coûtera. Parce que ça coûtera plus cher encore si je décide de tout plaquer.

Une expression faussement horrifiée sur le visage, Leon bondit de son siège.

— Entendu, pas la peine de s'énerver ! s'écria-t-il. Tes désirs sont des ordres. Je vais te trouver quelqu'un.

— Et n'oublie pas le stagiaire.

— Pas de problème : ils se bousculent au portillon.

Leon se dirigea vers la porte mais s'arrêta sur le seuil pour jeter à son ami un regard narquois.

— Malgré ses états d'âme, je suppose que Tanya sera à ton anniversaire ? Parce qu'elle a beau t'en vouloir, elle adore ce que ton argent peut lui offrir. Rappelle-toi ça la prochaine fois qu'elle te fera une scène.

Avec un haussement d'épaules, Nick regarda la porte se refermer derrière son associé. D'un geste irrité, il alluma son ordinateur pour travailler, mais les propos de Leon résonnaient dans son esprit, l'empêchant de se concentrer. Tanya, à la fin de leur dispute, lui avait fixé son propre anniversaire en guise d'ultimatum.

— Si tu ne me prouves pas que tu comptes changer d'ici là, j'irai voir ailleurs. C'est ta dernière chance, avait-elle dit avant de lui claquer la porte de la chambre au nez.

Il se rembrunit. Tanya était allée trop loin. Après tout, il ne l'avait jamais trompée, et il n'avait jamais rien fait de pire que trop travailler. De quel droit se permettait-elle de contrôler sa vie ?

Et puis, Leon avait raison : elle avait beau lui reprocher le temps qu'il passait au bureau, elle ne répugnait pas pour autant à dépenser l'argent qu'il gagnait ! Il ne comptait plus le nombre de bijoux qu'elle lui avait demandé de lui offrir.

En soi, cela ne le dérangeait pas vraiment. L'argent était fait pour être dépensé. Le problème était que Tanya donnait bien peu en retour. Et leurs disputes de plus en plus fréquentes laissaient Nick épuisé. Il n'avait plus envie, après cela, de lui faire l'amour. Non qu'il manquât d'énergie comme elle l'avait laissé entendre. C'était le désir qui lui faisait défaut !

Sa dernière chance…

Il avait presque envie de rompre avec Tanya avant sa soirée d'anniversaire — soirée que, bien entendu, elle ne voulait manquer pour rien au monde. Et avec raison. Leon avait organisé une fête sur Observatory Hill : il y aurait une tente, un groupe de jazz, l'un des meilleurs traiteurs de Sydney, une vue fantastique sur le port. Et bien sûr, tout ce que la ville comptait de célébrités ou d'hommes d'affaires riches à millions. Tanya serait ravie d'aller y parader.

Grand bien lui fasse, songea Nick.

Après tout, lui aussi pourrait profiter de cette soirée pour se chercher une nouvelle compagne, quelqu'un qui satisferait ses besoins et lui procurerait du plaisir. Quelqu'un d'assez indépendant pour s'occuper pendant qu'il travaillerait.

Oui, il avait vraiment besoin de changement.

Leon se dirigea vers son bureau, espérant que sa dernière remarque sur Tanya allait dessiller les yeux de Nick. Ne voyait-il donc pas que cette fille était une véritable croqueuse de diamants ? Elle voulait son argent mais ne donnait jamais rien en retour.

Il espérait qu'il y aurait assez de jolies filles à l'anniversaire de Nick pour lui montrer qu'il se fourvoyait et…

Leon s'arrêta net, un sourire aux lèvres.

Il avait une meilleure idée.

Tanya avait dit à Nick qu'il avait besoin d'une fée ? D'accord.

Il allait lui en offrir une.

— Plus on est de fous, à votre service ! annonça Sue Olsen en décrochant le téléphone, espérant qu'il allait enfin s'agir d'un client. Que pouvons-nous faire pour vous ?

— Bonjour. Je cherche une animation pour un anniversaire.

— Bien sûr. Avez-vous quelque chose de précis en tête ? Nous pouvons vous proposer les Tournesols Chantants, la Ferme aux Animaux, les…

— Je veux une fée avec une baguette magique pour chanter *Joyeux Anniversaire* et jeter des paillettes, coupa la voix, déterminée.

Un sourire fendit le visage de Sue. D'un geste, elle attira l'attention de Barbara Lamb, son associée, affalée dans un fauteuil de cuir qui avait connu des jours meilleurs. Barbara se sentait encore éreintée de l'après-midi qu'elle avait passé à distraire trente bambins de cinq ans, la veille, déguisée en clown.

— Nous avons exactement la fée qu'il vous faut, reprit Sue. Elle sera parfaite.

Barbara leva les yeux au ciel. Mais le numéro de fée aurait au moins le mérite d'être reposant. Et du repos, c'était exactement ce dont elle avait besoin après avoir enchaîné quatre animations ce week-end. Elle avait beau adorer les enfants, ils étaient en général épuisants !

— Quelle date aviez-vous en tête ? demanda Sue à son interlocuteur.

— Pas si vite. Je veux être sûr de la qualité de vos services. Vous avez dit que vous aviez la fée idéale. Il faut qu'elle soit belle.

— Elle est très belle, assura Sue avec un clin d'œil à l'intention de Barbara.

— Je veux des longs cheveux blonds. Et naturels, pas décolorées.

— Vous venez de la décrire.

— Et pas de perruque, évidemment.

— Bien sûr que non.

— Et son sourire ? Elle a de belles dents ?

— Elle a un sourire éclatant. N'importe quel dentiste en serait fier.

— Bon, tout ça m'a l'air prometteur. Elle est grande ?

— Grande ? répéta Sue, fronçant les sourcils à cette question inhabituelle.

— Oui. Je ne veux pas d'une gamine déguisée.

— Non, notre fée est une très belle jeune femme, de taille plus haute que la moyenne mais plus petite qu'un mannequin.

Barbara fit la grimace, ébouriffant ses cheveux comme elle le faisait dans son numéro de Méchante Sorcière de l'Ouest. Sue pouffa mais reprit aussitôt son sérieux.

— Parfait, fit son interlocuteur. Une dernière question : comment est sa silhouette ?

— Je vous demande pardon ?

— Sa silhouette. Elle est, euh… bien formée ?

— Hmm, marmonna Sue, soudain méfiante.

— Je veux dire, je ne veux pas d'un manche à balai. Je veux des courbes sensuelles.

Une sonnette d'alarme résonna dans l'esprit de Sue. Il leur arrivait d'avoir des appels de détraqués en tout genre.

— Vous voulez une animation pour des enfants ? demanda-t-elle.

— Oh non. Il n'y aura pas d'enfants à cette fête.

— Je vois. Est-ce que ce serait pour un enterrement de vie de garçon ? repartit Sue, prête à doucher l'enthousiasme de son interlocuteur.

— Oh non, répondit la voix, ironique. Il n'y a pas de

mariage dans l'air. C'est pour les trente ans d'un ami. Et je veux lui faire la surprise.

— Y aura-t-il également des femmes à cette soirée ?

— Evidemment. Le Tout-Sydney sera là. La crème de la crème. Il n'y a rien de louche dans cette fête, si c'est le sens de vos questions. De plus, elle aura lieu dans un lieu public, sur Observatory Hill.

Sue haussa un sourcil, son intérêt piqué. Elle s'imagina aussitôt les jeunes et riches célibataires qui ne manqueraient pas de se presser à cette soirée et déclara :

— Etant donné la nature inhabituelle de votre requête, j'insiste pour accompagner ma fée afin de veiller à sa sécurité.

— Pas de problème. Vous serez également les bienvenues si vous voulez rester après l'animation, déclara son interlocuteur. Je suppose que votre prudence signifie que votre fée est sexy ?

Toujours prudente, Sue répondit :

— Elle est normalement proportionnée. Mais je ne voudrais pas qu'il y ait de malentendu. Elle sera là seulement pour chanter *Joyeux Anniversaire*, n'est-ce pas ?

— Absolument. Oh, ça me fait penser… Elle sait chanter, n'est-ce pas ?

— C'est une professionnelle. Elle a une voix d'ange. Ça vous convient ?

— C'est parfait !

Et ça va vous coûter très cher, songea Sue tout en notant les détails relatifs à la soirée et en pianotant énergiquement sur une machine à calculer.

Elle finit par quadrupler leur tarif habituel. Après tout, il s'agissait d'une animation nocturne et il y avait un élément vaguement dangereux dans cet engagement. C'était le prix du risque.

Ainsi qu'elle l'avait supposé, son client ne fit pas la moindre difficulté pour accepter les conditions du contrat.

*
* *

Barbara était quelque peu choquée par le tarif que son amie venait d'exiger — quelle que soit la personne qui venait de les appeler. Certes, gagner un peu d'argent ne leur ferait pas de mal. Depuis qu'elles avaient lancé Plus on est de fous, les fins de mois étaient difficiles. Mais c'était mieux que de sillonner le pays avec une troupe de rodéo et de spectacle de western comme elle l'avait fait avant cela.

Il était en tout cas évident que l'animation retenue n'était pas pour des enfants. Les questions de leur client potentiel étaient pour le moins étranges. Soit, avec un loyer à payer et une voiture à entretenir, elle ne pouvait pas se permettre d'être difficile. Mais il y avait des limites !

Sue raccrocha enfin, la mine réjouie. Elle faisait en général une excellente Fée Clochette, dans leurs animations, du fait de sa petite taille, de sa silhouette menue et de ses abondants cheveux roux.

— L'affaire est dans le sac ! annonça-t-elle avec un claquement de langue satisfait.

— Quel genre d'affaire exactement ? demanda Barbara, méfiante.

— Il n'a pas hésité une seconde sur l'argent. Ça montre qu'il en a beaucoup et qu'il n'hésite pas à le dépenser. Tout à fait mon genre d'homme.

— Ce n'est pas un vieux pervers ?

— C'est peut-être un pervers, mais jeune. La trentaine, cofondateur de Multi-Media Promotions.

Inclinant la tête de côté, Sue arbora une mine pensive avant de reprendre :

— Je pourrais peut-être lui demander de nous monter un site internet. Ça nous aiderait à trouver de nouveaux clients.

— Nous n'avons même pas d'ordinateur.

Barbara était souvent, dans leur entreprise, la voix

de la raison. Sue avait tendance à s'emballer et à oublier certains détails pratiques. Mais toutes deux s'entendaient à merveille. Elles adoraient travailler ensemble.

— Quand tu descendras de ton petit nuage, je serai ravie que tu me dises de quoi il s'agit.

Sue se mit à rire et, avec une excitation visible, lui détailla ce que leur client attendait d'elle. Elle s'attarda longuement sur l'opportunité de rencontrer de charmants célibataires que constituait également ce contrat. Leur vie sociale étant quasiment inexistante, Barbara fut sensible à cet aspect des choses.

— Comment s'appelle ce type ? demanda-t-elle. Celui qui t'a appelée ?

— Leon Webster.

Le nom lui disait quelque chose. Il semblait familier et déplaisant. Mais Barbara n'aurait su dire pourquoi.

— Leon…, répéta-t-elle à voix haute, fouillant dans sa mémoire.

Nick Armstrong n'avait-il pas un ami du même nom ? Un beau parleur qu'il avait rencontré à l'université ? Désireuse d'en avoir le cœur net, elle demanda :

— Et son partenaire ? Celui dont c'est l'anniversaire ?

— Nick Armstrong. *Joyeux anniversaire, Nick !* se mit à chanter Sue. *Joyeux anni…*

— Arrête ! lança Barbara, bondissant de sa chaise.

L'émotion que ce nom avait provoquée en elle était si violente qu'elle en avait serré les poings. La morsure de ses ongles dans ses paumes la força à se détendre quelque peu.

— Mais qu'est-ce qui te prend ? demanda Sue, bouche bée. Tu es devenue folle ?

Au choc initial succédaient à présent les souvenirs. Ceux de la pire humiliation de sa vie.

— Tu ne te rappelles pas ?

— Je ne me rappelle pas quoi ?

Les yeux gris de Barbara s'assombrirent, ses joues

s'empourprèrent sous l'effet de la colère comme elle songeait à l'homme qui lui avait brisé le cœur.

— Il y a neuf ans, j'ai chanté à l'anniversaire de Nick.

Sue fronça les sourcils, visiblement médusée.

— Ah bon ?

— Oui. Et je t'ai tout raconté, à l'époque. La façon dont il… il…

Elle s'interrompit, incapable d'achever sa phrase.

— Je ne chanterai plus jamais pour lui ! s'exclama-t-elle enfin.

— Oh, je me souviens, à présent… C'est le type dont tu étais follement amoureuse quand nous étions gamines !

— J'avais seize ans, protesta Barbara. Je n'étais pas une gamine.

Oui, elle avait aimé Nick de tout son cœur, avec cette fougue brûlante de l'adolescence. Mais il l'avait humiliée en lui préférant les filles plus sophistiquées qui s'accrochaient à lui dans les soirées. Le parfum du succès, sans doute.

Barbara avait eu beau se répéter que Nick n'était pas l'homme qu'elle avait cru, cela n'avait rien changé au fait qu'elle en avait eu le cœur brisé.

— Ecoute, c'était il y a longtemps, fit valoir son amie. De l'eau a coulé sous les ponts…

Sue avait raison. Et pourtant, aucun autre homme n'avait su éveiller en Barbara ce qu'elle avait ressenti pour Nick. Après lui, elle avait cessé de croire en l'amour.

— C'est juste une petite animation de dix minutes, Barbara. Ça va remettre nos comptes dans le vert. Et il ne te reconnaîtra sans doute même pas ! Tu avais des bagues sur les dents, les cheveux courts et frisés, des lunettes, et tu étais maigre comme un clou.

Barbara fit la grimace. L'adolescence était bel et bien un âge ingrat ! Mais cela ne changeait rien à ses sentiments.

— Ce n'est pas la question. Je ne chanterai pas pour lui. Tu n'as qu'à le faire, toi.

— Bien sûr… Ils seront ravis d'avoir une fée d'un

mètre soixante avec des cheveux roux. Ne sois pas ridicule, Barbara. Leon Webster veut une grande blonde. Il a bien insisté sur ce point.

— Rappelle-le pour annuler. Dis-lui de trouver quelqu'un d'autre.

— Et perdre tout cet argent ? Sans parler de l'occasion de fréquenter du beau monde ? Tu imagines les contrats que nous pourrions décrocher là-bas ?

Secouant la tête, Sue avança vers Barbara, une lueur déterminée dans le regard.

— Assieds-toi, calme-toi et réfléchis. Si le seul nom de Nick Armstrong suffit à te mettre dans un tel état neuf ans après, ça signifie que tu as un problème. Et il est temps pour toi d'y faire face.

Barbara s'assit mollement. Elle ne voulait pas se disputer avec son amie mais elle ne voulait pas davantage lui céder. Jamais elle ne chanterait pour Nick Armstrong. Jamais !

— J'ai une idée, fit Sue.

— Oublie-la. C'est une mauvaise idée.

L'air buté, Barbara se tourna et fit mine de regarder ailleurs. Sue se leva, contourna son fauteuil, puis vint se planter en face d'elle.

— Ecoute-moi d'abord. Il n'y a rien de tel qu'une bonne revanche. Ça te permettra de repartir sur de bonnes bases.

Barbara roula des yeux exaspérés tandis que Sue se penchait sur elle, les yeux brillants.

— Une délicieuse vengeance, voilà ce qu'il te faut.

Elle agita ses mains au-dessus de Barbara, comme un magicien jetant un sort, puis reprit d'un ton de conspirateur :

— A présent, imagine ceci…

2.

Barbara attendait de faire son entrée, tremblant de tous ses membres. Elle regrettait à présent de s'être laissé convaincre par Sue. Son amie avait réussi à piquer sa fierté et à la persuader que l'expression stupéfiée de Nick, lorsqu'il la reconnaîtrait, lui ferait oublier le passé.

Le plan ne lui paraissait malheureusement plus aussi imparable. Et si, pour commencer, il ne la reconnaissait pas ? Cela ne ferait qu'ajouter à son humiliation. C'était bien la dernière chose dont elle avait besoin !

Il était malheureusement trop tard pour faire machine arrière. A l'intérieur du chapiteau dressé sur Observatory Hill, la fête battait son plein. Quelqu'un, sans doute Leon Webster, faisait un discours que ponctuaient applaudissements et éclats de rire. Sue l'avait informée qu'il y avait une centaine d'invités, tous en tenue de soirée, tous fortunés.

Les pans de la tente étant en plastique transparent pour offrir une vue sur le port et les lumières de Sydney, Barbara avait dû battre en retraite derrière leur voiture, garée sur le côté avec les véhicules du traiteur.

Elle se consola en songeant qu'elle pourrait s'éclipser rapidement après son numéro. Sue, pour sa part, avait exprimé son intention de rester et de se faire de nouveaux amis. Pour s'en assurer, elle avait choisi une élégante robe de satin qui lui garantirait l'attention de la gent masculine...

Une nouvelle salve d'applaudissements, plus forte que les précédentes, tira Barbara de ses ruminations. Son cœur se mit à battre la chamade lorsqu'elle vit Sue, postée à l'entrée du chapiteau, lui faire signe de se préparer. Fermant les yeux, elle pria silencieusement pour que tout se passe bien. Elle espérait que ses cordes vocales n'allaient pas la trahir, que la longue traîne de sa robe n'accrocherait rien, que ses ailes resteraient bien en place et que le mécanisme qui permettait aux paillettes de jaillir de sa baguette magique fonctionnerait.

Car ce soir, plus qu'aucun autre, elle n'avait pas droit à l'erreur.

Leon Webster sourit à son public comme les applaudissements diminuaient.

— Mesdames et messieurs, je vous demande encore un petit moment d'attention, nous avons une surprise pour Nick, histoire d'ajouter un peu de magie à ce trentième anniversaire…

Il adressa un signe au groupe chargé de l'animation musicale et descendit de l'estrade. Un brouhaha exprimant la curiosité des spectateurs monta de la salle tandis que Leon se dirigeait vers la table qu'il partageait avec Nick.

Un sourire aux lèvres, ce dernier le regarda approcher, se demandant ce que son ami avait bien pu inventer. Leon était un fêtard-né, un amuseur qui ne reculait en général devant aucune outrance. Leurs années d'université avaient été riches en émotions de toutes sortes et ils avaient naturellement décidé, après avoir obtenu leur diplôme, de travailler ensemble. Ils se connaissaient l'un l'autre mieux qu'aucune femme ne les connaîtrait jamais.

Le groupe se mit à jouer un air qu'il ne reconnut qu'à l'entrée de la clarinette : le thème du *Magicien d'Oz*.

— *Somewhere over the Rainbow ?* fit-il en éclatant de rire.

— Ta surprise est en chemin, mon vieux ! s'exclama Leon en lui décochant une grande tape dans le dos.

— Tu ne trouves pas ça un peu puéril, Leon ? intervint Tanya d'un ton sec.

Nick serra les dents, se retenant de justesse de lui faire une remarque désagréable. Elle avait été d'une humeur massacrante pendant toute la soirée, critiquant à tout va. Il était à deux doigts de lui demander d'aller s'asseoir à une autre table.

Leon, pour sa part, lui offrit un sourire mielleux.

— Je ne fais qu'offrir à Nick un peu de romantisme, ironisa-t-il. Il en a bien besoin.

Nick vit Tanya se hérisser. Il se prépara pour un nouvel assaut mais des exclamations joyeuses montèrent au même instant de la salle, dans son dos. Il se retourna et eut un mouvement de surprise à la vue du spectacle qui s'offrait à lui.

Une sublime fée blonde avec des ailes en gaze ?

Il retint de justesse un éclat de rire ravi. Leon, avec un plaisir machiavélique, avait engagé une fée !

Nul doute que Tanya n'apprécierait guère la plaisanterie mais à ce stade, il se moquait parfaitement de ce qu'elle pourrait penser. Si la fée la faisait disparaître d'un coup de sa baguette magique, il en serait enchanté.

Il sourit à la jeune femme qui approchait. En voilà une pour laquelle il accepterait de travailler moins, songea-t-il. Et il n'aurait pas besoin de magie pour réveiller son désir ! Il n'avait jamais vu plus séduisant fantasme…

Il se cala plus confortablement contre son dossier pour mieux l'observer. Elle portait une robe vaporeuse qui donnait l'étrange impression qu'elle était nue. Ses formes sublimes, c'était évident, ne devaient rien à la chirurgie esthétique. Sa taille en sablier, ses seins parfaits et ses fesses galbées étaient l'œuvre de la nature.

Son visage n'était pas en reste. Sa beauté était encore soulignée par un sourire éclatant. Ses cheveux d'une blondeur de blé étaient retenus par une tiare en brillants qui semblait diffracter la lumière ambiante en milliers d'étoiles.

Une véritable fée, songea Nick, aux anges. Et il espérait qu'ils auraient l'occasion de faire quelques tours de magie ensemble une fois la soirée terminée…

Jusque-là, tout va bien, songea Barbara, qui souriait à en avoir des crampes. Elle venait d'atteindre la piste de danse sans incident. Et Dieu merci, la réaction des invités à son apparition semblait positive. Pas de sifflements salaces, pas de commentaires inappropriés, juste un murmure d'étonnement et d'appréciation. Le sentiment d'expectative générale était presque palpable.

Elle repéra Nick comme elle abordait la piste de danse. Il lui souriait de toutes ses dents, plus séduisant encore que dans son souvenir. Sa chemise bleu sombre accentuait son teint mat et le bleu plus vif de ses yeux… Nick la dévorait littéralement du regard.

Barbara sentit une bouffée de satisfaction pulser en elle. Nick appréciait ce qu'il voyait. Puis elle se rappela qu'il aurait aimé de la même façon une stripteaseuse sortie d'un gâteau. Elle ne devait donc pas en tirer de conclusions hâtives.

Elle continua d'avancer lentement, étudiant à la dérobée la brune en robe rouge assise à côté de lui. Oui, c'était exactement le genre de femme que Nick aimait. Le genre de femme qu'il lui avait préférée autrefois ! Cette belle brune avait un décolleté vertigineux, des lèvres pulpeuses fardées de rouge vif, des yeux trop maquillés.

Barbara la détesta d'emblée. Et à en juger par le regard que l'autre lui retourna, l'inimitié était réciproque. Cela ne fit qu'ajouter à sa détermination. Elle sourit donc de plus belle à Nick, avant de se diriger vers l'estrade en chaloupant des hanches.

Sue avait raison. La vengeance était une sensation

délicieuse. Elle adorait voir la lueur de désir dans le regard que Nick posait sur elle. Bien sûr, cela ne faisait que confirmer qu'il n'était qu'un idiot piloté par ses hormones. Mais cela, elle le savait déjà. L'essentiel était qu'elle l'avait, en cet instant, en son pouvoir.

Elle régla son pas pour arriver sur l'estrade au moment même où l'orchestre terminait sa chanson. Les musiciens lui souriaient, apparemment ravis par son apparition. Cela donna une idée à Barbara.

— Vous vous rappelez Marilyn Monroe chantant « Happy Birthday, Mister President » ? murmura-t-elle.

Les musiciens acquiescèrent avec des mines réjouies. Barbara sourit.

— Je veux le même tempo, d'accord ?

— Vos désirs sont des ordres, ma belle…

Barbara prit le micro, puis déglutit à deux reprises pour s'humecter la gorge. Elle était douée pour les imitations et espérait que sa voix n'allait pas la trahir. Cela valait le coup d'essayer, de toute façon. Tous les moyens étaient bons pour séduire Nick…

Le silence était retombé dans la salle. Depuis l'entrée du chapiteau, Sue leva un pouce en signe d'approbation. A sa table, Leon Webster se pencha pour murmurer quelque chose à l'oreille de Nick. Ce dernier pouffa, ignorant totalement la brune assise à côté de lui. Il lui tourna même le dos pour accorder son attention pleine et entière à Barbara.

Les musiciens se lancèrent. Elle prit une profonde inspiration et porta le micro tout contre ses lèvres, de manière à pouvoir susurrer.

— *Ha… ppy… birthday to you…, Nick…*

Des rires fusèrent dans la salle, des applaudissements retentirent. Renversant la tête en arrière, Nick lui-même se mit à rire à gorge déployée.

Barbara était enchantée. Le piège se refermait sur sa proie. Elle continua de chanter, d'une voix plus sensuelle encore, au grand ravissement de la foule. Lorsqu'elle conclut en envoyant à Nick un baiser invisible, les invités la récompensèrent par un tonnerre d'applaudissements et des sifflets appréciateurs. Leon Webster bondit sur ses pieds et brandit les deux poings en signe de victoire pour bien indiquer que l'idée venait de lui.

Mais Nick ne regardait ni son ami ni ses invités. Ses yeux étaient posés sur Barbara. Avec une lenteur délibérée, elle reposa son micro et descendit de l'estrade. Rassurée par le succès de son numéro, elle n'avait plus à se forcer pour lui sourire.

— Tout le monde chante avec moi ! s'exclama Leon. *Joyeux anniversaire…*

Comme un seul homme, les invités se levèrent pour se joindre à lui. Barbara continua d'avancer, sa baguette magique levée. En la voyant approcher, la brune passa un bras possessif autour des épaules de Nick. Il continua cependant de l'ignorer superbement.

Barbara était presque ivre du pouvoir qu'elle avait sur lui. Elle le tenait au creux de sa main. D'un geste, elle pouvait le détruire, l'humilier comme il l'avait humiliée…

Une bouffée d'excitation lui serra l'estomac, et le mouvement de ses hanches s'accentua. Sa féminité s'était éveillée mais elle ne s'en étonna pas. Nick Armstrong était un mâle dominant et elle réagissait à sa présence comme toute femme normalement constituée. Cette fois, cependant, elle n'était pas naïve au point de se croire amoureuse.

— Faites un vœu, souffla-t-elle en s'arrêtant à sa hauteur, baguette brandie au-dessus de sa tête.

Elle appuya sur le bouton situé de l'autre côté de la baguette. L'étoile, à son sommet, bascula pour déverser un nuage de paillettes qui tombèrent sur Nick, au milieu d'acclamations ravies.

Enfin, elle se pencha pour déposer un baiser sur sa joue. Son cœur battait et, lorsqu'elle vit la bouche de Nick s'entrouvrir légèrement, la tentation s'empara d'elle. Une force irrésistible l'attira, lui fit incliner légèrement la tête vers ses lèvres…

Dès l'instant où elle l'embrassa, elle perdit tout contrôle de la situation. Se redressant d'un bond, Nick glissa une main autour de sa taille, une autre dans ses cheveux. C'était un baiser d'une violence et d'une sensualité telles qu'elle en eut le souffle coupé. Elle oublia où elle se trouvait, ce qu'elle faisait là, jusqu'à la foule qui les entourait. Elle ne se rendit même pas compte que quelqu'un venait de lui prendre sa baguette des mains. Seigneur, elle ne savait même pas où étaient ses mains !

Puis, avec une brutalité qui la laissa pantelante de frustration, les lèvres qui ravageaient les siennes l'abandonnèrent brusquement.

— Mais qu'est-ce qui te prend ? lança une voix de femme.

Complètement désorientée, Barbara vit sa baguette magique s'abattre sur le crâne de Nick. Des paillettes jaillirent sous l'impact.

— Tu veux de la magie, en voilà !

— Arrête, Tanya !

Relâchant soudain Barbara, Nick agrippa le bras de la brune au moment où elle allait le frapper une seconde fois avec la baguette.

— Comment oses-tu embrasser cette traînée devant moi ?

Nick voulut agripper la baguette, à présent endommagée, mais sa compagne lui échappa et fondit sur Barbara. Ses lèvres étaient distordues par un rictus haineux, ses yeux lançaient des éclairs furieux.

— Espèce de garce ! Nick m'appartient !

Par chance, Leon Webster attrapa la baguette en plein vol, l'arracha des mains de Tanya et la lança loin d'elle, sur la piste de danse.

— Calme-toi ! fit Nick.

Le fait de se trouver désarmée n'atténua en rien l'humeur

belliqueuse de Tanya. Furieuse, elle se jeta de nouveau sur Barbara.

D'un coup d'épaule, Nick la repoussa. Leon la saisit par-derrière, lui rabattit les bras et l'immobilisa. Tout s'était passé si vite que Barbara n'avait pas eu le temps de réagir.

— Lâche-moi ! cria Tanya.

— Pas avant que tu te sois calmée.

— Ça suffit, maintenant ! intervint une autre voix au milieu de ce chaos.

Sue !

— Vous m'aviez promis qu'il s'agirait d'une soirée respectable, monsieur Webster ! reprit la rousse d'un ton outré.

Les mains plantées sur ses hanches, elle examina les deux hommes et Tanya, qui se débattait toujours, avec mépris.

— C'est ça la haute société de Sydney ? demanda-t-elle d'un ton ironique.

— Mademoiselle Olsen… Sue…, commença Leon d'un ton gêné.

— D'abord, on embrasse ma fée sans son consentement…

— Je ne m'attendais pas à ce qu'elle soit si…

— Nous vous avons donné ce que vous avez demandé, coupa Sue. Vous avez insisté pour avoir un numéro sexy.

— Je sais, je sais. Mais…

— Il vous appartenait de veiller à ce qu'il n'y ait pas d'incident, monsieur Webster.

— C'est ce que je fais. Je viens de sauver votre fée d'une agression. Présente tes excuses à ces dames, Tanya.

— Ces dames ? Des prostituées, oui ! hurla l'intéressée.

— Nous ne souffrirons pas de nouvelles insultes, fit Sue d'un ton pincé. Veuillez relâcher ma fée, monsieur Armstrong. Nous partons.

Le bras qui reposait toujours sur la taille de Barbara retomba. Elle frissonna, en proie à un soudain sentiment d'abandon et de solitude.

— A présent, j'attends de M. Webster qu'il nous escorte jusqu'à la sortie, reprit Sue, dont les yeux verts jetaient des éclairs. Quant à vous, monsieur Armstrong, pardonnez-moi de vous le dire mais vous devriez choisir un peu mieux vos compagnes.

— Pour qui vous prenez-vous ? s'exclama Tanya.

Sue l'ignora, adressant un signe de tête à Barbara.

— Il faut récupérer la baguette.

Barbara hocha la tête et fit un pas de côté, s'efforçant de conserver sa dignité tandis qu'elle cherchait des yeux son accessoire.

— Non, attendez !

C'était Nick.

Barbara se figea, comme hypnotisée. Elle résista cependant à l'envie de se retourner pour se jeter dans ses bras, au prix d'un intense effort de volonté. Elle commençait à se rendre compte que la vengeance était une arme dangereuse…

— S'il vous plaît… restez !

Il y avait presque de l'angoisse dans la voix de Nick. Au même moment, elle fut brutalement tirée en arrière et sentit ses ailes céder. Lorsqu'elle pivota, Nick les tenait dans ses mains, l'air dépité.

— Je… Je suis désolé. Je voulais juste vous retenir. Je ne pensais pas que…

Sue émit un hoquet outré, Leon se frappa le front.

— Bon sang, Nick, laisse-la tranquille et occupe-toi de Tanya.

— Je me fiche de Tanya ! s'exclama l'intéressé.

— Espèce de salaud !

La harpie brune se dégagea brusquement de l'étreinte de Leon et arracha les ailes des mains de Nick. Puis elle les jeta à terre et les piétina de ses hauts talons, détruisant irrémédiablement la fragile construction d'organdi et de fil d'argent.

Tout le monde resta paralysé de stupeur pendant

quelques instants. Barbara, effondrée, secoua la tête. Elle avait passé tant d'heures à fabriquer ces ailes…

— Non, geignit-elle, non…

Cet accès de violence parut tirer Nick de son inertie. Bondissant sur Tanya, il l'immobilisa de nouveau et l'entraîna de l'autre côté de la table. Barbara, pendant ce temps, fixa ce qui restait de ses ailes, les larmes aux yeux… C'était presque un sacrilège.

Quelqu'un lui toucha le bras et lui tendit sa baguette magique. Elle aussi était cassée, l'étoile pendant lamentablement à son extrémité.

— Préparez-vous à recevoir une facture pour tous ces dégâts, monsieur Webster, déclara Sue. Et laissez-moi vous dire que ça va vous coûter cher.

Un immense soupir souleva la poitrine de l'intéressé.

— Ne vous en faites pas. Je paierai. Je vais vous raccompagner, à présent.

Il les escorta jusqu'à la sortie sous les murmures excités de la foule. Les ailes restèrent là où Tanya les avait piétinées. Leon marmonna des excuses tout le long du chemin, Sue le morigéna pour son imprévision. Barbara se contentait de fixer sa baguette brisée, le cœur lourd.

Elle regrettait bien, à présent, de s'être laissé entraîner par son amie.

Non, décidément, la vengeance n'avait rien de délicieux.

3.

Leon entra dans le bureau de Nick pour leur habituelle conférence du lundi matin. Il espérait que son ami avait réussi à oublier le fiasco de sa soirée d'anniversaire. Mais le spectacle qui l'accueillit lui indiqua aussitôt que ce n'était pas le cas !

— Que font ces ailes sur ton bureau ? demanda Leon avec exaspération, pointant un doigt accusateur sur l'objet du délit.

Nick redressa la tête, la mine déterminée, pour affronter son regard.

— C'est très simple. Je vais les réparer.

— Et comment comptes-tu t'y prendre ? Tanya les a massacrées.

— Merci, j'ai vu. C'est la raison pour laquelle je veux remplacer ce tissu. Je me suis dit que tu ne m'en voudrais pas d'emprunter ta secrétaire ce matin. Elle doit savoir où…

— Tu ne peux pas demander à Sharon de s'occuper de tes affaires personnelles.

Un sourcil noir se leva, deux yeux brillant de défi clouèrent Leon sur place.

— Ah bon ?

— C'est ridicule ! J'ai dit que je paierais les dégâts et c'est ce que je vais faire.

— Je veux réparer les ailes, répéta Nick, têtu.

— Mais pourquoi ?

— Parce que j'en ai envie. Ça leur fera plaisir quand

je les leur rendrai. Tout n'est pas qu'une question d'argent, dans la vie. La fée avait l'air attachée à ces ailes-là.

Leon laissa échapper un long soupir. Cette fois, c'était sûr : son associé avait perdu la tête.

— Ce n'était qu'un numéro, Nick. Une animation pour laquelle j'ai payé. Rien de plus. Juste une…

— C'est devenu autre chose.

— D'accord, il y avait quelque chose de magique. D'accord, la fille était sexy. Mais tu ne la connais pas ! Elle pourrait être…

— Je me moque de ce qu'elle pourrait être ! gronda Nick en se levant brusquement, frappant son bureau du plat de la main. Je veux ressentir cela de nouveau. Je veux savoir…

Il se mit à arpenter la pièce, sous le regard médusé de son ami.

— Quand je l'ai embrassée… Il s'est passé quelque chose. C'était unique. Je n'avais jamais ressenti ça de ma vie. Elle est spéciale, Leon. Elle est différente des autres.

— Oui, les fées ont tendance à être différentes. Et tu sais ce qu'elles sont d'autre ? *Imaginaires !*

Sa remarque lui valut un coup d'œil dédaigneux.

— Je m'en fiche. Je ne peux pas l'oublier.

Oui, il était bel et bien fou ! Leon décida donc de changer de tactique, comprenant qu'il ne gagnerait rien à essayer de raisonner Nick.

— Bon. Je suppose que tu l'as appelée pour la rencontrer et lui rendre ses ailes ?

Le visage de son ami se froissa sous l'effet d'une intense frustration.

— J'ai appelé leur société toute la journée hier mais je n'ai eu que leur répondeur. Ce n'est que ce matin que j'ai enfin pu parler à Sue Olsen. Mais elle a refusé de me donner le nom et l'adresse de la fée. C'est contre leurs principes.

Leon ne put retenir un hochement de tête approbateur.

C'était parfaitement compréhensible. Les fantasmes et la réalité faisaient rarement bon ménage…

— Mais je la trouverai, renchérit son associé, la mâchoire crispée. Avant que je ne me présente, Sue a cru que j'appelais pour une animation et a parlé de Tournesols Chantants ou quelque chose du genre. Or, ma fée était une chanteuse. Il est fort possible qu'elle fasse aussi les tournesols…

— Bon sang, tu devrais t'écouter… C'est complètement ridicule.

Mais Leon savait que son ami avait besoin d'aide, faute de quoi son travail finirait par en souffrir. Mieux valait donc régler cette affaire au plus vite.

— Bon, laisse-moi m'occuper de ça, proposa-t-il. J'aurai son nom et son adresse avant la fin de la journée.

Nick s'arrêta pour tourner vers lui un regard soupçonneux.

— Et comment comptes-tu t'y prendre ?

— Très simplement. Je vais appeler Sue Olsen, l'inviter à déjeuner dans le restaurant de son choix pour m'excuser du fiasco de samedi. Comme tu le sais, j'obtiens en général ce que je veux.

— Tu crois que tu lui feras oublier ses principes ?

— Ça vaut le coup d'essayer.

Nick hésita, toujours méfiant.

— Tu es sûr que tu ne vas pas aggraver les choses ? Elle avait l'air vraiment fâchée.

Leon se mit à rire.

— Crois-moi, cette jolie petite rousse n'était pas fâchée pour un sou. Elle jouait les outragées pour tirer profit de la situation et me soutirer un maximum d'argent. Je ne peux pas lui en vouloir, nous parlons le même langage !

— D'accord. J'espère que tu ne te trompes pas. C'est important pour moi.

— Ne t'inquiète pas. A présent, enlève ces ailes de ton bureau et…

— Je compte toujours les réparer. Envoie-moi Sharon en sortant, s'il te plaît.

Leon acquiesça, non sans une certaine crispation.

— Comme tu voudras. Mais ne monopolise pas son temps. Elle a déjà assez de travail comme ça.

— Je veux juste son avis.

Leon sortit, secouant la tête avec irritation.

Ah, les femmes !

Et tout ça parce qu'il avait voulu délivrer Nick de Tanya ! Ce faisant, il avait hérité d'un problème plus important encore. Au lieu d'une fée qui résolvait les problèmes d'un coup de baguette magique, il en avait trouvé une qui les *créait* !

Mais il y avait au moins, dans tout cela, une lueur d'espoir.

Une petite rousse belliqueuse qu'il se réjouissait par avance d'inviter à déjeuner…

Barbara essayait toujours de réparer sa baguette magique quand le téléphone sonna. Mais son cœur sombra lorsqu'elle constata que ce n'était pas celui de Plus on est de fous. L'appareil qui sonnait était celui de leur seconde société, hébergée dans le même bureau, Les Fleurs du Mal.

Les Fleurs du Mal était une idée typique de Sue. Sur un simple appel, leurs clients pouvaient faire livrer un bouquet de roses mortes à quelqu'un qu'ils détestaient. Au grand dam de Barbara, le peu d'argent qu'elles parvenaient à gagner venait essentiellement de cette activité…

— Un sou est un sou, marmonna-t-elle, se penchant pour décrocher. Les Fleurs du Mal, que puis-je faire pour vous ?

— Je voudrais faire livrer une douzaine de roses mortes à un dénommé Nick Armstrong, à Multi-Media Promotions.

Barbara se figea. Etait-ce la sorcière brune de l'autre soir ? Celle qui avait brisé sa baguette et ses ailes ?

— Puis-je avoir votre nom ?

— Tanya Wells.

Tanya ! C'était donc bien elle ! Même sa voix suffisait à crisper Barbara aussi sûrement que le crissement d'une craie sur un tableau noir.

— Et je veux que vous écriviez un seul mot sur la carte : salaud !

— Vous ne voulez pas que votre nom y figure ?

— Oh, il saura de qui ça vient. Et avant d'aller plus loin, je voudrais savoir quand vous pourrez procéder à la livraison. Le plus tôt sera le mieux.

L'arrogance de son interlocutrice hérissait Barbara. Il s'agissait apparemment d'une femme habituée à voir ses moindres caprices exaucés.

Mais après tout, un client était un client…

— Laissez-moi vérifier, dit-elle d'un ton posé qui dissimulait parfaitement le tourbillon de ses émotions.

Salaud…

De son côté, elle ne pouvait pas en vouloir à Tanya Wells de le traiter ainsi. Cela décrivait parfaitement sa propre expérience avec Nick Armstrong !

— Alors ? Quand pouvez-vous livrer les roses ? reprit la voix, impatiente.

— Vers 15 heures, temporisa Barbara, s'arrachant à ses ruminations.

— Vous ne pouvez pas faire ça plus tôt ?

Pas si Sue s'en chargeait. Mais si Barbara faisait la livraison elle-même…

Après tout, il lui suffirait de remonter ses cheveux sous un chapeau et de porter des lunettes noires ainsi qu'un tailleur strict pour ne pas être reconnue. Comment Nick pourrait-il faire le rapprochement avec la fée de l'autre soir ?

Et si par hasard il la reconnaissait, la nature de sa mission suffirait à refroidir ses ardeurs.

Oui, c'était tentant. Très tentant…

— Nous pouvons peut-être les livrer à 14 heures, dit-elle en jetant un coup d'œil à sa montre.

Il était midi, elle avait besoin d'un peu de temps pour se préparer, puis se rendre en ville.

— C'est parfait ! Ça devrait suffire à ruiner son après-midi.

De nouveau, Barbara fronça les sourcils. Tanya Wells était une vraie vipère, qu'elle répugnait à aider dans sa vengeance.

Mais après tout, elle ignorait ce qui s'était passé entre Nick et elle. Peut-être Tanya était-elle dans son droit… Peut-être Nick l'avait-il traitée avec son habituel mépris pour les femmes. Peut-être avait-elle droit, elle aussi, à une revanche.

— Puis-je avoir votre numéro de carte de crédit, mademoiselle Wells ? demanda-t-elle après une dernière hésitation.

La transaction terminée, Barbara reposa le téléphone et s'accorda quelques instants de réflexion.

Avait-elle bien fait d'accepter cette commande ? Ne valait-il pas mieux attendre le retour de Sue, partie déjeuner avec Leon Webster ?

C'était la solution la plus raisonnable. Le problème était que Barbara n'avait aucune envie d'être raisonnable. Le baiser qu'elle avait échangé avec Nick, l'autre soir, l'avait bouleversée. Elle avait beau se répéter que l'intensité du moment avait accentué son plaisir, rien n'y faisait. Elle ne pouvait s'empêcher de penser à Nick.

Cela lui ferait donc le plus grand bien de le revoir à la froide lumière du jour. Car loin de se venger, elle avait replongé tête baissée dans le passé !

Mais aujourd'hui, résolut-elle en se levant, les choses

seraient différentes. Elle ne se laisserait pas prendre par surprise. Elle livrerait ces roses et se réjouirait de la mine dépitée de Nick Armstrong.

Enfin, elle tiendrait sa vengeance.

4.

Nick cala du mieux qu'il put les ailes brisées contre un meuble, puis approcha une chaise. Le morceau de gaze qu'il avait prélevé sur les ailes les faisait paraître plus piteuses encore. Mais le vendeur du magasin de tissus où il avait porté l'échantillon lui avait assuré qu'un rouleau d'organdi ferait parfaitement l'affaire. Nick, qui n'en était pas si sûr, voulait vérifier par lui-même.

Ouvrant le paquet, il déroula une bonne longueur de tissu et le déploya sur la chaise à côté des ailes. Le vendeur ne s'était pas trompé. C'était exactement la même matière.

Quelques coups hésitants frappés à sa porte lui arrachèrent un sourire de satisfaction. C'était sans doute Sharon, venue vérifier si ses conseils avaient porté leurs fruits.

— Entrez ! lança-t-il sans même se retourner.

Barbara prit une profonde inspiration. Arriver jusque-là n'avait pas été facile. La réceptionniste avait paru réticente à la laisser entrer et c'était sous le feu de regards curieux qu'elle était enfin arrivée jusqu'au bureau de Nick. Elle supposait que son tailleur, ses lunettes et son chapeau noir lui donnaient une allure vaguement intimidante qui avait dissuadé quiconque de l'accoster.

A présent qu'elle était là, il aurait été stupide de

reculer. Mais son cœur battait à cent à l'heure lorsqu'elle tourna la poignée. Il lui semblait flotter tant ses jambes tremblaient mais une énergie brûlante pulsait en elle, la poussait vers l'avant.

Oui, elle était prête à faire face à Nick Armstrong.

A ceci près qu'il ne lui faisait pas face. Il ne la regardait même pas. Son attention était tournée tout entière vers…

Ses ailes !

— Vous voyez ? fit-il en désignant une longueur d'organdi déroulée sur une chaise. C'est exactement la même chose.

Sous le choc, Barbara resta silencieuse. Son regard passa lentement de l'organdi scintillant à l'homme qui avait pris la peine d'aller l'acheter, sans doute pour réparer les ailes. Etait-ce là la marque d'un « salaud » ?

Plus que tout au monde, elle aurait voulu pouvoir en cet instant lire dans l'esprit de Nick. De profil, il souriait d'un air détendu. Mais que signifiait ce sourire ? Se remémorait-il leur rencontre de samedi ? Un léger frisson lui courut le long du dos. Il était si séduisant, si viril…

Il se retourna au même instant et son sourire disparut aussitôt. Une ride perplexe apparut sur son front comme il soumettait Barbara à un examen glacial.

Une bouffée de panique s'empara d'elle comme le regard bleu arctique la détaillait. Allait-il la reconnaître, malgré son chapeau enfoncé sur son front et ses lunettes ? Ses doigts se resserrèrent machinalement sur le papier de soie noir qui enveloppait les roses mortes. Elle était prête à utiliser le bouquet comme arme si le besoin s'en faisait sentir !

— Qui êtes-vous ? demanda sèchement Nick.

Un immense soulagement envahit Barbara. Il ne l'avait pas reconnue. Cela lui permit de recouvrer quelque peu ses esprits et de se rappeler qu'elle était là pour travailler.

— Monsieur Armstrong ?

Elle avait parlé d'une voix involontairement rauque.

Il fronça aussitôt les sourcils. Oh non… Allait-il faire le rapprochement avec la fée du samedi précédent ? Elle avait utilisé la même voix pour chanter…

— Oui, répondit-il enfin, sans cesser de l'étudier.

Barbara le fixa en retour, captivée par la beauté sévère de ses traits, par ses lèvres parfaitement dessinées. Puis elle se morigéna pour cet instant de faiblesse et redressa le menton.

— J'ai une livraison pour vous, en provenance des Fleurs du Mal.

— Pardon ?

Il avait parlé d'un ton dur mais Barbara, sans trop savoir comment, trouva la force d'avancer vers lui pour lui tendre son bouquet.

— Quelqu'un vous fait envoyer ça.

— Qui ?

Il n'avait pas fait le moindre geste pour accepter le bouquet. Les bras croisés, il la dévisageait d'un air hostile. De nouveau, Barbara se força à avancer vers lui. Elle eut aussitôt l'impression de pénétrer dans une zone dangereuse. C'était à croire que Nick Armstrong dégageait un champ magnétique.

Le papier de soie bruissa et elle constata qu'elle tremblait. Désireuse d'en finir avec sa livraison, elle répondit :

— Notre client pense que vous n'aurez aucun mal à percer son identité.

— Quelqu'un me veut du mal ? demanda Nick, ignorant toujours le bouquet. De qui pourrait-il s'agir ?

Ses yeux fixaient les verres de ses lunettes noires. Barbara dut se répéter à plusieurs reprises qu'il était impossible de voir au travers.

— Je… je ne suis que le messager dans cette histoire, bredouilla-t-elle.

A son grand dam, le regard de Nick descendit soudain sur ses seins. Elle les sentit aussitôt réagir sous la veste de son tailleur. Puis, lentement, les yeux bleus remontèrent vers ses lunettes.

— Je vois.

Que voyait-il ? S'il l'avait reconnue, qu'allait-elle faire ? La réaction qu'il provoquait en elle n'avait rien à voir avec le passé. Cela se passait ici et maintenant !

— Un messager tout de noir vêtu, murmura-t-il. Sans doute pour souligner la nature du message. Et je suppose que vous êtes payée pour ça.

— En effet.

Son regard se durcit comme il demandait :

— Vous vous acquittez de votre tâche à merveille. Est-ce que vous mettez la même conscience professionnelle dans toutes vos… représentations ?

Il savait. Barbara en était sûre.

Et il n'était pas content. Pas content du tout.

Au moment où elle s'y attendait le moins, il prit soudain le bouquet. Ne sachant que faire de ses mains, Barbara les tordit nerveusement tandis qu'il la soumettait à un nouvel examen, ouvertement sensuel cette fois. Ses yeux s'attardèrent sur ses hanches, descendirent le long de ses cuisses, remontèrent enfin vers sa poitrine, puis son visage.

Les joues en feu, elle se demanda confusément d'où venait l'étrange sentiment de culpabilité qui s'était emparé d'elle. Elle n'avait rien fait de mal, après tout. Elle avait juste voulu affronter une bonne fois pour toutes les démons de son passé.

Inexorablement, son regard fut attiré par les ailes qui reposaient contre un meuble de rangement, et le rouleau organdi posé à côté.

Pourquoi ?

Que signifiaient ces ailes pour lui ?

— Des roses mortes, reprit-il au même instant. Pour signifier la fin d'une relation, je suppose ?

Barbara se tourna de nouveau vers lui, le cœur battant, mais se trouva parfaitement incapable de répondre. Sa mission était terminée et la raison lui commandait de partir. Il lui était cependant impossible de bouger le moindre muscle.

— « Salaud », lut-il en dépliant la carte. Ah, cette élégance est typique de Tanya. Malheureusement pour elle, elle a gaspillé son argent avec ce bouquet. Ça ne me fait ni chaud ni froid.

Il sourit, puis reprit d'un ton narquois :

— Vous avez beaucoup de clients pour ce genre d'activité ?

— Oui, répondit Barbara. Assez pour justifier l'existence de ce service.

— Est-ce que vos clients peuvent choisir qui se chargera de la livraison ?

La discussion glissait vers un terrain dangereux. Elle aurait juré qu'il avait deviné qui elle était mais ne pouvait pas en être sûre à cent pour cent. Et elle détestait cette impression d'être une souris entre les pattes d'un chat. Car ce qui ressemblait à un jeu n'allait pas tarder à devenir cruel…

Elle devait partir. Et vite.

— Non, nos clients n'ont pas le choix. Nos livreurs sont anonymes, déclara-t-elle, appuyant bien sur ce dernier mot et guettant sa réaction.

— Anonymes…, répéta-t-il.

Une lueur étrange venait d'éclairer ses yeux. Un signal d'alarme retentit dans l'esprit de la jeune femme.

— Oui, confirma-t-elle, déglutissant nerveusement. A présent, si vous voulez bien m'excuser…

Tournant les talons, elle se dirigea vers la porte ouverte. Chaque pas était un pas vers la liberté. Elle avait besoin de réfléchir à tout ce qui s'était passé et…

Un cri de frayeur lui échappa lorsqu'une main s'abattit sur son épaule.

Son chapeau lui fut soudain arraché. A sa grande horreur, les épingles qui retenaient son chignon cédèrent et ses cheveux se déversèrent en une cascade blonde sur ses épaules.

5.

Paniquée, Barbara porta aussitôt les mains à ses cheveux pour les retenir. C'était un geste dérisoire mais il lui donnait l'illusion d'exercer un semblant de contrôle sur la situation.

— Mon chapeau ! s'écria-t-elle, outrée.

Le visage de Nick exprimait à présent une détermination presque agressive. Un triomphe moqueur embrasait ses yeux bleus. Vif comme l'éclair, il tendit la main et lui ôta ses lunettes de soleil. Plus rien ne l'empêchait maintenant d'identifier Barbara. Et elle vit à son sourire satisfait que c'était exactement ce qu'il venait de faire.

— Ça alors ! Encore vous ? Quelle coïncidence. Voilà une… réincarnation pour le moins intéressante.

Barbara, toujours en état de choc, ne répondit pas aussitôt. Ses mains étaient toujours dans ses cheveux bien qu'elle eût conscience que cela ne servait à rien. Elle ne put que fixer son compagnon tandis qu'il pliait ses lunettes de soleil et les glissait dans la poche de sa chemise.

— Elles sont à moi, fit-elle valoir d'une voix faible.

— Je les mets juste en sûreté.

Puis il dépassa Barbara, referma la porte de son bureau et s'y adossa, bloquant toute possibilité de fuite. Elle le regarda par-dessus son épaule, sans se retourner complètement. Les bras croisés, il semblait attendre quelque chose.

Alors, avec un soupir, elle laissa retomber ses bras. Les cheveux qu'elle retenait encore se répandirent sur ses épaules. Elle se sentait nue, horriblement vulnérable. Et le pire était qu'elle s'était mise dans cette situation elle-même. Pour la seconde fois en quelques jours, une idée apparemment brillante se retournait contre elle.

— Fée un jour, messagère vengeresse le lendemain, murmura enfin Nick. C'est très intéressant. A quel jeu jouez-vous exactement ?

La question eut le mérite de ramener Barbara à la réalité.

— Vous n'étiez pas supposé me reconnaître, déclara-t-elle.

— Je comprends. Vous vouliez voir sans être vue, en quelque sorte.

Barbara haussa les épaules. Mentir ne servirait à rien mais elle ne voulait pas pour autant confirmer ses soupçons.

— Ma relation avec Tanya doit vous intéresser, pour que vous preniez la peine de faire la livraison vous-même ?

— Je...

— Sachez que notre couple battait de l'aile bien avant cette soirée. Nous n'étions pas heureux, tous les deux.

— Dans ce cas, pourquoi étiez-vous toujours ensemble ?

— Cette soirée a été organisée de longue date. Il aurait été presque... discourtois de ne pas inviter Tanya.

Son regard s'assombrit comme il ajoutait :

— C'était une erreur que je regrette.

— Vous vous moquiez bien de ce qu'elle ressentait, marmonna Barbara.

Exactement comme il s'était moqué de ses sentiments à elle, neuf ans plus tôt. Il l'avait remerciée du cadeau d'anniversaire qu'elle lui avait offert avec ses économies, puis l'avait oublié dans un coin. Mais lorsqu'une autre femme plus âgée lui avait offert le même cadeau, en plus cher, il l'avait porté au vu et au su de tous, pour bien montrer qui il préférait.

— Certains sentiments peuvent faire oublier tous les autres, fit valoir Nick.

Des sentiments ? songea Barbara, cynique. Non, c'était

une simple question d'hormones. Et elle ferait bien de ne pas l'oublier.

— Ce sont ces mêmes sentiments qui m'ont fait vous reconnaître malgré votre déguisement. Dès que vous êtes entrée dans la pièce, j'ai senti un picotement étrange me courir sur la peau.

Tout en parlant, il s'était avancé vers elle. Bien que nonchalante, sa démarche avait quelque chose de vaguement menaçant. Il évoquait un félin s'approchant d'une gazelle. Aussitôt, elle sentit le même picotement qu'il venait d'évoquer lui hérisser la peau.

— Une sensation extraordinaire, continua-t-il. Presque magique.

Barbara ressentit des palpitations mais elle n'aurait su dire si c'était l'effet de la peur ou de l'excitation. Malgré cela, il ne lui vint pas à l'idée de reculer. Elle semblait incapable, en cet instant, de faire quoi que ce soit d'autre que regarder Nick. Elle en oublia même de respirer.

— Quand je me suis retourné et que je vous ai vue, tout habillée de noir, j'ai cru que mon instinct m'avait trompé. Puis vous avez parlé… C'est là que j'ai compris que j'avais vu juste.

Barbara plissa les lèvres en une moue dubitative. Si c'était vrai, comment se faisait-il qu'il ne l'eût pas reconnue samedi soir, lorsqu'elle avait chanté pour lui pour la *seconde* fois ? Cela signifiait-il qu'il ne l'avait jamais écoutée, autrefois, malgré les nombreuses occasions qui avaient rassemblé leurs deux familles ? Ou peut-être avait-il la mémoire courte ?

— Laissez-moi partir, à présent, exigea Barbara d'une voix ferme.

— Non.

— Vous n'avez aucun droit de me retenir !

— Je ne vous retiens pas. Vous êtes venue ici de votre propre gré. Personne ne vous forçait à effectuer la livraison vous-même. Vous avez choisi de le faire parce que j'en étais le destinataire. Je crois que ça me donne le droit de vous demander pourquoi.

Barbara baissa les yeux, horrifiée. Il avait lu en elle comme dans un livre ouvert.

— Parce que vous brûliez d'envie de me revoir ? suggéra-t-il d'une voix douce, séductrice.

— Pas le moins du monde. Je suis venue ici pour affaires. Je n'allais tout de même pas refuser un client sous prétexte que vous étiez le destinataire de ces fleurs ! Vous n'avez aucun pouvoir sur moi, monsieur Armstrong. Tout ce que je vous reconnais, c'est une imagination débridée.

Une lueur de défi éclata, à ces mots, dans les yeux de son compagnon.

— Dans ce cas, je suppose que vous ne verrez pas d'inconvénient à me donner votre nom ?

— Je vous ai donné ce qu'on m'a payé pour vous donner : des roses mortes. Je ne vous dois rien d'autre.

— En revanche, personne ne vous a payée pour m'embrasser comme vous l'avez fait samedi soir…

Barbara rougit furieusement mais n'eut pas le temps de répondre car il reprit aussitôt :

— Alors n'essayez pas de me faire croire que vous êtes ici pour affaires.

— Pour quelle autre raison serais-je venue ?

— C'est très simple. Vous voulez voir si vous pouvez ressentir de nouveau ce que vous avez ressenti l'autre soir.

Barbara eut l'impression qu'un cercle de fer se resserrait lentement sur sa poitrine, l'empêchant de respirer. Oui, elle le désirait. Mais comment pouvait-elle éprouver des sentiments pour un homme qui s'était montré autrefois si dur, si cruel à son égard ? Qui avait méprisé l'amour qu'elle lui offrait ?

De nouveau, son regard dériva vers ses ailes, comme en quête d'une réponse à ses questions.

— Je voulais les réparer pour vous, murmura Nick.

C'était plus facile à réparer qu'un cœur brisé, songea-t-elle, reportant son attention sur l'homme qui lui faisait face.

— Pourquoi ? demanda-t-elle d'une voix étranglée.

— Parce que ces ailes me rappellent ce que nous avons partagé. Parce que voir quelque chose qui vous a appartenu dans cet état me révolte. Je ferai tout ce qui est en mon pouvoir pour défaire le mal qui a été fait.

Ce n'était certes pas ce qu'il avait ressenti neuf années plus tôt ! songea Barbara. Mais elle eut beau essayer de se raccrocher à sa rancœur, rien n'y fit. Un sentiment merveilleux, en elle, continuait de s'épanouir.

Les choses étaient différentes, à présent. Nick la désirait. A moins qu'elle ne se l'imaginât…

— Ce qui s'est passé samedi soir était merveilleux, murmura-t-il, tendant la main pour lui caresser la joue. Et bien réel.

Barbara avait la gorge sèche et le visage en feu, son pouls s'était emballé. Il lui semblait que la voix de Nick enveloppait son cerveau, chauffait son sang, électrisait ses cellules.

— Et je sais que vous avez ressenti la même chose, poursuivit-il inexorablement. Cette incroyable alchimie…

Elle déglutit péniblement, luttant pour repousser la vague de désir qu'elle sentait monter en elle. Mais le combat, elle le savait, était perdu d'avance. Déjà, le passé lui semblait sans importance. Son humiliation d'autrefois, son amour qu'il avait méprisé, la fille qu'il lui avait préférée… Tout était oublié.

Elle aimait Nick. Elle n'avait jamais cessé de l'aimer. Et voilà qu'enfin, il s'offrait à elle. Pourquoi le rejetterait-elle ? Pourquoi ne pas en profiter ?

Ses doigts virils se mêlèrent à sa chevelure. Penchant la tête, il approcha les lèvres des siennes. Un frisson d'anticipation la parcourut, emportant ses derniers doutes. Son corps tout entier attendait ce baiser. Ressentirait-elle la même chose que le samedi précédent ? Ou s'était-il agi d'un moment unique, fugitif, d'une conjonction de circonstances extraordinaires qui ne se reproduiraient pas ?

Enfin, ses lèvres effleurèrent les siennes. Aussitôt, Barbara sut que l'alchimie entre eux n'avait rien d'accidentel. C'était comme si un barrage venait de s'effondrer au plus profond d'elle-même, libérant un flot d'émotions et de sensations qui balayaient tout sur leur passage.

Leur baiser, d'abord hésitant, se fit plus audacieux, puis sauvage. Une sensualité torride semblait les envelopper dans une bulle qui les isolait du monde. Des feux d'artifice visibles d'eux seuls explosèrent, un torrent d'énergie pure les emporta.

Jamais Barbara ne s'était sentie aussi bien. Elle exultait. Ses bras s'enroulèrent derrière la nuque de Nick et elle se plaqua tout contre lui, désireuse de renouer ce contact intime que Tanya avait rompu le samedi précédent. Son bassin se pressa contre le sien et elle sentit, dure et brûlante, la preuve de son désir pour elle. C'était merveilleux. C'était...

— Nick !

Une voix claqua comme un coup de fouet, intrusion discordante dans la musique de leur étreinte. Ils étaient si absorbés par leur baiser qu'il leur fallut quelques instants pour se séparer.

— Nick ? Tu as complètement perdu la tête ?

L'intéressé se retourna vers la porte et foudroya son associé du regard.

— Va voir ailleurs si j'y suis, Leon.

— Merveilleux ! Je t'amène Sue Olsen pour qu'elle puisse juger en personne de ton caractère, juste pour constater que tu as déjà oublié ta fée !

Sue ? Barbara rouvrit soudain les yeux, horrifiée. Seigneur, son amie risquait de tout gâcher !

— Je ne vois pas ce que tu veux dire, répondit Nick en faisant un pas de côté pour révéler aux nouveaux venus la femme qu'il embrassait. J'étais justement en pleine conversation avec ma fée. Alors laisse-nous tranquilles, Leon.

— Barb !

L'exclamation d'horreur venait cette fois de Sue. Barbara pâlit en se demandant si ce diminutif permettrait à Nick de l'identifier, de se rappeler l'adolescente maigrelette qu'il avait autrefois rejetée. Elle savait que si c'était le cas, c'en serait fini de ce qu'ils venaient de partager. Il se rappellerait la jeune fille maladroite d'autrefois et ne pourrait plus se départir d'un sentiment d'amusement toutes les fois qu'il la regarderait ou la prendrait dans ses bras…

Une bouffée de panique s'empara d'elle comme elle dévisageait son amie en silence, se demandant comment éviter une catastrophe.

— Oh, je ne vous avais pas reconnue ! s'exclama Leon, visiblement médusé. Que faites-vous ici ? Et dans une tenue pareille ?

— J'effectuais une livraison anonyme pour les Fleurs du Mal, expliqua Barbara, lançant un regard appuyé à Sue.

Cette dernière comprit instantanément.

— Tu étais là pour affaires et il a de nouveau profité de toi ? se récria-t-elle d'un air outré.

— Ça n'avait pas l'air de lui déplaire, fit valoir Leon. Economisez votre salive, Sue. Vous ne m'extorquerez pas d'argent sur ce coup-là. Votre associée était pendue au cou du mien. D'ailleurs…

— Excuse-moi, coupa Nick, mais c'est *mon* bureau. Puis-je avoir un peu d'intimité ?

— Il se trouve que ton bureau est l'endroit où tu es supposé travailler, lui rappela Leon avec irritation. Travailler, tu te rappelles ? Ce pour quoi nous sommes payés ?

— Et puisque Barb était également ici pour travailler, et qu'elle a accompli sa mission, intervint Sue, je suggère que nous repartions ensemble.

— Barb, répéta Nick d'un air pensif, se tournant soudain vers la jeune femme.

Le cœur battant, priant pour qu'il ne la reconnaisse pas, Barbara répliqua d'un air faussement détaché :

— C'est le surnom que me donne Sue. Ça vient de… de « barbelé ». A cause de mon caractère.

— Vous feriez bien de la lâcher si vous ne voulez pas vous faire griffer, ajouta Sue, jouant le jeu.

Nick ignora la remarque, son attention concentrée tout entière sur Barbara.

— Quel est votre vrai nom, alors ?

— Anne, répondit-elle du tac au tac, utilisant son second prénom.

— Anne… Anne comment ?

— Anne… Shepherd, improvisa-t-elle.

Un sourire satisfait apparut sur les lèvres de Nick Armstrong.

— Parfait, dit-il en inclinant la tête. A présent, nous avons été présentés dans les formes.

— Formidable ! s'exclama Leon avec un entrain forcé. A présent que l'affaire est réglée…

— Va-t'en, Leon. Mlle Shepherd et moi n'en avons pas fini. J'ai besoin de quelques minutes…

— Comme tu voudras, marmonna son associé. Venez, Sue.

— Je t'attends à la réception, Barb…

La porte se referma enfin derrière eux. Comme si cette interruption n'avait jamais existé, Nick plongea ses yeux dans ceux de Barbara et se remit à lui caresser la joue. Le désir qu'elle lisait dans son regard lui faisait l'effet de bulles de champagne pétillant dans ses veines.

— Retrouvez-moi ce soir, après le travail, souffla-t-il. Nous irons dîner ensemble.

— Où ?

— Où habitez-vous ?

Si Barbara voulait garder son identité secrète, mieux valait tenir Nick à l'écart de l'appartement qu'elle partageait avec Sue à Ryde. Sue avait en effet une propension certaine à trop parler.

— Autant que je vous retrouve en ville, proposa-t-elle.

A son grand soulagement, Nick ne fit pas de difficulté.

— Comme vous voudrez. Quel restaurant vous plairait ?

— Je vous laisse choisir.

— Vous connaissez Quai 21, à Circular Quay ?

— Je trouverai.

— A 19 heures ?

— Ça me va.

— Vous me promettez que vous n'allez pas disparaître de nouveau ?

— Je vous retrouverai au restaurant, répondit Barbara, peu désireuse de s'engager davantage. Vous n'avez pas à vous en faire sur ce point.

Un large sourire fendit le visage de son compagnon.

— Parfait.

Tirant ses lunettes de soleil de sa poche, il les lui tendit et ajouta :

— Mais cette fois, plus de déguisement.

Barbara rougit tout en s'efforçant de garder la tête haute.

— C'était mon travail.

— Vous m'en parlerez ce soir.

Il se pencha pour ramasser son chapeau et le lui rendit également.

— Encore désolé pour ça. Mais il fallait que je vous l'enlève. Vos cheveux sont trop beaux pour être dissimulés.

Songeant qu'elle lui dissimulait bien plus que ses cheveux, Barbara enfonça nerveusement son couvre-chef sur sa tête. Elle avait conscience de jouer un jeu dangereux. Mais avait-elle vraiment le choix ?

— Merci, répondit-elle avec une certaine raideur. Je dois y aller à présent. Sue m'attend.

— C'est votre patronne ?

— Non. Disons que nous avons des intérêts communs.

— Bon. A ce soir, alors ?

Il lui ouvrit la porte. Juste avant de sortir, Barbara ne put s'empêcher de jeter un dernier regard en direction des ailes.

Poursuivaient-ils tous les deux une chimère ?

Puis elle tourna la tête pour étudier brièvement Nick. Aussitôt, le trouble la submergea, l'empêchant presque de respirer.

Oui, l'alchimie était bien réelle !

— A ce soir, répéta-t-il d'une voix rauque.

Elle acquiesça et sortit enfin sur des jambes tremblantes.

6.

— Anne Shepherd ?

Barbara soupira, piquée au vif par le ton caustique de Sue. Dieu merci, elles étaient déjà sorties des anciens entrepôts transformés en bureaux qu'occupait Multi-Media Promotions.

Barbara s'était attendue à un feu nourri de questions de la part de son amie. Mais pour le moment, elle n'avait aucune envie de se justifier. Comment expliquer des *sentiments* ? Comment les réduire à des mots ?

— Allons, Barb, tu ne crois pas que tu as poussé le bouchon un peu loin, ce coup-ci ?

La critique était quelque peu blessante mais Barbara se raisonna. Sue ne pouvait pas comprendre à quel point il était important qu'elle dissimulât sa véritable identité. Le passé risquait de gâcher sa relation naissante avec Nick.

Tout en marchant, elle regarda autour d'elle. Le passé… Celui de Sydney était partout présent dans ce faubourg où Nick avait installé ses bureaux. La plupart des vieux entrepôts avaient trouvé une seconde vie en tant que restaurants ou galeries d'art. Les choses évoluaient, changeaient, se transformaient. Nick, lui aussi, avait changé. Ou du moins, il avait changé sa façon de la voir… Il la désirait, à présent. Et elle n'avait pas envie de gâcher cela.

— Un faux nom…, insista Sue comme elle gardait le silence. Combien de temps espères-tu préserver ton anonymat ?

— Le plus longtemps possible.

— Le plus longtemps possible pour quoi ?

— Laisse tomber…

— Ecoute, si tu as toujours cette idée de vengeance en tête, tu joues avec le feu. Et tu risques de te brûler. Ton petit numéro de samedi a fonctionné à merveille mais il serait dangereux d'aller plus loin.

— Non, ce n'est pas une question de vengeance.

Il était évident que Sue voulait davantage d'explications mais Barbara se refusait à lui en fournir. Elles arrivèrent à leur voiture et, quelques minutes plus tard, traversaient Anzac Bridge en direction de Ryde.

Comme le silence s'alourdissait, Barbara soupira. Elle pouvait au moins révéler à son amie *le* détail qui prouvait que Nick n'était pas le monstre sous les traits duquel elle l'avait d'abord dépeint.

— Il a acheté de l'organdi pour réparer mes ailes. Ça veut dire quelque chose, non ?

Sue accueillit la nouvelle d'un regard sceptique.

— Ça veut seulement dire qu'il est malin et qu'il fera n'importe quoi pour t'avoir. D'ailleurs, la position dans laquelle je vous ai trouvés en atteste assez… Et à présent qu'il a obtenu ce qu'il voulait, je te parie qu'il ne fera rien de plus pour tes ailes.

Barbara haussa les épaules, ne sachant que répondre à ce défi. Seul l'avenir leur dirait qui avait raison.

— Alors, quelle est l'étape suivante ? renchérit Sue, refusant de lâcher l'affaire. Dîner, puis petit déjeuner au lit ?

Barbara fit la grimace. Il était inutile de mentir. De toute façon, son amie ne la ferait pas changer d'avis.

— Dîner, répondit-elle, la tête haute. Je dois le retrouver en ville. J'aurai donc besoin de la voiture, si ça ne te dérange pas.

L'air agacé, Sue haussa les épaules.

— Comme tu voudras. Mais tout ce qui l'intéresse, c'est de coucher avec toi. Garde ça en tête.

— Et alors ? répondit Barbara. Qui te dit que ce n'est pas ce dont j'ai envie, moi aussi ? Après tout, c'est bien toi qui as dit que je devais régler mon problème avec Nick une fois pour toutes, non ?

— Pas de cette façon, Barb.

— C'est toi qui m'as forcée à ouvrir la boîte de Pandore. Je ne peux pas la refermer maintenant. J'ai toujours été amoureuse de lui, Sue. Je n'y peux rien.

— Tu cours après un rêve.

— Et alors ? Pourquoi pas ?

— Tu crois que c'est une bonne chose de démarrer sur un mensonge ?

— Je lui cache juste mon nom. Ça ne veut rien dire. C'est la personne qui compte.

— Si ça ne veut rien dire, pourquoi ne pas lui avouer la vérité ?

Une nouvelle fois, Barbara se réfugia dans le silence. Cette discussion l'ennuyait. Rien de tout cela, en effet, ne regardait Sue. C'était une affaire entre Nick et elle.

Et elle savait que s'il l'associait à l'adolescente d'autrefois, c'en serait fini de leur relation. Il devait apprendre à la connaître sans l'épée de Damoclès du passé. Elle y veillerait.

— Tu espères que je vais t'aider ?

Sue ne faisait rien pour cacher sa réprobation et Barbara résolut de la libérer de toute responsabilité.

— Non. Et merci de ne pas avoir trahi mon identité dans le bureau de Nick. A partir de maintenant, je ferai de mon mieux pour te tenir à l'écart de tout ça.

— Ça va être difficile, parce que Leon m'a invitée à sortir avec lui.

Barbara fixa son amie avec stupeur. Voilà une information à laquelle elle ne s'attendait pas.

— Quoi ?

— Le déjeuner s'est bien passé… Nous nous apprécions. Il m'a invitée à une soirée samedi prochain.

Barbara s'affaissa dans le siège passager, ferma les yeux et se massa le front. Où tout cela allait-il les mener ? se demanda-t-elle. Leon Webster était l'un des meilleurs amis de Nick en sus d'être son associé. Tous deux étaient un peu comme Sue et elle. Ce qui signifiait qu'à leur instar, ils n'avaient sans doute aucun secret l'un pour l'autre.

— Nous allons devoir veiller à ce que nos relations n'interfèrent pas, murmura-t-elle. Toi d'un côté avec Leon, moi de l'autre avec Nick.

— Ou alors, tu pourrais être honnête avec Nick. Ça éviterait bien des problèmes.

— Je ne peux pas. Pas encore.

— Et moi, je ne veux pas mentir à Leon sur ton compte.

— Ne lui mens pas, alors. Fais ce que tu dois faire et laisse-moi me débrouiller de mon côté.

Sue ne répondit pas. Le reste du trajet se passa en silence, Barbara et Sue toutes deux conscientes de la fissure que ce désaccord venait de créer dans leur relation. Restait à espérer que Nick Armstrong en valait la peine…

Après avoir expliqué à Leon la réapparition pour le moins inattendue d'Anne Shepherd dans sa vie, Nick décida de s'en tenir là. Son ami n'avait pas à en savoir davantage. Anne Shepherd était son domaine réservé et ce qui se passerait entre eux ne concernait que lui.

— Merci d'avoir pris le temps de plaider ma cause auprès de Sue Olsen, conclut-il. Je m'occupe maintenant de régler l'affaire avec Anne Shepherd, d'accord ? Nous pouvons nous remettre au travail, à présent.

— Pas tout de suite, fit sèchement Leon.

— Je croyais que c'était ce que tu voulais ? Tu n'arrêtes pas de me dire que je ne travaille pas assez, ces derniers temps.

— Sue a raison, Nick. Tu charges avec la délicatesse

d'un éléphant dans un magasin de porcelaine. Je suppose que tu as déjà prévu de coucher avec Anne ?

— Ce que je fais en dehors de mes heures de travail ne te regarde pas, Leon. Pour ton information, je n'ai rien « prévu » du tout. Mais je ne serais pas fâché que ça se produise.

— Ça ne me regarde pas ?

Avec un geste irrité, Leon quitta sa chaise et se mit à arpenter le bureau, la mine sombre.

— Je suis donc censé te laisser plonger tête baissée dans une nouvelle relation, qui s'avérera aussi désastreuse que la précédente ? Tu te souviens de Tanya ? Tu as couché avec elle dès votre première sortie, puis passé les quatre mois suivants à le regretter. Tu t'emballes un peu trop vite, Nick.

Les mains jointes sur son menton, Nick adressa à son associé un sourire froid. Il était ridicule de comparer Anne Shepherd et Tanya Wells. Elles n'étaient pas du même acabit.

— C'est l'hôpital qui se moque de la charité, dit-il enfin.

— Je ne prétends pas que je ne l'aie jamais fait, repartit Leon. Je ne suis pas un saint. Et ce genre de comportement ne me pose pas de problème entre adultes consentants. Mais ma rupture avec Liz m'a appris une chose : le meilleur sexe du monde n'est pas suffisant pour bâtir une relation. Au bout d'un moment, tu dois partager quelque chose d'autre avec une femme. Et si ce n'est pas le cas… tu sais ce qui se passe, tu l'as vécu avec Tanya.

Nick se radossa à son fauteuil, en proie à un mélange d'exaspération et d'amusement.

— Et depuis quand es-tu devenu si sage ? demanda-t-il. D'ailleurs, pas plus tard que samedi soir dernier, j'ai cru remarquer que tu…

— Il n'y avait personne d'important samedi dernier, coupa son ami. Or, tu m'as dit toi-même qu'Anne Shepherd était importante.

— Et alors ?

— Alors traite-la correctement. Apprends à la connaître. Prends ton temps.

— J'en ai bien l'intention.

— Ce n'est pas l'impression que tu m'as donnée quand je suis entré dans ton bureau avec Sue Olsen, lui rappela Leon.

— J'apprécie que tu te fasses du souci pour moi, mentit Nick. A présent, changeons de sujet.

Leon s'arrêta devant son bureau, les bras croisés et la mine réprobatrice.

— Anne et Sue sont amies de longue date. Et associées, pour couronner le tout.

— Oui, j'avais deviné.

— Sue est très protectrice à l'égard d'Anne.

— Je m'en étais aperçu, merci.

— J'aime beaucoup Sue Olsen. Nous avons beaucoup en commun. Les choses pourraient aller plus loin, entre nous.

Nick comprit brusquement. Son ami avait des vues sur la rousse !

— Bravo. Je suis ravi pour toi.

— Tu ne comprends pas. Elles sont amies, nous sommes amis. Il faut faire attention. Il serait facile de tout gâcher, fit valoir Leon avec une véhémence dont il était peu coutumier.

Nick haussa les épaules, l'air confiant.

— Je ne vois pas où est le problème. Anne m'a envoyé des signaux très… positifs.

— Peut-être. Mais Sue ne serait pas aussi protectrice sans une raison valable. Anne doit avoir eu une mauvaise expérience. Je te conseille de découvrir ce dont il s'agit avant de charger bille en tête.

Sans attendre de réponse, Leon tourna les talons. La porte claqua derrière lui, indiquant clairement qu'il prenait la chose très au sérieux.

Cela fit réfléchir Nick. Son ami devait *vraiment* désirer

Sue Olsen pour se mettre dans des états pareils. Et il avait raison : leurs intérêts se recoupaient.

Les affaires de cœur ou de sexe, il le savait, pouvaient détruire une amitié ou briser des familles. Il l'avait vu plus d'une fois. Il suffisait qu'un ami ou qu'un parent n'approuvât pas une relation pour forcer quelqu'un à faire des choix drastiques et à reconsidérer ses loyautés.

Quoi qu'il en soit, il ne voyait pas de danger immédiat dans leur cas. Certes, Sue avait paru désireuse de protéger Anne. Elle devait avoir souffert dans une relation antérieure. C'était sans doute pour cela qu'elle était méfiante à l'égard des hommes, d'où son surnom : Barb pour barbelé… Gare à qui foncerait tête baissée !

Mais justement, il n'avait pas foncé. C'était elle qui avait provoqué leur baiser à sa soirée d'anniversaire. Et aujourd'hui, elle avait été parfaitement consentante. Elle n'avait pas protesté, ni verbalement ni physiquement, quand il l'avait embrassée. Il n'avait senti aucune réticence dans leur étreinte !

Nick serra la mâchoire, résolu. Le désir l'étreignait du seul fait de repenser à leur étreinte, au goût de ses lèvres, au parfum de sa peau.

Oui, elle le désirait tout autant qu'il la désirait.

Pourquoi y aurait-il un quelconque problème ?

7.

— Votre table, monsieur.
— Merci.
— Vous attendez quelqu'un ?
— Je la verrai arriver, merci.
— Voulez-vous boire quelque chose en attendant ?
— Un simple verre d'eau.
— Je vous l'apporte tout de suite.

Comme promis, le serveur revint moins d'une minute plus tard avec une carafe, lui servit un verre et disparut de nouveau, laissant Nick guetter l'arrivée d'Anne. En temps normal, il aurait sans doute commandé une bière pour patienter et lui faire oublier le stress d'une journée de travail. Mais les émotions qu'il ressentait en cet instant méritaient d'être amplifiées, pas diminuées !

Ce soir, Nick ne voulait pas émousser ses sensations avec de l'alcool. Il commanderait du vin seulement quand Anne arriverait. Un verre ou deux au cours du repas ne lui feraient pas de mal.

Il balaya le quai du regard, confortablement adossé à sa chaise. Un agréable sentiment d'expectative l'électrisait. Il lui semblait soudain vivre plus intensément.

Un coup d'œil à sa montre lui apprit qu'il restait encore cinq minutes avant l'heure officielle de leur rendez-vous. De la table qu'il avait réservée sous l'imposante colonnade qui menait à l'opéra, Nick était parfaitement placé pour voir Anne arriver. Il se surprit à apprécier le va-et-vient des promeneurs, les mouvements des ferries, spectacle dont il était quotidiennement témoin sans vraiment y prêter attention. L'air, ce soir, lui paraissait plus doux que jamais.

Il soupira d'aise, étudiant les passants, les robes de soirée et les smokings de ceux qui se rendaient au théâtre, au ballet ou au concert. Aucune des femmes ne retint son attention. Aucune n'arrivait à la cheville de celle qu'il attendait.

Enfin, il l'aperçut. Elle était encore à une cinquantaine de mètres de lui, au niveau du kiosque à journaux posté à l'entrée de l'embarcadère. A sa vue, Nick sentit son cœur bondir dans sa poitrine : elle rayonnait. Le reste de la foule semblait avoir disparu dans un brouillard gris contre lequel elle se découpait, radieuse.

Il se pencha en avant, lentement, comme s'il craignait de dissiper un rêve. Ses cheveux tombaient en une cascade d'or sur ses épaules. Elle avait troqué son tailleur noir contre une robe qui évoquait le soleil levant, striée de bandes orange virant au jaune au fur et à mesure qu'elles remontaient le long de son corps. Sa coupe soulignait une silhouette parfaite, l'ourlet qui s'évasait à hauteur de genou révélait des jambes fines et parfaitement galbées. Elle était perchée sur des escarpins couleur crème qui accentuaient le balancement de ses hanches. Un foulard de soie vaporeuse reposant sur ses bras et un sac doré complétaient ce tableau à couper le souffle.

Nick secoua la tête avec un mélange de stupeur et d'incrédulité. Elle était superbe. Elle était également si incroyablement féminine qu'il sentit ses hormones bouillonner, réclamer une satisfaction immédiate. Avant d'avoir pu réfléchir, il se leva et fit un pas pour contourner la table.

Ne fonce pas tête baissée…

L'avertissement de Leon coupa net son élan. Inspirant profondément, il se força à se détendre. *Prends le temps de la connaître*, se morigéna-t-il. *Ça en vaut la peine.*

Au prix d'un immense effort de volonté, il fit donc

taire la voix qui l'implorait de passer à l'attaque sans plus attendre…

Un soudain mouvement aux confins de son champ de vision attira l'attention de Barbara. Un homme venait de se lever à une table du restaurant. Son sang ne fit qu'un tour lorsqu'elle constata qu'il s'agissait de Nick.

Continue à marcher, songea-t-elle aussitôt. Elle ne devait pas montrer par une quelconque hésitation à quel point elle redoutait ce rendez-vous. Elle s'efforça donc d'afficher un sourire joyeux.

Barbara Lamb avait des raisons d'être intimidée. Pas Anne Shepherd. Anne Shepherd n'avait pas de passé commun avec Nick. Anne Shepherd n'avait pas été rejetée et humiliée.

Malgré cela, tandis qu'elle approchait, il lui était impossible de ne pas ressentir cette attirance puissante, presque magnétique, ce champ de force qui se dégageait de lui. Les gens, autour d'elle, parurent se vider de leur substance, lui donnant l'étrange impression d'être seule au monde avec Nick, deux personnages en Technicolor dans un monde en noir et blanc.

En cet instant, rien d'autre ne comptait plus. Barbara n'avait même pas conscience d'avancer, de mettre un pied devant l'autre. Elle ne pouvait que constater qu'elle se rapprochait de lui. Tout son corps vibrait à l'idée de le toucher.

Il avait abandonné son costume strict au profit d'un pantalon noir et d'une chemise bordeaux au col ouvert. Cette tenue plus décontractée ne faisait qu'accentuer le côté animal de sa virilité. Voyant qu'elle l'observait, il lui sourit. Il sembla à Barbara qu'un soleil brûlant venait soudain de surgir des nuages, consumant les brumes du passé, les doutes et les incertitudes.

Tu es Anne Shepherd, se répéta-t-elle. *Tu n'es plus une*

jeune fille timide et vulnérable mais une femme moderne, sophistiquée, en pleine possession de ses moyens.

Comme elle arrivait à sa hauteur, Nick lui tira une chaise en un geste de galanterie fort appréciable.

— Vous êtes splendide, dit-il d'une voix rauque.

— Merci, répondit Barbara, frissonnant des pieds à la tête.

Il lui indiqua la chaise et elle prit place, calant confortablement ses jambes sous la table. Nick ne lui avait pas offert sa main pour la saluer, il n'y avait eu aucun contact physique entre eux. Pourtant, sa présence juste derrière elle lui donnait l'impression de baigner dans une bulle de chaleur et de sensualité à l'état pur.

Il s'attarda quelques secondes après qu'elle se fut installée. Etait-ce un effet de son imagination ou lui touchait-il les cheveux ? A moins que ce ne fût la brise venue du large ?

Elle s'apprêtait à se retourner lorsqu'il fit un pas de côté et regagna sa propre chaise. Un sourire de satisfaction étirait ses lèvres, une lueur sensuelle brûlait dans son regard. A son expression, Barbara sut avec certitude qu'il lui avait bel et bien touché les cheveux.

— C'est une soirée magnifique, commenta-t-elle, tentant d'ignorer les battements frénétiques de son cœur.

— Parfaite, répondit Nick en la dévisageant.

Barbara déglutit. Parlait-il d'elle ou de la soirée ? Nick Armstrong était évidemment maître dans l'art de la séduction.

— C'est… c'est votre restaurant favori ? reprit-elle après quelques secondes.

— La cuisine est excellente et c'est près de chez moi. Alors on peut dire que oui, c'est l'un de mes endroits favoris.

Près de chez lui ? Barbara se raidit quelque peu. Sue avait-elle vu juste ? Avait-il tout planifié pour la ramener chez lui et coucher avec elle ? Même si elle avait affirmé que cela ne la dérangerait pas, cela lui semblait un peu rapide.

— Ça vous pose un problème ? demanda-t-il avec un demi-sourire, comme s'il venait de lire dans son esprit.

Barbara affecta la plus parfaite indifférence.

— Pourquoi voulez-vous que ça me dérange ? Il faut bien que vous viviez quelque part. Encore que j'imagine que le loyer doit être faramineux, dans ce quartier.

— Je ne loue pas. J'ai acheté l'un des appartements au-dessus de la colonnade.

— *Ici ?*

Barbara n'avait pu cacher sa stupeur. La famille de Nick avait toujours été aisée. Leur maison à Wamberal était belle, ils avaient deux voitures et n'avaient jamais paru manquer de rien. Mais posséder un appartement à Benelong Point, avec vue sur le port, était une autre histoire. Il fallait être multimillionnaire pour cela. L'association de Nick avec Leon Webster était donc plus lucrative qu'elle se l'était imaginé…

— Ça a *vraiment* l'air de vous déranger, reprit-il, cette fois en fronçant les sourcils.

— Non, c'est juste que… C'est un quartier très cher. J'aurais dû me rendre compte que…

Barbara secoua la tête. Elle avait été stupide. La soirée sur Observatory Hill aurait dû lui ouvrir les yeux. Tout comme ses bureaux à Glebe. En était-il propriétaire, là encore ?

— Vous rendre compte que quoi ?

— Que… que vous étiez si riche, laissa-t-elle échapper.

Le sourire réapparut sur les lèvres de Nick.

— Et c'est un mauvais point pour moi ?

De nouveau, Barbara secoua la tête. C'était absurde. Il n'avait pas à avoir honte d'avoir gagné de l'argent à la force du poignet. Mais sa fortune ne faisait qu'élargir l'abîme qui les séparait. Ils appartenaient à deux mondes différents. Elle n'était qu'une petite chanteuse inconnue qui avait du mal à payer son loyer à la fin de chaque mois, tandis que lui vivait dans un luxe insensé…

Stupidement, lorsqu'elle avait pensé à lui ces derniers temps, elle avait pensé au Nick d'autrefois, celui qu'elle connaissait…

— Qu'est-ce qui ne va pas, Anne ? demanda-t-il d'une voix douce.

Anne…

Elle aussi avait changé. C'était un nouveau terrain de jeu, de nouvelles règles. Et elle devait s'y adapter, accepter la réalité. Ce n'était plus un vieux rêve qu'elle poursuivait. C'était un homme qu'elle avait rencontré quelques jours auparavant. C'était ici et maintenant.

— J'ai juste l'impression que nous sommes très différents. Je ne suis qu'une chanteuse, j'en vis mais pas particulièrement bien.

— Vous devriez déjà être fière d'en vivre. Il n'est pas facile de réussir dans un milieu tel que le vôtre. Je vous admire d'avoir eu le courage de faire ce que vous aimiez, dans la vie.

Barbara le dévisagea d'un œil méfiant. Etait-il sincère ou essayait-il simplement de l'amadouer ?

— Je vis en colocation dans un petit appartement de Ryde, déclara-t-elle brusquement pour s'assurer qu'il comprenne bien. Ce n'est pas particulièrement glamour.

— Pour ma part, quand je suis arrivé à Sydney, j'ai d'abord vécu dans un minuscule studio sur Surrey Hill. C'était tout ce que je pouvais me permettre. Je sais ce que c'est que de vivre selon ses moyens, Anne. C'est une chose que je comprends.

— Mais les choses sont différentes pour vous, à présent. Et vous vous y êtes habitué.

— Oui. Je ne vais pas vous mentir et prétendre que je ne suis pas ravi de pouvoir m'offrir ce qui me fait plaisir, dans la vie.

Faisait-elle partie de ces choses ? se demanda confusément Barbara. La fortune de Nick avait-elle attiré Tanya Wells ?

— Des *choses*, Anne, répéta-t-il, manifestant pour la seconde fois ce qui ressemblait à un don de clairvoyance. Comme de pouvoir dîner au restaurant quand j'en ai envie. Ou de pouvoir voyager, me payer une belle voiture, vivre dans un grand appartement bien situé. J'apprécie tout cela. Mais cela ne répond pas à tous mes besoins, dans la vie.

Il marqua une courte pause, puis renchérit :

— Est-ce que ça répondrait aux vôtres ?

— Je ne suis pas une croqueuse de diamants, répondit Barbara en rougissant. L'argent pour l'argent ne m'intéresse pas. Comme vous, j'apprécie le confort qu'il peut procurer, sans plus.

— Parfait. Et au cas où vous vous poseriez la question, je ne cherche pas le plaisir d'un soir avec vous.

— Que cherchez-vous, alors ? demanda-t-elle avec une audace dont Sue aurait été fière.

— A vous connaître.

— Le mot « connaître » a plusieurs sens, continua Barbara sur sa lancée. Auquel faites-vous allusion ?

— A tous les sens du mot.

Elle le fixa en silence, brûlant de le croire. Il soutint son regard calmement, ce qui contribua à la rassurer. Il n'avait pas l'air d'un homme qui préparait un mauvais coup. Peu à peu, l'étau qui lui oppressait la poitrine se desserra.

Sue s'était trompée. Nick Armstrong souhaitait sincèrement passer une soirée avec elle, apprendre à la connaître.

— Est-ce qu'un type dans mon genre vous a fait souffrir, autrefois ?

Barbara rougit tant la question approchait de la vérité.

— Qu'est-ce qui vous fait penser une chose pareille ?

— Le fait que vous soyez incroyablement belle, pour commencer. Et les hommes ont tendance à aimer avoir une belle femme à leur bras. Surtout les hommes riches, parce que c'est aussi un reflet de leur réussite.

— C'est votre cas ?

Son compagnon secoua la tête, pensif.

— Je recherche davantage que la beauté chez une femme. Je ne vais pas prétendre n'y avoir jamais succombé mais j'ai appris de mes erreurs. Je me demandais si ça vous était arrivé aussi. Vous avez eu l'air choquée par le fait que j'étais riche.

— Non. C'est juste que… je n'avais pas pensé à vous en ces termes. Je me suis sentie un peu idiote, tout à coup.

Sans crier gare, Nick lui prit la main par-dessus la table et la serra. Bien que ce geste se voulût tendre et apaisant, elle sentit une vague d'excitation la parcourir, tandis qu'une onde de chaleur irradiait au creux de son ventre.

— Donnez-nous une chance, Anne. Vous et moi. C'est trop demander ?

— Non, murmura-t-elle, peinant soudain à respirer.

Du pouce, il lui caressait la paume, envoyant des décharges d'électricité dans tout son corps. C'était un effet délicieux et dérangeant à la fois.

Une expression étonnée se peignit sur le visage de Nick.

— Je ressens…, commença-t-il.

Mais l'arrivée d'un serveur les interrompit. La magie du moment se dissipa, laissant Barbara bouillir de frustration. Nick, elle le savait, avait été sur le point de dire quelque chose d'important. Mais il retira sa main et se concentra sur le serveur, qui entreprit de leur réciter la liste des plats du jour.

Trop préoccupée pour l'écouter, Barbara ne sut que répondre lorsque Nick se tourna vers elle et demanda :

— Alors, quelque chose vous tente ?

Elle dut faire répéter le serveur mais aucun des plats n'éveillait son appétit ou son intérêt. Feignant de réfléchir, elle se tourna vers Nick pour demander :

— Que recommandez-vous ?

— Vous aimez les fruits de mer ?

— Beaucoup, oui.

— Alors je vous conseille les calamars grillés à la

coriandre et au citron vert, suivis d'une sole au beurre et à la citronnelle.

Apparemment, lui n'avait eu aucun mal à retenir les différentes propositions du serveur. Et malgré le coût, il lui suggérait de commander une entrée *et* un plat principal.

— C'est ce que vous prenez ? s'enquit-elle.

— Oui.

— Dans ce cas, je prendrai la même chose.

— Du vin, monsieur ?

— Un chardonnay Brown Brothers, répondit Nick sans même regarder la carte des vins.

Souriant à Barbara, il ajouta :

— Si ça vous convient, bien sûr.

Elle n'y connaissait rien en vin, se contentant en général des bouteilles les moins chères, mais acquiesça d'un air pénétré.

— Ce sera parfait. Je ne boirai pas beaucoup de toute façon. Je conduis.

— Je comprends.

A son grand soulagement, Nick ne trahit pas le moindre mécontentement. Cela tendait à confirmer qu'il ne s'était pas mis en tête de coucher avec elle ce soir.

Le serveur récupéra les menus, qu'ils n'avaient même pas ouverts, puis les laissa seuls. Barbara se détendit et reprit le fil de ses pensées.

Elle brûlait d'envie de savoir ce que Nick avait été sur le point de dire avant d'être interrompu. Mais elle ne pouvait pas décemment poser la question. Restait à espérer qu'il le répéterait de lui-même.

— Vous voulez un peu d'eau ? demanda-t-il en prenant la carafe posée sur la table.

— Oui, s'il vous plaît.

Il remplit son verre, confortant son impression qu'il ne l'encouragerait pas à boire. Barbara sentit son reste de tension se dissiper.

Ils s'adossèrent à leur chaise, s'observant mutuellement,

s'ajustant à la compagnie l'un de l'autre. Nick paraissait satisfait, simplement heureux de se trouver là. Il avait l'air sûr de lui, décontracté, à l'aise. Qualités auxquelles il devait sans doute son succès dans la vie.

Pendant leur enfance dans le quartier de Wamberal, il avait toujours fait preuve d'une autorité naturelle qui avait attiré les autres enfants. Tout le monde écoutait Nick. Tout le monde voulait jouer aux jeux qu'il inventait.

Cette soirée était-elle une autre forme de jeu pour lui ?

« Donnez-nous une chance, avait-il dit. Vous et moi. »

Il était stupide de laisser ses doutes et ses peurs gâcher ce qui s'offrait à elle.

Vous et moi… Il y avait de la magie dans ces mots.

Plongée dans ses pensées, elle ne remarqua pas le changement qui était apparu sur le visage de son compagnon. Aussi fut-elle totalement prise de court lorsqu'il déclara soudain, au moment où elle s'y attendait le moins :

— C'est drôle… Vous ressemblez à quelqu'un que je connais.

Sa voix était aimable et curieuse mais sa posture trahissait sa tension. Figé, pareil à une statue, il la dévisageait.

Barbara pâlit et des lumières se mirent à danser devant ses yeux.

8.

Nick vit la jeune femme se crisper. Le sang reflua de son visage, ses pupilles s'élargirent. Elle serra involontairement les poings sur la table et il sut en un instant qu'il avait vu juste.

Anne Shepherd n'était autre que Barbara Lamb.

Comment n'avait-il pas assemblé les pièces du puzzle plus tôt ? Cette impression de la connaître, le désir qu'elle éveillait en lui. Et Sue Olsen l'avait appelée Barb. Barb pour Barbara, bien sûr.

Le passage du temps n'avait pas effacé la jeune femme de ses souvenirs. Mais Nick l'avait reléguée derrière une porte marquée « passé » aux tréfonds de sa mémoire. Et elle avait tellement changé qu'il n'était pas étonnant qu'il ne l'eût pas reconnue.

Mais il savait qui elle était, à présent. Il savait également qu'il marchait sur des œufs. Le moindre faux pas et c'en serait fait de leurs chances de développer une relation normale.

Il devait découvrir ce qu'elle avait en tête, s'il avait la moindre chance avec elle. « Elle a dû avoir une expérience douloureuse », avait dit Leon. Et il avait vu juste. A ceci près que c'était Nick qui l'avait fait souffrir, pas un type anonyme. Il était à l'origine de tout.

Les cils baissés sur ses beaux yeux liquides, elle se pencha pour prendre son verre et faire mine de boire. Elle essayait de gagner du temps, c'était évident. Sa main tremblait et elle déglutit convulsivement. Elle se remémorait le passé, il en était sûr…

Nul besoin d'être devin pour comprendre pourquoi elle avait accepté de venir chanter à son anniversaire. C'était une vengeance. Ou plutôt, une façon de solder les comptes. Elle voulait se faire désirer, lui montrer ce qu'il avait dédaigné. Le plan de Barbara était sans doute de l'appâter, puis de le repousser. Il allait devoir jouer serré.

Il était à présent curieux de savoir une chose : lorsqu'elle reposerait ce verre, serait-elle Barbara Lamb ou Anne Shepherd ?

Barbara avala une nouvelle gorgée d'eau, utilisant le verre pour cacher son visage et son contenu pour éteindre le feu intérieur qui semblait l'embraser. Allait-il la reconnaître ? Il avait dit qu'elle lui rappelait quelqu'un. Ça ne signifiait pas qu'il avait fait le rapprochement avec l'adolescente enamourée d'autrefois.

Elle ravala la boule nauséeuse qui s'était formée dans sa gorge. Elle répugnait à affronter le passé. *Pas encore*, songea-t-elle farouchement. Elle devait gagner du temps. Il ne pouvait pas l'avoir reconnue, c'était impossible. Même s'il ne l'avait pas complètement oubliée, elle avait trop changé physiquement.

Quelque peu rassérénée, elle abaissa enfin son verre et se força à sourire.

— Je ne suis pas sûre que ce soit un compliment, pour une femme.

Son compagnon resta silencieux. Après quelques secondes, Barbara sentit sa tension remonter en flèche. Et si elle s'était trompée ? Et s'il l'avait identifiée ?

Puis, à son grand soulagement, il éclata de rire. Secouant la tête, il se pencha en avant, le regard pétillant.

— Je ne vous comparais pas, Anne. Vous êtes

incomparable. Croyez-moi, je suis ravi que nos chemins se soient croisés.

Ses craintes d'être reconnue apaisées, Barbara s'enhardit.

— Qu'est-ce qui vous rappelle quelqu'un d'autre, chez moi ?

— Les yeux, répondit-il aussitôt. Ce gris constellé de bleu... Je n'ai vu cette couleur qu'une seule fois, avant ce soir.

Ses yeux ? Il avait remarqué ses yeux à l'époque ? Voilà bien la dernière chose qu'elle aurait soupçonnée. Elle devait en avoir le cœur net.

— Et qui donc avait les mêmes yeux que moi ?

— Une fille que j'ai connue il y a des années, répondit Nick avec un haussement d'épaules. Nous étions toute une bande de gamins dans le coin où j'ai grandi. Elle en faisait partie.

Cette fille, c'était moi ! faillit s'exclamer Barbara.

Il lui fallut faire un réel effort pour réprimer la soudaine poussée de violence qui explosa en elle à l'idée qu'il la réduisait à une fille anonyme au milieu d'une bande d'enfants.

Quelqu'un de plus avisé aurait probablement changé de sujet. Après tout, elle n'avait rien à gagner à s'appesantir sur le passé. Ce n'était pas avec Barbara Lamb que Nick dînait. C'était avec Anne Shepherd. Elle devait donc se conduire comme telle.

Mais un démon intérieur la torturait. Elle tenait là une occasion unique de savoir ce que Nick avait pensé d'elle, à l'époque. Ce serait peut-être douloureux, mais elle était sûre que cela lui ferait du bien.

— Vous devez avoir des souvenirs précis de cette fille pour vous rappeler la couleur de ses yeux, fit-elle valoir, le cœur battant. Elle était spéciale ?

Un sourire de réminiscence vint adoucir les lèvres de son compagnon.

— Oui, elle l'était. Les autres garçons avaient beau

essayer de la dégoûter de jouer avec nous, elle revenait toujours à la charge. Quoi que nous fassions, elle était toujours en première ligne. Elle nous suivait partout.

— Vous… vous deviez penser que c'était une vraie peste, fit Barbara, dont le cœur battait comme un tambour.

— Non, murmura Nick, soudain sérieux. C'est étrange, maintenant que j'y repense… Elle n'avait peur de rien. Et pourtant, elle était incroyablement innocente. Elle me donnait envie de la protéger.

— Il est dur d'imaginer que la personne que vous décrivez ait eu besoin d'être protégée…

Lentement, Nick inclina la tête.

— Vous avez raison. Elle était très fière. Mais j'étais de cinq ans plus âgé et j'avais une certaine responsabilité à son égard.

— Pourquoi ça ?

— Je suppose que c'est parce que… parce qu'elle m'admirait, me considérait comme un modèle. A tort ou à raison, j'avais l'impression de l'influencer. J'ai dû mettre fin à tout ça.

Barbara tressaillit, prise de court par cette confession. Ainsi donc, il l'avait consciemment repoussée et l'admettait ?

La question franchit ses lèvres, irrépressible.

— Pourquoi ?

— Ça devenait trop personnel.

— Comment ça, personnel ?

Son compagnon fit la grimace.

— Elle n'avait pas réalisé que mon frère cadet, qui *lui* avait son âge, était désespérément épris d'elle.

Barbara secoua la tête, déroutée. Danny ? Le timide Danny, qui bégayait, amoureux d'elle ? Elle avait toujours été gentille avec lui mais elle ne l'avait jamais vu sous ce jour…

— Vous… vous voulez dire qu'elle n'avait d'yeux que pour vous ?

— Si on veut. Ça attristait Danny. A la fin, il a

commencé à m'accuser. Et pourtant, je n'avais rien fait, pas la moindre avance. Elle était trop jeune pour moi de toute façon. Ça n'aurait pas été très correct.

— Et… comment avez-vous mis fin à tout ça ?

Nick soupira, la mine sombre.

— Je lui ai fait comprendre sans équivoque que j'étais attiré par quelqu'un d'autre.

— Et c'était le cas ?

— Assez pour être crédible. Ça m'a permis de ne plus avoir Danny sur le dos.

— Et la fille ? Ça vous en a débarrassé aussi ?

A l'expression peinée qui voila fugitivement le visage de son compagnon, Barbara comprit qu'il n'avait pris aucun plaisir au succès de sa manœuvre.

— En un sens, oui. Mais elle ne s'est pas intéressée à Danny pour autant. Je m'y attendais. Elle a simplement disparu de nos vies, du jour au lendemain. Un an plus tard, sa famille a déménagé. Du côté de Byron Bay, je crois…

— Mais vous vous souvenez très bien d'elle, commenta Barbara d'une voix plus rauque qu'elle ne l'aurait voulu.

— Elle a fait partie de ma vie à une période importante.

Plongeant ses yeux dans les siens, il sourit et ajouta :

— Vous devez bien avoir des gens qui ont compté pour vous aussi ? Des gens qui ont influencé votre vie ?

Barbara ne répondit pas, trop occupée à assimiler ce qu'elle venait d'apprendre. Elle avait toujours cru que Nick était un monstre sans cœur, et voilà qu'elle venait de se rendre compte que ce n'était pas le cas…

— Où vit votre famille, Anne ? reprit-il après quelques instants.

Barbara s'arracha à ses sombres rêveries. Elle mettrait de l'ordre dans tout cela plus tard. Elle devait se concentrer sur le présent, sur Nick. Elle ne voulait pas gâcher la chance qui s'offrait à eux.

— Dans le Queensland, répondit-elle sans avoir besoin

de mentir, car ses parents avaient déménagé de Byron Bay. Sur la Côte du Soleil.

— Vous êtes loin de chez vous…

— Je suis habituée à voyager, répondit-elle avec un haussement d'épaules. Je suis partie de chez moi à dix-huit ans pour devenir chanteuse.

— Je vois.

— Et *votre* famille ? enchaîna Barbara, jugeant le terrain moins dangereux.

— Mes parents habitent toujours à Wamberal. C'est sur la Côte centrale.

Rien n'avait donc changé de ce côté-là…

— Le reste de ma famille s'est éparpillé, poursuivit-il. J'ai une sœur qui vit à Sydney. Elle est mariée et a deux enfants.

Barbara se souvenait de Carole. De deux ans l'aînée de Nick, c'était à l'époque une véritable victime de la mode.

— Et votre frère ?

— Il est à San Diego en ce moment. Il pilote des bateaux de course. C'est son dada.

Barbara hocha la tête. Rien d'étonnant à cela. Les Armstrong avaient un petit catamaran, autrefois, et Danny passait son temps à naviguer sur le lac de Wamberal. Il l'avait même invitée à plusieurs reprises à l'accompagner. Elle avait accepté, davantage pour montrer qu'elle ne répugnait pas aux expériences nouvelles que pour la compagnie de Danny.

Trois serveurs apparurent soudain, le premier avec une bouteille de vin, le deuxième avec une corbeille de pain et le troisième avec leurs entrées. Barbara fut reconnaissante de cette interruption qui détourna quelques instants l'attention de Nick. Elle n'avait pas soupçonné à quel point il serait difficile de jouer le rôle d'Anne Shepherd, de feindre un intérêt poli pour un passé dont elle était l'héroïne malheureuse.

Lorsque les serveurs se retirèrent enfin, elle en était

presque arrivée à la conclusion qu'elle ne pouvait en vouloir à Nick de l'avoir repoussée. Il semblait se souvenir d'elle avec une certaine admiration et cela lui réchauffait le cœur.

Et puis, il était à présent évident qu'il la désirait. A quel point, elle l'ignorait encore. Mais c'était comme un baume sur les blessures du passé.

— Quelque chose ne va pas ?

Le regard pénétrant de Nick la ramena brusquement à la réalité. Barbara ne put s'empêcher de rougir mais elle parvint aussitôt à sourire.

— Désolée, j'étais perdue dans mes pensées.

— Vous regardiez ce pauvre calamar d'un drôle d'œil. Vous voulez commander autre chose ?

Saisissant l'excuse au vol, elle sourit d'un air rassurant.

— Oh non. Je me disais juste que je n'avais jamais vu un plat présenté de cette façon. C'est tellement artistique que j'hésite à piquer dedans.

Prenant ses couverts, Nick se mit à rire.

— Je n'ai pas ces scrupules. Bon appétit.

Elle l'imita et se mit à manger, se forçant à se concentrer sur le goût de ce qu'elle avalait et non sur l'homme qui lui faisait face.

L'esprit de Nick était en régime intensif tandis qu'il essayait de percer à jour la stratégie de Barbara. Elle continuait de prétendre être une autre. Il ignorait si les réponses qu'il lui avait fournies l'avaient aidée à comprendre pourquoi il l'avait repoussée, des années auparavant. Il espérait simplement qu'elle s'était rendu compte que les choses n'avaient pas été faciles pour lui non plus.

A présent, c'était elle qui le repoussait. Et s'il ne voulait pas gâcher ses chances avec elle, il devait respecter son choix. Elle ne voulait pas dévoiler son jeu. Pourquoi ? Par peur ? Par gêne ?

Il y avait une autre explication : peut-être poursuivait-elle toujours cette idée de vengeance. Peut-être voulait-elle le mettre en confiance, l'attirer, puis le faire souffrir comme lui l'avait fait souffrir autrefois.

Mais Nick rejeta aussitôt ce scénario. Non, c'était trop tordu. Neuf ans s'étaient écoulés… Il comprenait qu'elle fût méfiante à son égard et redoutât de se brûler de nouveau. Mais il avait peine à imaginer qu'elle voulait le blesser.

Neuf ans plus tôt, Barbara avait été une fille honnête, franche et directe. Il était sûr qu'elle n'avait pas changé. La fierté la poussait peut-être à avancer masquée mais il savait qu'elle n'avait pas feint sa réaction lorsqu'ils s'étaient embrassés. L'alchimie, entre eux, était bien réelle.

Repoussant son couteau, la jeune femme le regarda et lui adressa un sourire chaleureux. Nick sentit sa virilité s'éveiller.

— C'était délicieux. Un excellent conseil, merci.

— Je vous en prie, répondit-il, oubliant instantanément ses préoccupations.

Peu importait ce qu'elle avait en tête, après tout. Il avait envie d'elle, elle avait envie de lui.

C'était tout ce qui comptait.

Il serait bien temps de réfléchir après…

9.

Le sourire que Nick adressa à Barbara la fit frissonner de délice. C'était un sourire différent de ceux qu'il lui avait accordés autrefois. A l'époque, ils exprimaient une simple affection. A présent, ils vibraient d'un message tacite, d'un sous-entendu sexuel que soulignait son regard ardent.

Barbara se surprit à respirer plus rapidement et à serrer involontairement les cuisses. Sous sa robe, les pointes de ses seins se durcirent, se tendirent en un appel à ses caresses. Jamais aucun homme n'avait eu un tel effet sur elle.

Que se serait-il passé s'il lui avait souri et l'avait regardée de cette façon, neuf ans plus tôt ?

Elle secoua aussitôt la tête, se morigénant en silence. Elle devait cesser de songer au passé.

— A quoi pensez-vous ? demanda Nick avec une expression amusée.

— Je m'étonne que nous soyons là tous les deux, ce soir, répondit-elle avec sincérité.

— C'est le destin qui en a décidé. Qui nous a réunis.

Barbara ne put s'empêcher de rire.

— Vous croyez vraiment au destin ?

— Disons qu'il y a dans la vie des coïncidences pour le moins étonnantes, répondit son compagnon sans cesser de sourire. Qui sait quelles forces sont à l'œuvre ?

Il s'interrompit pour la dévisager avec une attention renforcée avant de reprendre :

— Peut-être étions-nous destinés à nous retrouver tous les deux ici, vous et moi.

Barbara frissonna. Il y avait dans cette idée de destin quelque chose d'infiniment troublant et, il fallait le dire, d'un peu effrayant.

— J'aurais pu refuser votre invitation, fit-elle valoir.

— Mais vous ne l'avez pas fait.

Non, elle avait été incapable de lui résister, reconnut-elle en son for intérieur.

Sans attendre sa réponse, Nick enchaîna :

— J'ai l'étrange impression que je vous attends depuis longtemps.

Sa remarque fit vibrer une corde sensible chez Barbara qui lui retourna un regard meurtri. Si vraiment il l'avait cherchée, il aurait pu la retrouver facilement. Devait-elle lui dire qui elle était, à présent ? Fût-ce pour le plaisir de voir l'expression d'embarras qui se peindrait sur ses traits ?

Non, décida-t-elle. Cela ne ferait que gâcher le lien fragile qu'ils avaient réussi à tisser.

— Peut-être nous sommes-nous connus dans une vie antérieure ? ne put-elle s'empêcher d'ironiser.

— Et quelque chose nous a séparés, ajouta-t-il, jouant le jeu.

Tout en parlant, il la brûlait de son regard pénétrant, inquisiteur. Barbara rougit, en proie à la drôle d'impression qu'il pouvait lire en elle.

— Parfait pour un conte de fées, railla-t-elle, prenant son verre de vin et baissant les yeux pour briser le contact.

Il y eut un court silence que Nick brisa enfin d'un éclat de rire. La tension qui montait entre eux retomba brusquement.

— Je crois que j'aime l'idée que l'on peut avoir une seconde chance, dans la vie, confessa-t-il. C'est rassurant de savoir que l'on n'a pas toujours à prendre les bonnes décisions du premier coup.

— C'est vrai… Encore que vous avez dû prendre

beaucoup de bonnes décisions du premier coup, à en juger par votre succès professionnel.

— Oh, Leon et moi avons simplement eu de la chance. Nous avons vu les opportunités qu'offrait internet.

Reposant son verre, Barbara se pencha vers lui, curieuse d'en savoir plus sur sa vie actuelle.

— Pardonnez mon ignorance mais que fait Multi-Media Promotions exactement ?

— De la publicité sous toutes ses formes. Tous les contrats que nous pouvons remporter. Nous faisons de notre mieux pour rendre les produits de nos clients plus attractifs.

— Vous avez un exemple concret ?

Un serveur apparut au même instant pour remplir leurs verres d'eau et desservir leurs assiettes vides. Barbara patienta en silence, bien décidée à poursuivre cette conversation. Elle était curieuse de savoir comment Nick en était arrivé où il était aujourd'hui.

Le serveur parti, elle continua de le questionner. Nick lui apprit qu'il était responsable de la création tandis que Leon s'occupait de l'aspect financier de leur affaire. Il était évident que Nick adorait son travail et qu'il était fier de ce qu'ils avaient réalisé jusqu'à présent. Sa voix vibrait d'excitation comme il décrivait ses dernières campagnes, sa philosophie créative, sa passion pour son métier.

Nick Armstrong brûlait d'un feu intérieur qui le faisait avancer malgré les obstacles. Rien ne pouvait l'arrêter. C'était un meneur-né, un défricheur. Barbara se rappelait encore l'excitation qu'elle avait éprouvée, à seize ans, au simple fait d'évoluer aux marges de son univers.

Mais cela ne lui suffisait plus. Elle aspirait désormais à faire partie intégrante de sa vie. Il avait laissé un vide énorme dans son existence lorsqu'il l'avait repoussée, un vide qu'elle voulait combler.

Elle buvait donc ses paroles, aussi émue par la confiance qu'il lui manifestait en s'ouvrant ainsi qu'elle l'aurait été par un baiser. Une merveilleuse intimité s'était créée entre eux et paraissait grandir à chaque instant.

Leur plat principal arriva enfin, brisant une nouvelle fois la confortable sphère qui semblait s'être refermée autour d'eux. Avec un sourire d'excuse, Nick s'adossa à sa chaise.

— Je suis désolé. J'ai l'impression que j'ai beaucoup parlé de moi.

— Non, se hâta-t-elle de répondre. Ça m'intéresse beaucoup.

Son compagnon en parut dérouté et amusé à la fois.

— Ce n'est pourtant pas votre domaine.

— C'est justement la raison pour laquelle ça m'intrigue. Vous pensez que je ne devrais m'intéresser qu'à ce que je connais déjà ?

Nick secoua la tête, la mine pensive.

— Non, ce n'est pas ce que je voulais dire. C'est juste que j'ai rarement l'occasion de parler de mon travail en dehors du bureau.

— Dans ce cas, j'en suis très honorée.

— Non, c'est moi qui suis honoré. Vous aviez l'air de boire mes paroles.

— C'est normal. Votre métier représente une grande partie de vous-même.

— C'est vrai. Mais peu de gens font l'effort de le comprendre.

— Comme Tanya, vous voulez dire…

Elle s'en voulut aussitôt de cette pique acerbe. Il était stupide d'évoquer une femme qui ne faisait plus partie de la vie de Nick. Pourtant, Barbara ne pouvait s'empêcher de lui en vouloir d'avoir passé du temps avec une femme pareille. N'aurait-il pas pu faire mieux ? Comme de rester célibataire ? Après tout, c'était lui qui avait affirmé l'avoir attendue pendant toutes ces années !

Evidemment, il n'avait pas prétendu avoir vécu comme un moine. Mais tout de même… Pourquoi n'avait-il pas remarqué le caractère vicieux de Tanya Wells ?

Le sexe, lui souffla une petite voix insidieuse. Cette belle brune avait dû assez le satisfaire physiquement pour lui faire oublier tout le reste. Peut-être était-ce d'ailleurs la seule chose que Nick cherchait ce soir. Quelqu'un pour partager sa chambre, pas sa vie.

— Je comprends que Tanya vous ait fait mauvaise impression, soupira-t-il. A sa décharge, quand je l'ai connue, elle était plutôt distrayante.

— Distrayante, répéta Barbara, se demandant s'il faisait allusion à des jeux à caractère sexuel.

— Elle m'aidait à me décontracter après le travail.

— Je n'aurais peut-être pas dû parler de votre travail, si le sujet vous stresse.

— Non, c'est différent, avec vous.

De nouveau, il lui adressa un sourire qui lui donna l'impression d'éclairer jusqu'aux tréfonds de son âme. Barbara se sentit rougir, baissa la tête et attaqua quelque peu fébrilement sa sole à la citronnelle. Manger lui ferait le plus grand bien, songea-t-elle. Cela calmerait les contractions de son estomac.

C'est différent, avec vous… Ces mots résonnaient dans son esprit, la rendaient ivre de plaisir. Peu importait ce que Nick avait partagé avec Tanya ou avec d'autres femmes. Après tout, elle aussi avait eu plusieurs relations depuis la dernière fois qu'elle avait vu Nick. Cela ne voulait rien dire.

C'était différent.

Leur seconde chance.

Et une voix en elle la pressait de la saisir à pleines mains, quelles qu'en fussent les conséquences.

Nick mangeait machinalement, sans vraiment goûter à ce qu'il avalait. L'attaque contre Tanya lui avait donné l'impression d'être un accusé à un procès. Et il n'aimait pas cela. Il n'aimait pas cela du tout.

N'avait-il pas révélé à Barbara les raisons de son

comportement passé ? Une personne raisonnable aurait dû accepter ses explications. Il lui avait donné le temps de les assimiler, lui avait également donné plusieurs occasions de révéler sa véritable identité. Pourquoi n'en avait-elle rien fait ? Il ne voyait pas comment l'encourager davantage.

Les souvenirs de son vingt et unième anniversaire revinrent le hanter lentement. C'était le soir où il avait coupé les ponts avec Barbara. Jeune et innocente, elle avait chanté pour lui de sa voix d'ange... Mais il n'avait pas eu de mal à percevoir, derrière les paroles anodines de la chanson, toute la vénération qu'elle éprouvait pour lui.

Lorsqu'elle lui avait offert son cadeau, un peu plus tard, il avait été si troublé qu'il l'avait abandonné dans un coin sans l'ouvrir. Ce n'était qu'après qu'il avait découvert qu'il s'agissait d'une montre gravée, un objet magnifique. Et il s'était senti d'autant plus mal que Jasmine Elliot lui avait elle aussi offert une montre qu'il avait portée devant tout le monde.

Oui, il s'était montré cruel. Même si, comme il se l'était répété à plusieurs reprises, cela avait été la seule façon d'éloigner — et donc de protéger — Barbara. Elle était trop jeune. Cela n'aurait jamais marché, entre eux...

Mais les choses avaient changé. Leur heure était venue.

Du moins, il l'espérait. Car l'attitude de la jeune femme pouvait laisser supposer qu'elle ne l'avait jamais pardonné. Il était toujours possible que ce dîner, l'intérêt qu'elle manifestait pour lui, pour son travail et sa vie, fissent partie d'un projet de vengeance élaboré.

Il la regarda manger du coin de l'œil, tentant de juger de ses intentions. Ses yeux se fixèrent sur ses mains, sur ses longs doigts fins qui tenaient délicatement sa fourchette. Soudain, il eut envie de sentir ces mêmes mains sur son corps, ces lèvres sur sa peau. Il y avait quelque chose d'infiniment sexy dans sa façon de manger...

Ses longs cils cachaient ses yeux, l'empêchant de lire dans ses pensées. Ses cheveux brillaient dans la lumière tamisée et de nouveau, il ne put s'empêcher de les imaginer déployés sur un oreiller…

Elle leva tout à coup les yeux vers lui, le surprenant en flagrant délit. Au lieu de faire mine de regarder ailleurs, Nick sourit d'un air décontracté.

— Ça vous a plu ?

— C'était merveilleux. Vous devez manger comme un prince si vous venez souvent ici.

Il inclina la tête, puis la dévisagea de nouveau. Ses yeux gris si particuliers semblaient dénués de toute malice. Et pourtant, elle devait comploter quelque chose. Pour quelle autre raison lui dissimulerait-elle son identité ? Et combien de temps comptait-elle faire durer ce petit jeu ?

— Il y a beaucoup de bons restaurants sur le quai, reprit-il en repoussant son assiette. J'aimerais vous y emmener.

La jeune femme rougit. Etait-ce de plaisir, se demanda-t-il, ou de culpabilité ?

— Ça me ferait très plaisir, murmura-t-elle.

Nick fut déconcerté par sa sincérité. Son désir monta en flèche, lui soufflant d'agir sans perdre de temps. Il devait la tester, voir où étaient ses limites…

— Vous voulez un dessert ?

— Non, merci. Je ne peux plus rien avaler.

— Que diriez-vous de venir voir où j'habite, dans ce cas ? Je nous ferai du café.

Elle s'empourpra davantage encore, en réponse à cette offre, et posa sur lui un regard où le désir le disputait à l'indécision.

Nick le soutint sans ciller. Si vraiment elle avait envie de lui, si vraiment il ne s'agissait pas d'une manœuvre, alors elle accepterait son invitation. Mais si la vengeance était son but, il y avait fort à parier qu'elle reculerait devant la perspective de se retrouver seule avec lui.

— D'accord, dit-elle enfin d'un filet de voix.

Un intense soulagement s'empara de Nick, l'enivrant

tel un puissant cocktail. En acceptant de l'accompagner, Barbara lui cédait le contrôle de la situation. Personne n'était assez fou pour bluffer à ce point. Cela signifiait qu'elle n'avait pas de but caché.

— Vous habitez là depuis longtemps ? demanda-t-elle à cet instant.

— Deux ans. Mais je viens à peine de finir la décoration. Je tenais à tout faire moi-même plutôt que de faire appel à un décorateur d'intérieur.

— Bravo. D'ailleurs c'est normal, vu votre tempérament artiste.

Le cœur de Nick s'accéléra lorsqu'il constata qu'elle le comprenait mieux que Leon. Ce dernier lui avait déclaré que chiner dans les brocantes était une perte de temps. « Laisse ça aux experts », avait-il coutume de dire. Et Nick devait admettre que les experts en question avaient fait du beau travail dans l'appartement de son ami.

Mais chez lui, il avait préféré faire les choses lui-même. Il éprouvait du plaisir à vivre entouré de ses propres choix.

— Le style pour le style n'est pas ma préoccupation principale, expliqua-t-il. Je recherche plutôt le confort. Tout comme dans mes relations.

Il se demanda si elle saisirait l'allusion et lui révélerait enfin sa véritable identité. Car il en avait assez des mensonges et des secrets.

A cet instant, le serveur réapparut pour prendre leurs assiettes, empêchant la jeune femme de répondre.

— Des desserts ?

— Non, répondit Nick, une certaine frustration dans la voix.

Puis, sortant sa carte de crédit de son portefeuille, il ajouta :

— L'addition, s'il vous plaît.

— Bien sûr.

— Un peu de vin ? proposa Nick, remarquant que le verre de Barbara était vide.

— Non merci.

Il y avait à présent de la nervosité dans ses yeux, mêlée à de la détermination. Elle ne reculerait pas. Pas encore.

La bouteille de chardonnay était presque pleine. En temps normal, il aurait demandé au serveur de la reboucher pour qu'il puisse l'emporter. Mais ce soir, il se moquait bien du vin. Un sentiment d'expectative l'embrasait. Il se consumait d'impatience à l'idée de la toucher.

Ressentait-elle la même chose ? se demanda-t-il en la regardant boire une gorgée d'eau. Etait-elle aussi enfiévrée que lui ?

Il le saurait bien assez tôt.

Enfin, le serveur revint avec sa carte de crédit. Nick signa le reçu, glissa sa copie dans son portefeuille et se leva. Il était temps de déplacer la partie sur son terrain.

Il voulut tirer la chaise de Barbara mais elle se leva presque d'un bond, agrippant son sac doré. L'espace d'un instant, il crut qu'elle allait s'enfuir mais elle ne bougea pas.

Rassuré, il prit l'écharpe vaporeuse qu'elle avait laissée sur sa chaise. Lorsqu'il la déposa sur ses épaules, il constata qu'elle avait la chair de poule.

— Vous avez froid ? murmura-t-il.

— Un peu.

Sa voix était étranglée, son souffle court.

— Il fera chaud dans mon appartement, lui promit-il, lui soulevant les cheveux par-dessus son écharpe.

Elle tressaillit légèrement, comme un animal nerveux, mais ne protesta pas.

Après un instant d'hésitation, ses doigts se refermèrent sur les siens. Il l'entendit prendre une profonde inspiration et elle se mit en marche à son côté. Il la sentait vulnérable et cela gâcha quelque peu le sentiment de triomphe qui l'électrisait. L'avertissement de Leon lui revint à l'esprit.

« Tu t'emballes un peu trop vite, Nick. Prends ton temps. Apprends à la connaître. »

Tout cela était bien beau, songea-t-il dans un soudain

accès de cynisme. Mais c'était elle qui se moquait de lui en lui cachant son identité. Comment était-il censé apprendre à la connaître dans ces circonstances ?

Puisqu'elle lui avait fermé les portes de son cœur, Nick se sentait le droit de les forcer. A la guerre comme à la guerre. Puisque tous les coups étaient permis, il n'avait pas l'intention de se priver.

Il avait déjà laissé partir Barbara une fois. Et il n'avait pas l'intention de recommencer.

10.

— Ce n'est pas loin, dit Nick d'un ton d'encouragement.

Le cœur de Barbara battait la chamade. Sue n'aurait pas manqué, si elle l'avait vue, de lui dire qu'elle était folle d'accompagner Nick chez lui. Ils allaient trop loin, trop vite.

Mais il lui tenait la main, l'entraînant à sa suite, et Barbara n'avait pas envie de le lâcher. Elle était prête, en cet instant, à le suivre au bout du monde. Son désir d'être près de lui l'emportait sur son bon sens.

Et puis, il lui fallait profiter du moment tant qu'elle en avait l'occasion. Car elle savait qu'elle ne pourrait plus garder son identité secrète très longtemps. Elle voulait donc aller le plus loin possible avec Nick sous le masque d'Anne Shepherd. Plus tard elle lui révélerait la vérité, moins le passé risquerait de venir gâcher le présent.

De plus, raisonna-t-elle, voir l'appartement de Nick lui en apprendrait davantage sur l'homme qu'il était devenu...

— Ça vous arrive de cuisiner ou vous sortez tous les soirs ? demanda-t-elle du ton de la conversation, feignant de ne pas être affectée par leur intimité.

— Je ne suis pas très doué pour la cuisine. Je ne prépare que mon petit déjeuner.

Barbara acquiesça et ne trouva plus rien à dire pour briser le silence qui retomba entre eux. C'était un silence confortable, complice et sensuel, et elle ne pouvait se résoudre à le rompre par des banalités.

Elle n'aurait su dire combien de temps ils marchèrent le long de la promenade. Le décor s'était estompé, lui donnant l'étrange impression d'évoluer dans un rêve où ses désirs les plus fous devenaient réalité.

Ils franchirent bientôt une grande arche de marbre et débouchèrent sous une imposante rotonde. Un escalier non moins majestueux disparaissait dans les étages.

— Nous montons par là ? demanda Barbara.

Sa voix résonna dans l'immense entrée vide, accentuant le contraste avec la foule rassurante qu'ils venaient de quitter.

— Non, l'escalier mène seulement aux étages de bureaux. C'est par ici.

Il l'entraîna vers un ascenseur dont les portes de métal étaient encadrées par un mur de marbre. Une fois à l'intérieur, Nick tira une carte magnétique de sa poche, la glissa dans une fente prévue à cet effet et appuya sur le chiffre huit. Ainsi donc, il disposait d'un accès privé à son appartement. Et au huitième étage, il devait avoir une vue magnifique sur la baie… L'endroit était digne d'un prince. Mais Nick la traiterait-il comme une princesse ? se demanda-t-elle confusément. Ou comme une simple aventure d'un soir ?

Elle ignora aussitôt la question. Elle lui faisait confiance pour la traiter avec respect.

Les portes s'ouvrirent à ce moment-là, directement dans l'appartement. Nick fit un pas de côté, un sourire aux lèvres, et lui fit signe d'entrer.

Un reste de prudence la fit hésiter. Puis elle se rendit compte que rien n'avait changé, entre eux. Comme autrefois, il la défiait d'abandonner, de renoncer face au danger.

Et comme autrefois, elle décida de relever ce défi, de ne pas se laisser intimider. Peu importait si elle se blessait dans l'affaire. Le tout était de se montrer à la hauteur. Elle ne voulait pas décevoir Nick.

Un regain de fierté lui redonna donc le contrôle de ses

jambes et elle émergea de la cabine. Les lumières étaient allumées dans le salon, créant une atmosphère chaleureuse et propice à la détente. Elle n'avait pas l'impression de foncer tête baissée dans un piège.

— C'est ravissant, commenta-t-elle en étudiant le mobilier de bois clair, aux lignes modernes et classiques à la fois.

Elle était ravie d'aimer son intérieur. Ses choix trahissaient un goût sûr, une élégance innée. La décoration qu'il avait choisie n'avait rien de tape-à-l'œil ou d'excessivement masculin. L'endroit, Dieu merci, ne ressemblait pas à une garçonnière. Meubles, objets et éclairage avaient été choisis pour célébrer et magnifier l'espace.

La cerise sur le gâteau était l'immense baie vitrée qui donnait sur la baie. Avec un petit cri d'admiration, Barbara s'approcha pour étudier la vue. Le regard portait jusqu'à l'île de Fort Denison et embrassait la baie tout entière. Sur les flots d'encre, de petits points lumineux se balançaient comme autant de bougies dans la nuit. Il s'agissait de bateaux à l'ancrage.

— C'est magnifique ! s'exclama-t-elle, le souffle coupé. Ce doit être incroyable de voir ça tous les jours.

— Oh oui. Il y a toujours du spectacle : les régates, les grands paquebots, les vaisseaux militaires…

Tout en parlant, Nick s'était avancé vers elle. Une nouvelle fois, elle fut frappée par la virilité qui se dégageait de lui. C'était comme si l'air s'épaississait, s'échauffait à mesure qu'il approchait.

Il paraissait soudain plus intensément masculin, évoquant un prédateur à l'affût. Les lumières tamisées du salon accentuaient les angles de son visage, plongeant ses yeux dans l'ombre. Ses pupilles brillaient tel de l'onyx, promettant mille délices.

— Je crois que vous n'avez plus besoin de ça, murmura-t-il, lui retirant son étole pour la déposer sur le canapé le plus proche.

Il lui passa ensuite un bras autour des épaules, comme s'il s'agissait de la chose la plus naturelle du monde, puis la fit pivoter vers l'intérieur tout en la serrant contre lui.

— Comme vous le voyez, fit-il en désignant la cuisine américaine, l'appartement est conçu pour que l'on puisse admirer la vue de n'importe où.

Ses doigts se mirent à caresser le bras de Barbara et il ajouta d'une voix plus sourde :

— C'est pareil dans la chambre. Venez, je vais vous montrer.

Timidement, Barbara leva les yeux sur lui. Il était impossible d'ignorer ce nouveau défi. Il la mettait à l'épreuve et jugerait sans doute de son courage en conséquence.

Elle ne résista donc pas lorsqu'il l'entraîna en direction de la chambre, la tenant étroitement plaquée contre lui. Elle sentait, derrière la frêle barrière de leurs vêtements, les muscles puissants qui roulaient sous sa peau. Son pouls s'accéléra, sa vision se brouilla de nouveau.

Des bouffées de peur panique, en elle, succédaient aux espoirs les plus fous. C'était nerveusement épuisant. Elle savait qu'elle aurait pu planter ses talons et refuser d'avancer d'un pas, mais elle voulait continuer d'entretenir l'illusion qu'elle contrôlait parfaitement la situation.

Une porte s'ouvrit, puis une autre, et des lumières s'allumèrent. Reprenant un semblant d'emprise sur elle-même, Barbara se rendit compte qu'elle se tenait près d'un lit qui lui parut immense. Nick l'avait contourné pour aller prendre une télécommande posée sur la table de chevet. La pointant sur la baie vitrée, il provoqua l'ouverture des rideaux.

Cette fois, cependant, ce ne fut pas la vue qui retint l'attention de la jeune femme. Elle ne pouvait détacher son regard de l'immense lit. Il était sobrement habillé de draps blancs, mais ces derniers étaient recouverts d'un jeté de fourrure rouge qui y ajoutait une touche de folie kitsch et de sensualité.

— C'est… c'est de la vraie fourrure ? demanda-t-elle, incapable de résister à la tentation de se pencher pour la toucher.

— Bien sûr que non. C'est une imitation.

— On dirait de la vraie…

— Oui, c'est bien fait. Ça pourrait tromper un œil non avisé. C'est comme vous : vous trompez très bien votre monde.

Barbara se raidit aussitôt.

— Pardon ?

— Quand vous jouez les fées. Les enfants y croient. Pour eux, vous en êtes véritablement une.

Elle se détendit aussitôt mais une sueur froide perça sur son front. L'espace d'un instant, elle avait cru…

— Moi aussi je me pose la question, renchérit soudain Nick. Qu'est-ce qui est réel, chez vous ?

Suspectait-il la vérité ? se demanda-t-elle de nouveau. Non, c'était impossible. La gorge sèche, Barbara bredouilla :

— Je… Je ne vois pas ce que vous voulez dire.

Nick était à présent tout proche d'elle. Assez pour lui caresser la joue lorsqu'il leva la main, assez pour plonger son regard magnétique dans le sien et lui donner l'impression qu'il pouvait lire en elle comme dans un livre ouvert.

— Je vous ai connue sous différentes identités…

— V-Vraiment ?

— Bien sûr. La fée, la livreuse de fleurs, et maintenant Anne Shepherd.

— Les déguisements n'ont aucune importance. Au fond, je suis toujours la même.

Sans la quitter des yeux, Nick enveloppa sa taille d'un bras puissant et la plaqua contre lui. Surprise, Barbara posa ses deux mains sur son torse et s'arc-bouta en arrière. Elle ne comprenait pas ce qui était en train de se passer. Nick semblait soupçonner quelque chose et, à en juger par sa mine sombre, était résolu à découvrir la vérité. Etait-ce parce que Tanya l'avait échaudé ? Etait-il devenu excessivement méfiant vis-à-vis des femmes qu'il ramenait chez lui ?

— C'est parfait, murmura-t-il contre toute attente, effleurant sa tempe du bout des doigts comme s'il redoutait de la toucher. Vous le sentez, vous aussi ?

Barbara tremblait à présent de tous ses membres mais elle n'aurait su dire si c'était de peur ou d'excitation. Ses pensées s'embrouillaient, elle n'arrivait plus à réfléchir sous l'assaut des émotions qui montaient en elle. Tout ce qu'elle se rappelait, c'était que lorsqu'il l'embrassait, ses soucis s'envolaient…

— Embrassez-moi, murmura-t-elle d'une voix qu'elle reconnut à peine.

L'espace d'un instant, un tourbillon d'émotions vint troubler le regard de son compagnon. Que se passait-il ? N'était-ce pas ce qu'il voulait d'elle ?

Puis ses lèvres conquirent les siennes en un baiser brûlant et sauvage. Barbara sentit la panique, en elle, se changer en un désir féroce, presque animal. Leur baiser n'était pas un baiser de découverte, de tendre exploration. C'était une conquête, une véritable tempête, presque une déclaration de guerre. C'était à croire que Nick voulait tester la réalité de son désir pour lui, qu'il la défiait une nouvelle fois.

Cela convenait fort bien à Barbara. Elle avait attendu trop longtemps ce moment pour se perdre en subtilités et en préliminaires inutiles. Elle était pareille à une femme émergeant d'un désert, assoiffée, et découvrant une oasis. Elle voulait boire, boire à n'en plus pouvoir, encore et encore.

Une petite voix lui murmura qu'elle se conduisait de manière déraisonnable mais elle ne lui prêta aucune attention. Il était trop tard pour faire machine arrière. Elle sentait la virilité rigide de Nick contre son ventre et cela l'excitait davantage, lui donnait envie de le toucher plus intimement encore.

Une large main souleva le rideau de ses cheveux, glissa dessous et trouva aussitôt, au niveau de sa nuque, la fermeture Eclair de sa robe. Comme il entreprenait de la faire glisser, Barbara décida de ne pas être en reste et s'attaqua aux boutons de sa chemise.

Je ne t'abandonnerai pas le contrôle, songea-t-elle fiévreusement. *Cette fois, tu ne me devanceras pas.*

Leurs vêtements tombèrent au sol, leurs chaussures volèrent. Des bras musclés enveloppèrent sa taille, la soulevèrent et la déposèrent sans douceur sur le lit. Elle frémit en sentant la caresse de la fourrure sur sa peau nue.

Nick s'arrêta un instant, imposant et haletant, posant sur elle le regard d'un félin pour sa proie.

— Vous êtes sûre que vous voulez aller plus loin ?

Redressant le menton, Barbara répondit avec assurance :

— J'y suis déjà. C'est à vous de me rejoindre.

Elle le vit frémir à ces mots. Son regard s'assombrit et tous ses muscles se crispèrent, accentuant encore l'aspect conquérant de sa virilité, qui dardait vers elle comme un étendard.

Lentement, il s'avança, posa un genou entre ses cuisses. De l'autre, il lui entrouvrit en douceur les jambes. Barbara se raidit, prise d'un accès de doute. Elle se sentait soudain intensément vulnérable.

Mais elle repoussa fermement ses angoisses. Elle ne montrerait pas à Nick qu'elle avait peur. Elle soutint donc son regard tandis qu'il se plaçait au-dessus d'elle.

Non, elle ne fuirait pas. Et elle ne le laisserait pas davantage s'enfuir. La nuit leur appartenait. Ils étaient un homme et une femme qui se désiraient, c'est tout. Le reste — les conséquences — n'avait pas d'importance…

De nouveau il conquit ses lèvres, l'embrassant avec une passion torride. Barbara se cambra involontairement contre le lit en une invitation silencieuse à une possession plus entière. Mais elle eut beau lui labourer le dos de ses ongles, tentant de l'attirer à elle, il lui refusa cette satisfaction.

Elle crut même voir un sourire triomphal se dessiner sur ses lèvres lorsqu'il constata à quel point elle le désirait.

Barbara n'eut cependant pas le temps de s'en offusquer. Dans la seconde qui suivit, il pencha la tête et aspira entre ses lèvres l'extrémité bourgeonnante de l'un de ses seins. Il entreprit ensuite de la suçoter, tout en la taquinant du bout de la langue. Des décharges de plaisir secouèrent la jeune femme, lui arrachant des gémissements de plus en plus forts. Ses doigts se refermèrent sur les draps, puis les relâchèrent pour s'envoler vers la tête de Nick et se mêler à ses cheveux, l'attirer plus étroitement contre elle. De nouveau, elle plaqua le bassin contre son sexe tendu mais, de nouveau, il refusa de lui céder le contrôle de la situation.

S'arrachant à son étreinte, il descendit les lèvres le long de son ventre, traçant un sillon invisible et brûlant jusqu'à son nombril. Sa main glissa entre ses cuisses, ses doigts s'immiscèrent entre les pétales moites de sa féminité. Barbara gémit, fermant malgré elle les yeux pour se concentrer sur les sensations nouvelles qui l'assaillaient.

Puis les lèvres de Nick succédèrent à ses doigts, en un baiser si intime que Barbara tressaillit brusquement. Mais son bras posé sur sa taille la plaqua fermement contre le lit tandis qu'il continuait ses délicieuses explorations. Des vagues de sensations exquises la balayèrent, jusqu'au moment où elle vit se profiler à l'horizon les abîmes de l'extase.

— Viens ! cria-t-elle. Viens en moi…

Cette fois, il ne résista pas. Remontant sur elle, Nick saisit ses hanches à deux mains et, d'un seul mouvement puissant, prit place en elle.

— Oui…, hoqueta-t-elle, sentant tous ses muscles se resserrer autour de lui, s'adapter à cette merveilleuse invasion.

— Ouvrez les yeux.

Il y avait une telle autorité dans sa voix rauque de plaisir qu'elle obéit aussitôt.

— Regardez-moi. Ce n'est pas un fantasme. C'est bien réel…

Il se retira soudain, brisant leur union, la laissant en proie à un terrible sentiment d'abandon. Barbara ne put retenir un gémissement.

Alors il glissa de nouveau en elle, lui arrachant un soupir de plaisir. Il répéta ce petit jeu à plusieurs reprises, faisant monter en Barbara un cocktail explosif d'excitation et de frustration.

— C'est bon ? demanda-t-il.

Son regard indiquait clairement qu'il attendait d'elle une reddition totale…

— Oui, oui…, gémit-elle. Vous le savez très bien… Pourquoi poser la question ?

— Parce que je veux l'entendre de votre bouche.

— Ne jouez pas avec moi, Nick… Pas maintenant… Je veux juste vous sentir en moi…

Une expression étrange traversa le visage de son compagnon et, exhalant un long soupir, il ferma les yeux. Leurs corps dansèrent en silence, s'affrontant et s'unissant tour à tour, de plus en plus profondément, de plus en plus intensément. Ils obéissaient à un rythme implicite, immémorial.

Barbara avait l'impression de vivre un rêve éveillé.

Nick et elle…

Elle aimait le sentir en elle, elle aimait voir le plaisir qui s'affichait sur son beau visage. En cet instant, elle savait qu'il était aussi vulnérable qu'elle. Les différences de statut social, le passé, plus rien d'autre n'importait que l'union fébrile de deux corps et de deux esprits tendus vers le même but.

Elle faisait courir ses mains sur son corps arc-bouté au-dessus d'elle, comme pour s'assurer de sa réalité. Ses flancs couverts de sueur et ses muscles qui roulaient sous sa peau lui assurèrent qu'elle ne rêvait pas.

Soudain, tout parut s'assombrir devant ses yeux. Puis une lumière déchira les ténèbres comme un spasme d'une violence inouïe secouait tout son corps. Le plaisir la terrassa, lui coupa le souffle.

Les larmes aux yeux, elle vit les traits de Nick se crisper. Il se raidit et se répandit en saccades brûlantes au plus profond d'elle-même. Il s'effondra ensuite sur le lit, pantelant, l'attirant étroitement contre lui.

C'était une sensation merveilleuse. Jamais elle ne s'était sentie aussi bien de toute sa vie. Elle avait si longtemps rêvé de ce moment… Et il s'était montré à la hauteur de ses fantasmes les plus fous.

— C'était merveilleux, Nick, murmura-t-elle tout contre son cou. J'ai l'impression de vivre un rêve…

Les mots filtrèrent à travers les brumes de son esprit. Encore enivré de plaisir, du parfum des cheveux et de la peau de Barbara, il lui fallut quelques secondes pour enregistrer le mot.

Un rêve ? Quel rêve ?

Il fronça les sourcils, se rappelant soudain qu'elle ne lui avait toujours pas avoué qui elle était. Il venait de vivre un moment d'une telle intensité qu'il avait relégué la question de son identité — et de ses motivations — au plus profond de son esprit.

Même à présent, il avait du mal à se concentrer sur le problème. Il se sentait si bien… Mais cela ne changeait rien au fait qu'elle lui avait menti. A quel rêve faisait-elle donc allusion ? Avait-elle rêvé, pendant toutes ces années, de coucher avec lui pour lui montrer ce qu'il avait manqué ?

Et si c'était le cas, si cela faisait partie d'une stratégie élaborée, quel serait son prochain coup ? Comptait-elle lui révéler qui elle était et le planter là, le laissant seul avec ses regrets ?

Les doutes qui le tourmentaient se dissipèrent tout à coup lorsque les lèvres de Barbara se refermèrent sur son torse, enveloppant un téton et le suçotant doucement. Un grognement lui échappa et il prit instantanément la tête de la jeune femme entre ses mains pour interrompre ce délicieux supplice.

Le regard qu'elle lui retourna pétillait d'amusement et de défi.

— C'est ce que tu m'as fait, Nick. A présent, c'est ton tour.

Elle souriait si généreusement qu'il était impossible de croire à une manœuvre de sa part. Elle ne pouvait qu'être sincère. Ce n'était pas là l'expression d'une femme manipulatrice et vengeresse.

— Laisse-moi faire, murmura-t-elle d'une voix lourde de promesses. Tu ne le regretteras pas.

Alors il la laissa faire.

Ses baisers firent enfler son désir en un rien de temps et, lorsque les lèvres de Barbara descendirent le long de son ventre, il était de nouveau pleinement éveillé. Elle referma une main sur son sexe et en caressa lentement toute la longueur. Il voulut bouger mais elle l'immobilisa en s'appuyant sur lui. Puis, se penchant, elle le cueillit tout entier dans sa bouche, tandis que ses longs cheveux se déployaient en un rideau pudique sur son bas-ventre.

Nick s'appuya sur ses oreillers, incrédule, tentant de calmer les vagues de plaisir qui montaient en lui. Mais il comprit vite qu'il ne pourrait résister très longtemps. Barbara semblait déterminée à l'emmener jusqu'au bout et il décida soudain de reprendre le contrôle de la situation.

Se redressant, il la saisit par la taille et l'installa sans effort à califourchon sur lui, se perdant au plus profond d'elle-même. Elle le chevaucha lentement, la tête renversée en arrière, poussant de petits soupirs de plaisir. Ses seins pointaient tels deux fruits mûrs et Nick les enveloppa, les massa doucement.

Puis leurs lèvres se trouvèrent et leur rythme s'accéléra. Leurs souffles mêlés, baignés de sueur, ils explosèrent une nouvelle fois de concert avant de retomber dans les bras l'un de l'autre.

Nick fixa le plafond longtemps après que Barbara se fut endormie. Elle donnait un nouveau sens aux mots « faire l'amour ». Ce qu'il éprouvait avec elle allait bien au-delà d'une simple gratification sexuelle. C'était une expérience unique, d'une intensité incroyable…

Il ne se rendit compte qu'il s'était assoupi que lorsque son réveil le réveilla comme tous les matins à 6 h 30. Un sourire se peignit sur ses lèvres comme il se remémorait les événements de la veille et il se tourna pour voir si Barbara était elle aussi réveillée.

Mais le lit, à côté de lui, était vide. Tout comme le reste de son appartement, ainsi qu'il le constata quelques minutes plus tard.

Barbara avait disparu. C'était à croire qu'elle n'avait même jamais été là.

11.

Nick gara sa Porsche sur l'espace qui lui était réservé derrière leurs bureaux au moment précis où Leon descendait de sa BMW.

La coïncidence n'aurait pu plus mal tomber. Il n'avait aucune envie de parler à son associé, et surtout pas du sujet dont il savait que Leon voudrait lui parler !

Coupant le contact, il resta donc assis au volant, plongé dans ses ruminations. Il avait été tenté, depuis qu'il s'était aperçu de la disparition de Barbara, de se rendre chez elle à Ryde à plusieurs reprises. Il était parvenu à résister mais l'envie l'en tenaillait encore.

Il savait cependant qu'il ne gagnerait rien à agir ainsi. S'il s'agissait d'une vengeance qu'elle planifiait de longue date, il ne la ferait pas changer d'avis en se présentant chez elle. Au contraire, il ne ferait que s'humilier davantage !

Et si elle avait seulement besoin de temps pour réfléchir, pour prendre un peu de recul, alors le temps jouerait en sa faveur. Il avait donc tout intérêt à prendre son mal en patience, même s'il détestait cela.

Leon cogna à sa vitre, affichant une grimace comique. Avec un soupir de frustration, Nick descendit, déterminé à ne pas satisfaire la curiosité de son ami. De toute façon, il n'avait pas de réponse à ses questions. Ou du moins, pas de réponse qui le satisfaisait…

— Alors ? Est-ce que la belle Anne s'est montrée à la hauteur de tes attentes ?

Nick lui opposa aussitôt sa mine des mauvais jours.

— Pourquoi ne te mêles-tu pas de tes affaires, Leon ?

— Parce que je suis impliqué dans *cette* affaire, tu te rappelles ? répliqua l'intéressé.

Pris de court, Nick ne répondit pas aussitôt. Il avait oublié l'intérêt de son associé pour Sue Olsen. Tout en fermant la voiture, il se rendit compte que cette dernière devait être au courant du fait que Barbara avait menti. Quel rôle jouait-elle dans tout cela ?

— Dois-je déduire de ton silence que tu as été déçu ? persista Leon.

— Pas du tout. Bien au contraire.

Nick en avait à présent assez de cet interrogatoire. Lui aussi avait besoin de temps pour réfléchir. Il s'éloigna mais Leon lui emboîta aussitôt le pas.

— Alors comment se fait-il que tu ne sois pas de meilleure humeur ? demanda son associé tandis qu'ils franchissaient la porte à tambour de leur immeuble.

— Parce que je ne suis pas sûr de ce qu'elle veut, rétorqua Nick. Maintenant, laisse tomber.

— Tu ne l'as pas brusquée, n'est-ce pas ?

— Je t'ai dit de laisser tomber !

— Comme tu voudras. Tant que tu ne nous compliques pas la vie, à Sue et à moi.

Nick se mordilla la lèvre, pensif. Sue avait couvert le mensonge de Barbara sur son identité, la veille. Peut-être que toutes les deux se moquaient de Leon et de lui. Mais bien que troublé par cette perspective, il tint sa langue. Inutile d'inquiéter son ami sans preuves.

— J'espère que tu vas réussir à te concentrer sur tes entretiens d'aujourd'hui, reprit Leon d'un ton acerbe.

— Quels entretiens ?

L'autre marmonna quelque chose dans sa barbe avant de pousser un profond soupir.

— Ceux des artistes graphiques dont tu m'as dit avoir absolument besoin la semaine dernière. Bien sûr, je me rends compte que tu as d'autres préoccupations en ce moment mais…

— C'est bon ! Je m'en occuperai. Qu'ils montent à mon bureau dès qu'ils arrivent.

— Le premier est à 10 heures.

— D'accord.

— Et prends le temps de vérifier leurs CV. Je ne veux pas de bras cassés dans l'équipe.

— Je sais comment m'occuper de mes affaires, merci beaucoup.

— Parfois, je me le demande, lâcha Leon avant de bifurquer vers son bureau, visiblement agacé.

Avec une grimace, Nick se dirigea vers ses propres quartiers. Il détestait être pris dans ce genre de situation. Pourquoi Barbara n'avait-elle pu se montrer honnête avec lui ? Et comment avait-elle pu le quitter en pleine nuit, sans un mot, après ce qu'ils avaient partagé ? Même s'il n'était question que d'une alchimie sexuelle, s'imaginait-elle qu'il s'agissait d'une chose banale, qu'elle trouverait aussi aisément avec quelqu'un d'autre ?

Lorsqu'il s'installa enfin à son bureau, Nick était parvenu à une décision. Il devait hâter les choses. Il n'en pouvait plus de cette incertitude. Et puis, il n'était pas le seul concerné par cette affaire. Leon l'était aussi et il ne voulait pas mettre leur amitié en péril.

Il alluma donc son ordinateur, trouva le numéro qui l'intéressait dans l'annuaire et appuya sur les touches de son téléphone avec une farouche détermination. La sonnerie se fit entendre. Une fois, deux fois… Il pria pour ne pas tomber sur un répondeur.

— Plus on est de fous, à votre service ! fit la voix enjouée de Sue Olsen.

Nick eut un moment d'hésitation. Il était à deux doigts de demander à parler à Barbara Lamb pour voir quelle serait la réaction de Sue. Mais ce n'était pas de la bouche de la rousse qu'il voulait apprendre la vérité. C'était de

Barbara elle-même. Et cette confession, il n'avait pas l'intention de l'arracher. Elle devrait être spontanée.

— Nick Armstrong à l'appareil. Puis-je parler à… Anne Shepherd, s'il vous plaît ?

— Anne, répéta Sue, comme si le faux nom lui déplaisait aussi souverainement qu'à lui. Ne quittez pas, je vais aller la chercher.

— Merci.

Tandis qu'il patientait, il songea pour la première fois que Sue Olsen n'appréciait peut-être pas davantage cette mascarade que lui. Après tout, si elle était attirée par Leon, c'était une complication qui la mettait en porte à faux en l'obligeant à mentir elle aussi.

Inspirant profondément, Nick se prépara à sa conversation avec Barbara. S'il avait une chance de gagner, il était bien décidé à ne pas la gâcher.

— Debout, paresseuse ! L'avenir appartient à ceux qui se lèvent tôt !

La voix de Sue pénétra dans le rêve de Barbara, l'arrachant à un sommeil paisible. Elle se redressa brusquement sur son séant, désorientée.

— Que… qu'est-ce qui se passe ?

— Il se passe qu'il est presque 9 heures, répondit Sue, croisant les bras et s'adossant au chambranle.

Elle étudia les yeux cernés de Barbara sans la moindre trace de compassion, puis ajouta :

— Et accessoirement, le prince charmant est au téléphone.

— Le prince charmant ?

— Nick Armstrong, précisa son amie, roulant des yeux irrités. J'apprécierais que tu règles tes problèmes personnels avant de commencer ta journée de travail, d'accord ?

— Nick… au téléphone, répéta Barbara, dont le cerveau se mettait lentement en marche.

— Il a demandé Anne Shepherd. Ce qui signifie que tu ne lui as pas dit la vérité.

Rejetant sa couette, Barbara se redressa tant bien que mal, tentant de dissiper les brumes cotonneuses qui enveloppaient son esprit. Nick voulait sans doute savoir pourquoi elle était partie sans le réveiller. Comment lui avouer qu'elle avait redouté qu'il ne mette lui-même fin à ce qu'ils avaient partagé, le matin venu ? Elle avait préféré prendre les devants pour leur éviter une séparation embarrassante.

Après tout, elle ne savait pas ce que cette nuit avait signifié pour lui. Il aimait peut-être les aventures sans lendemain. Et elle n'était pas assez bonne actrice pour le convaincre, à la lumière du jour, que cela lui convenait parfaitement.

Elle avait donc préféré décamper !

— Je ne sais pas de quoi vous avez bien pu parler jusqu'à 3 heures du matin…, renchérit Sue sans bouger. Surtout qu'apparemment, ce n'était pas de Barbara Lamb ! Et je doute qu'aucun restaurant reste ouvert aussi tard.

— 3 heures ?

Etait-il donc si tard lorsqu'elle avait quitté l'appartement de Nick ? Trop préoccupée par ce qui venait de se passer, elle n'avait pas songé à regarder sa montre.

— Il était presque 4 heures quand je t'ai entendue rentrer, renchérit son amie. Pas étonnant que tu aies l'air fatiguée. Il t'a amenée en boîte de nuit ?

— Il m'attend au téléphone, lui rappela Barbara pour couper court à l'interrogatoire.

— Comme tu voudras, soupira Sue en s'écartant de son chemin. Vas-y, complique encore la situation.

Barbara grimaça, consciente de ne pouvoir compter sur la compréhension de son amie.

— Merci de m'avoir réveillée.

— Tu parles… Il serait temps que tu te réveilles *vraiment*, marmonna Sue, se retirant dans sa propre chambre pour lui donner un semblant d'intimité. Et n'oublie pas que nous avons un engagement, ce soir. Ne fais pas d'autres projets.

D'un geste de la main, Barbara lui fit signe qu'elle avait compris et saisit le combiné. Elle hésita une seconde, se demandant quoi dire à Nick. Son coup de fil laissait supposer qu'il voulait prolonger sa relation avec elle. Ou plutôt, avec Anne Shepherd.

Ou alors, c'était le sexe qui l'intéressait…

Avait-elle commis une terrible erreur en couchant avec lui ? se demanda-t-elle brusquement. Le souvenir de son abandon total, entre ses bras, lui enflamma soudain les joues.

Mais elle ne pouvait faire attendre Nick plus longtemps…

— Bonjour, dit-elle d'une voix légèrement haletante.

— Bonjour…

Il y eut une courte pause. Barbara se demanda désespérément que dire mais resta muette comme une carpe. Dieu merci, Nick enchaîna :

— Tu m'as manqué, ce matin.

— Je… j'ai pensé qu'il était préférable que je parte, balbutia-t-elle. Je n'étais pas sûre que… je veux dire, je m'étais garée dans la rue et je… je ne savais pas jusqu'à quelle heure je pouvais rester sans risquer une amende… Et je savais que Sue m'attendrait, et…

— Et tu ne voulais pas me réveiller juste pour me dire au revoir ? suggéra-t-il avec un pincement d'ironie, mais sans méchanceté.

Elle soupira, soulagée de constater qu'il n'était pas en colère.

— Je me demandais si la nuit dernière avait été aussi spéciale pour toi qu'elle l'avait été pour moi, reprit Nick.

— Oh oui. Oui, très spéciale, répondit-elle aussitôt.

— Alors, il n'y a rien qui te trouble ? Rien que tu veuilles me dire ?

Il y avait au contraire un millier de choses. Mais aucune dont elle voulait parler maintenant, au téléphone.

— Je vais bien, Nick, lui assura-t-elle. Je suis désolée d'être partie sans un mot mais il était tard et… et…

— Oui, je comprends. Je me suis juste rendu compte que nous n'avions pas beaucoup eu l'occasion de nous parler après avoir… Enfin, ce que je veux dire, c'est que si tu as quelque chose sur le cœur, tu peux le partager avec moi. J'ai vraiment envie de te revoir.

— J'ai très envie de te revoir, moi aussi, murmura-t-elle, le cœur battant la chamade.

— Que dirais-tu de ce soir ?

L'avertissement de Sue lui revint à l'esprit au moment où elle s'apprêtait à accepter.

— Je ne peux pas. J'ai du travail. En revanche, demain, je suis libre.

— Parfait. Je viendrai te chercher à 19 heures si ça te convient.

— I-Ici ?

Barbara fronça les sourcils, imaginant déjà Sue faire des allusions narquoises en présence de Nick.

— Ça ne me dérange pas de te retrouver en ville, tu sais.

— Mais non. Je passerai. Ça t'évitera les problèmes de parking… Et ne t'en fais pas, je te ramènerai dès que tu le voudras. Tu n'auras qu'à demander.

Une bouffée de culpabilité lui serra la gorge. Elle savait qu'elle n'aurait pas dû partir comme elle l'avait fait, sans un mot.

— Je… je suis désolée, Nick. J'aurais dû te laisser un message, quelque chose…

— N'en parlons plus. Alors, nous disons 19 heures chez toi ?

— Oui. Je serai prête.

Et avec un peu de chance, nous serons partis avant que Sue ne rentre…

— Tu as mon adresse ?

— Celle de la société est dans l'annuaire — c'est la même, non ? Quel est le numéro de ton appartement ?

— Le quatre.
— Merci. J'ai hâte de te voir.
— Moi aussi, murmura-t-elle.
Et elle raccrocha, un grand sourire aux lèvres.

Nick, lui, ne souriait pas. Il venait de donner à la jeune femme une nouvelle chance de se confier et elle l'avait rejetée. Il ignorait donc toujours quelles étaient ses motivations, si l'intérêt qu'elle semblait avoir pour lui était réel ou faisait partie d'un plan. Et à présent, il lui faudrait attendre deux jours pour en savoir davantage.

Qu'attendait-elle de lui, exactement ? Jusqu'à quel point devrait-il s'engager, lui prouver qu'il était sérieux, pour qu'elle avouât enfin la vérité ?

Nick secoua la tête, dérouté. Il ne savait plus que croire. Au bout du fil, elle avait paru sincèrement heureuse de lui parler. Mais elle devait être bonne actrice si le spectacle était son métier. Il ne pouvait donc en tirer aucune conclusion.

Dépité, il se passa les deux mains dans les cheveux et poussa un profond soupir. Il ne supportait plus cette mascarade, le doute, le mensonge. Ils étaient tous deux malhonnêtes, elle en prétendant être quelqu'un d'autre et lui en prétendant qu'il ne le savait pas.

Oui, cela devait cesser. Car il savait qu'il serait incapable de se comporter naturellement le lendemain soir. Sa duplicité, si elle persistait à lui mentir, le ferait grincer des dents et l'empêcherait de se détendre.

Bon sang, il devait trouver une solution. Il pouvait provoquer une confrontation et jouer cartes sur table, lui dire qu'il l'avait reconnue et qu'il n'était pas dupe. Mais il redoutait qu'elle ne retournât la situation contre lui, l'accusant d'avoir à son tour joué un rôle et menti dans le seul but de coucher avec elle.

Non, il devait trouver autre chose. Ce dont il avait besoin, c'était d'une intervention extérieure qui forcerait Barbara à se révéler. Alors seulement ils pourraient envisager un avenir ensemble. Car il n'arrivait pas à croire qu'elle avait feint son plaisir, la nuit dernière…

Bon, qui pouvait l'aider ? Leon ? Il rejeta aussitôt cette idée. Il ne voulait pas avoir à se confier à son ami.

Sue Olsen, alors ? Mais elle n'avait aucune raison de le faire.

Sa sœur lui revint à l'esprit. Il avait initialement songé, tandis qu'il recherchait sa fée anonyme, à lui demander d'engager les Tournesols Chantants. Oui, Carole se rappellerait Barbara Lamb. Barbara, sachant que Carole risquait de se confier à lui, serait obligée de lui avouer la vérité.

Avec un sourire de sombre satisfaction, Nick tendit la main vers le téléphone. Son plan était parfait et il décida de le mettre à exécution sur-le-champ, sans y réfléchir davantage.

Il voulait Barbara Lamb, pas Anne Shepherd.

Et il la voulait le lendemain soir.

12.

— Je ne vois pas le moindre enfant, remarqua Barbara en étudiant le magnifique jardin paysager qui entourait la villa. Tu es sûre de l'adresse, Sue ?

— J'ai vérifié. Elle a dû rassembler les petits à l'intérieur pour leur réserver la surprise.

Barbara continua de balayer les environs d'un regard perplexe. Le petit cul-de-sac de la banlieue de Pymble ne dégageait pas une atmosphère particulièrement familiale.

— Il y a quelque chose de bizarre dans tout ça. Surtout avec ce coup de fil de dernière minute, hier. C'est peut-être un canular ?

— Peu importe. La cliente a déjà payé. Et maintenant que nous sommes là, entrons.

Sue regarda sa montre puis ajouta :

— Il est 10 h 57. Nous avons trois minutes pour mettre nos chapeaux et nos bracelets.

Barbara acquiesça et se pencha sur le siège arrière pour prendre le reste de leur déguisement. Toutes deux portaient déjà leur justaucorps vert figurant la tige du tournesol.

— Ah, une femme vient de sortir de la maison, lui apprit Sue, dans son dos. Elle devait guetter notre arrivée. Dépêchons-nous, Barb. Ça doit être Mme Huntley.

Les bracelets ornés de feuilles étaient faciles à mettre en place mais le chapeau était une autre affaire. Il fallait le placer de manière que les longs pétales encadrent tout le visage, comme un soleil.

Barbara était si concentrée sur sa tâche qu'elle n'accorda pas un regard à la nouvelle venue. Elle était en tout cas ravie de constater qu'il ne s'agissait pas, après tout, d'un canular.

Sue termina de s'habiller la première et se tourna vers leur hôtesse, tandis que Barbara plongeait de nouveau à l'arrière de la voiture pour tirer d'un sac le CD contenant leur accompagnement musical. Leur cliente leur avait assuré au téléphone qu'elle était entièrement équipée pour le lire.

— Soyez les bienvenues ! J'ai fait descendre les enfants dans la salle de jeux au sous-sol. Les autres mères les surveillent. Je voulais que votre arrivée soit une complète surprise.

— Vous devez être Mme Huntley ? demanda Sue.

— Oui, je suis Carole Huntley. Stuart et Tina sont mes enfants.

— Je suis Sue Olsen. Et voici ma partenaire…

Barbara se retourna pour saluer leur cliente comme Sue achevait :

— Barbara Lamb.

Le sourire de Barbara se figea sur ses lèvres. *Non !*

Carole Huntley n'était autre que Carole Armstrong, la sœur de Nick ! Il était impossible de s'y méprendre. Malgré les années, elle n'avait guère changé.

— Barbara Lamb ? répéta-t-elle, visiblement incrédule. Tu ne serais pas…

Des yeux, elle détailla le visage qui émergeait d'une couronne de pétales et acquiesça.

— Si, c'est bien toi. Je te reconnaîtrais juste à tes yeux. Barbara Lamb… Ça alors ! Après toutes ces années !

Secouant la tête avec étonnement, elle renchérit :

— Tu me reconnais ? Je suis Carole Armstrong. J'étais deux classes au-dessus de toi à l'école. La sœur de Danny et de Nick ?

— Carole, se contenta de répéter Barbara, totalement sous le choc.

— Seigneur, ça doit bien faire… neuf ans ! Mais oui, la dernière fois que je t'ai vue, c'était au vingt et unième anniversaire de Nick. Tu as chanté pour lui. Tu en as donc fait ta carrière ?

— En quelque sorte, marmonna Barbara.

Son esprit bouillonnait. Pouvait-elle se sortir de ce mauvais pas ? Non, c'était impossible. Sue l'avait présentée sous son vrai nom, il était donc trop tard pour faire quoi que ce fût.

— Mais c'est fantastique, reprit Carole, son regard bleu pétillant de curiosité et d'excitation. Et je dois dire que tu fais un tournesol ravissant. Et vous aussi, ajouta-t-elle à l'intention de Sue.

— Merci, répliqua la jeune femme rousse, souriant de toutes ses dents. J'espère que les enfants le penseront aussi. Si vous voulez bien nous montrer le chemin ?

— Oh, bien sûr, nous parlerons du bon vieux temps plus tard. C'est par ici.

Tout en les conduisant vers la maison, elle adressa un nouveau sourire à Barbara et proposa :

— Vous pourrez peut-être rester pour le café après la représentation ? Nous avons tant de choses à nous raconter !

— Je… nous avons du travail cet après-midi, improvisa l'intéressée.

— Et puis, ajouta Sue, il est préférable que nous partions tout de suite après le spectacle. Si nous restons, ça risque de gâcher l'illusion pour les enfants.

— Oh, je n'avais pas pensé à ça, fit Carole, visiblement déçue.

Sans se laisser attendrir, Sue enchaîna :

— Vous ne nous avez pas dit de qui c'était l'anniversaire : Stuart ou Tina ?

— Aucun. Stuart a trois ans et demi et Tina presque deux. Mais Stuart s'est cassé le bras samedi dernier et il n'a pas pu aller à la maternelle depuis. J'ai organisé cette petite fête pour lui remonter le moral.

Voilà qui expliquait le coup de fil de dernière minute, songea confusément Barbara, toujours sous le coup de cette incroyable coïncidence. Elle ne s'était certes pas attendue à travailler pour deux membres de la famille Armstrong en moins d'une semaine !

Ce développement inattendu risquait de ruiner sa fausse identité d'Anne Shepherd, songea-t-elle. Car Carole ne manquerait pas de dire à son frère qu'elle l'avait vue.

De nouveau, le regard bleu de leur hôtesse se posa sur elle, la dévisageant.

— L'accident nous a empêchés de nous rendre à la soirée organisée pour les trente ans de Nick. Ce qui me fait penser…

— Ce sont des choses qui arrivent, coupa Sue. A présent, organisons-nous. Puisque les enfants sont en bas, le mieux est de jouer l'effet de surprise au maximum. Vous pourriez peut-être prendre ce CD, madame Huntley, et aller le lancer. Dès que nous entendrons la musique, nous ferons notre apparition.

Carole acquiesça et Barbara lui tendit le CD, soulagée par ce court répit.

— Bonne idée. J'y vais tout de suite. C'est cet escalier là-bas.

Sue acquiesça puis, après que leur cliente eut disparu, se tourna vers Barbara.

— Ressaisis-toi, murmura-t-elle furieusement. Je ne peux pas faire ce numéro sans toi.

Barbara prit une profonde inspiration.

— Merci de l'avoir distraite. J'ai cru qu'elle n'allait pas me lâcher.

— Tu aurais dû voir ta tête… J'ai bien compris que tu avais besoin d'aide. Mais nous sommes là pour travailler, ne l'oublie pas.

— Ne t'en fais pas. Tu peux compter sur moi.

— J'espère bien. Parce que si tu t'es mise dans une

situation difficile, je te rappelle que je n'y suis pour rien. Je ne veux pas en payer le prix.

— Je suis prête.

— Parfait. Allons-y et filons sitôt la représentation terminée.

Dès l'instant où elles émergèrent dans la salle de jeux, une douzaine d'enfants se tournèrent vers elles, les yeux écarquillés. Le spectacle les captiva et ils répétèrent les paroles des chansons avec Barbara et Sue, dansèrent, tapèrent des mains en rythme. Leur bonheur faisait plaisir à voir.

Absorbée par le numéro, Barbara en oublia presque les mères qui, assises dans le fond, assistaient à la représentation en souriant. Elle ne voulait pas risquer le moindre coup d'œil en direction de Carole de peur de se déconcentrer.

Après quarante minutes de spectacle, les deux artistes se retirèrent sous une salve d'applaudissements ravis. Carole les raccompagna jusqu'au rez-de-chaussée, puis dans le jardin.

— C'était absolument merveilleux ! s'exclama-t-elle en refermant la porte de la maison derrière elle. Les enfants étaient enchantés. Et mes amies aussi.

— Merci ! s'exclama Sue en lui tendant une pile de cartes de visite qu'elle avait glissées dans sa manche. Si vous voulez bien distribuer ça… Nous adorons travailler sur recommandation. Et merci de vous être occupée de la musique. Le timing était parfait.

Carole s'apprêta à dire quelque chose mais Sue ne lui en laissa pas le temps.

— Pourquoi ne pas retourner auprès des enfants, maintenant ? Nous nous occupons de ranger nos affaires et nous filons.

— Ravie de t'avoir revue, renchérit Barbara, espérant que la sœur de Nick saisirait l'allusion et les laisserait tranquilles.

Malheureusement, cela n'eut pas l'effet escompté.

— Non, je vous accompagne à votre voiture. Je comprends que vous soyez pressées mais je me demandais, Barbara… C'est le cinquantième anniversaire de maman ce week-end. Mon mari et moi organisons une petite fête samedi soir. Danny revient même de San Diego pour ça. Ce sera un peu comme le vingt et unième anniversaire de Nick. Un rassemblement de famille et d'amis. Je me demandais si vous ne voudriez pas venir…

Le rappel du vingt et unième anniversaire de Nick provoqua en Barbara une violente réaction de rejet. Sa réponse fut instinctive, viscérale.

— Non ! Je veux dire… je ne suis pas libre.

— Oh, quel dommage. Ça aurait été une merveilleuse surprise si tu avais pu chanter « Bon anniversaire » pour maman. Elle a toujours dit que tu avais une voix merveilleuse.

Malgré elle, Barbara crispa la mâchoire.

— Je me fais désormais payer pour ce genre de choses, Carole.

Celle-ci parut aussitôt mortifiée par cette rebuffade.

— Bien sûr, je comprends. Je ne voulais pas dire que… C'est juste que nos familles étaient si proches, dans le temps.

— Une autre fois, peut-être.

— Barbara, je n'essayais pas d'obtenir une représentation à l'œil. Je voulais simplement te revoir. Ç'aurait fait plaisir à tout le monde, j'en suis sûre. Et tu aurais pu renouer le contact avec d'anciens amis du temps où tu habitais à Wamberal.

Barbara dut faire un immense effort pour sourire mais Dieu merci, elle y parvint.

— J'aurais aimé pouvoir venir, dit-elle en ouvrant la porte de la voiture. Vraiment. Souhaite un excellent anniversaire à ta mère de ma part. A présent, je suis désolée mais il faut que nous y allions.

— Oui, intervint Sue depuis l'autre côté du véhicule.

C'était un plaisir. Laissez-moi vous dire, madame Huntley, que vous avez de la chance d'avoir des enfants aussi charmants.

Barbara s'en voulut de ne pas avoir songé elle-même à ce genre de formule aimable et s'installa sur le siège passager. Carole les étudia dans un silence perplexe tandis que Sue démarrait enfin.

Par la vitre, Barbara adressa un signe de main à la sœur de Nick. Elle s'en voulait d'avoir réagi si brutalement à la proposition de venir chanter à l'anniversaire de leur mère. L'argent n'était absolument pas le problème et elle aurait en temps normal accepté de chanter gratuitement. Elle avait juste été prise d'un besoin désespéré de prendre le large…

Une chose était sûre, à présent : elle ne pourrait plus jouer la carte d'Anne Shepherd très longtemps. Car Nick et sa sœur étaient probablement en contact pour organiser les cinquante ans de leur mère…

— Je suppose que Nick ne t'a pas invitée à cette grande fête de famille ? ironisa Sue avec sa perspicacité habituelle.

— Non, pas encore.

— Il ne l'a même pas évoquée pendant votre interminable discussion d'hier soir ?

L'accent ironique que Sue mit sur le mot « discussion » provoqua la colère de Barbara.

— Je ne vois pas pourquoi il m'en aurait parlé. Pour lui, c'est comme s'il venait juste de me rencontrer. Il ne sait pas que je connais sa famille.

Sue lui décocha un regard narquois.

— Dis plutôt que vous avez passé votre temps au lit au lieu de discuter !

— Ce sont mes affaires ! rétorqua Barbara en serrant les poings.

— Ce sont peut-être tes affaires, mais il serait temps que tu ouvres les yeux. Nick Armstrong sait parfaitement qui tu es. Ou du moins, il le soupçonne assez pour avoir organisé cette petite épreuve. Pourquoi crois-tu que sa sœur nous a appelées à la dernière minute ?

Barbara pâlit, horrifiée par ce que son amie impliquait.

— Elle nous a appelées parce que son fils s'était cassé le bras. Pourquoi Nick serait-il derrière tout cela ?

— Carole Huntley a téléphoné une heure après ton coup de fil avec Nick, hier. Si tu as envie de porter des œillères, ce n'est pas mon problème. Mais je sais additionner deux et deux. Et je peux te dire qu'avant la fin de la journée, Nick saura par sa sœur que la délicieuse Anne Shepherd n'est autre que Barbara Lamb.

— Ça aurait pu être une coïncidence, plaida Barbara, refusant encore l'évidence.

— C'est ça…

— Carole a eu l'air sincèrement surprise en me voyant !

— Elle a dit qu'elle t'aurait reconnue juste à tes yeux. Pourquoi Nick n'aurait-il pu faire de même ? De plus, il m'a entendue t'appeler « Barb » dans son bureau. Tu crois qu'il est complètement idiot ?

En se rappelant le commentaire que Nick avait fait sur ses yeux, Barbara sentit son estomac se retourner.

— Regarde la vérité en face, insista Sue, impitoyable. Il a percé ton identité à jour et a simplement utilisé sa sœur pour chasser ses derniers doutes. Elle est probablement en train de lui téléphoner en ce moment même. Alors par pitié, arrête de te ridiculiser et avoue-lui tout quand tu le verras ce soir.

Se ridiculiser ?

Oui, Barbara devait bien admettre que c'était ce qu'elle avait fait. Toutes les questions de Nick, ses allusions sur ce qui était réel et ce qui était fantasme, ses invitations répétées à se confier… Il n'y avait plus à en douter : il savait parfaitement qui elle était ! Seigneur, elle avait dû lui paraître pathétique…

— Je me demande si cette soirée dont Carole Huntley

nous a parlé est celle à laquelle Leon m'a invitée, marmonna Sue. Qu'allons-nous faire ?

Barbara ne put que secouer la tête, totalement perdue.

— Je ne sais pas.

— Je suppose que tu n'as pas envie d'entendre « Je te l'avais dit ». Enfin, la bonne nouvelle, c'est que tu as le reste de la journée pour trouver une solution…

13.

Nick s'efforça de contrôler son impatience et de ne pas appeler sa sœur avant 14 heures. Il savait que les enfants auraient besoin de se calmer après l'excitation de la représentation, puis qu'il faudrait du temps pour les coucher. Et il voulait l'attention pleine et entière de Carole.

La sonnerie mit cependant ses nerfs à rude épreuve tandis qu'il attendait que quelqu'un décroche. Il y eut enfin un déclic et Carole répondit, haletante.

— Allô ?

— C'est Nick. Où diable étais-tu ?

— Je nettoyais le sous-sol.

— Comment s'est passée la représentation ?

— Oh, Nick, tu ne devineras jamais…

— Deviner quoi ? demanda-t-il, sentant un frisson d'expectative lui courir sur la peau.

— Ces Tournesols Chantants étaient une excellente idée. Les enfants ont adoré.

Va droit au but, songea Nick en serrant les dents.

— Mais quand les deux artistes sont arrivées… Nick, l'une d'entre elles était Barbara Lamb ! Tu te rappelles ? Danny était amoureux d'elle à l'école.

— Oui, je me rappelle très bien…

— Tu imagines ma surprise ! J'étais loin de m'imaginer qu'elle avait fait de la chanson son métier ! Et je dois avouer qu'elle est très douée. J'aurais aimé parler davantage avec elle mais…

Carole s'interrompit.

— Quoi ? dit Nick, soudain inquiet.

— Je ne crois pas qu'elle était particulièrement ravie de me revoir.

— Qu'est-ce qui te fait dire ça ?

— J'ai bien vu qu'elle ne voulait pas parler du bon vieux temps. Et pourtant, nos familles étaient proches.

C'était compréhensible, songea Nick. Barbara avait dû être sous le choc en reconnaissant Carole.

— Enfin, reprit sa sœur, ce n'est pas grave. L'essentiel est qu'elles nous ont offert une représentation très réussie. Les enfants ont adoré.

— Je suis ravi de l'entendre.

— Après quoi je me suis dit que ce serait une bonne idée d'inviter Barbara à l'anniversaire de maman… Et je crois que j'ai fait une gaffe, Nick. Je m'en veux.

Un mauvais pressentiment s'empara de lui mais il s'efforça de demander d'une voix posée :

— Que s'est-il passé ?

— Eh bien, elle a d'abord dit tout de suite qu'elle n'était pas libre. Et je dois admettre que l'invitation était un peu tardive. Mais elle n'a pas réfléchi une seconde avant de répondre.

Nick fronça les sourcils. Si Barbara s'intéressait vraiment à lui, elle aurait accepté l'invitation. A moins qu'elle n'ait été trop préoccupée par le fait que son identité eût été percée à jour.

Non, il ne pouvait tirer aucune conclusion de ce refus…

— Ce n'est pas tout, poursuivit sa sœur. J'ai aussi suggéré qu'elle pourrait chanter pour maman, comme elle l'avait fait à ton vingt et unième anniversaire…

Nick réprima un grognement de dépit. Oh non…

— Tu aurais dû voir la tête qu'elle a faite ! Après quoi elle m'a dit qu'il s'agissait à présent de son métier et qu'elle ne faisait plus ça gratuitement. J'étais embarrassée.

— C'était… regrettable, Carole.

— J'ai essayé de rattraper ma gaffe, de lui expliquer que mon invitation était amicale et que je n'essayais pas de profiter d'elle. Dommage que nous nous soyons séparées sur cette note. J'aurais vraiment aimé renouer le contact…

— Tu auras peut-être une autre occasion, hasarda Nick, espérant que ce serait le cas.

Mais Carole lui porta un coup au moral en répondant :

— Je ne crois pas. Elle n'avait qu'une hâte, c'était de partir. C'est triste, quand on pense que nous étions si proches, autrefois… Elle aurait dû savoir que je ne pensais pas à mal lorsque je lui ai demandé de chanter pour maman.

— Je suppose que c'est un sujet sensible. Un peu comme pour un médecin auquel on demanderait des conseils de santé au beau milieu d'un dîner. Ça peut être agaçant.

De nouveau, Carole poussa un soupir.

— Oui, tu as sans doute raison. Et je suppose que les artistes ont tendance à être exploités, dans le milieu du spectacle. Et puis, qui sait ce qu'a été sa vie depuis qu'elle a quitté Wamberal ? Elle n'a peut-être pas envie de penser au passé.

— Sans doute pas, en effet…

— Mon Dieu, je m'en veux.

— Allons, ce n'est pas si grave.

Nick espérait qu'il disait vrai. Il avait simplement voulu, en confrontant Barbara à Carole, la forcer à révéler sa véritable identité. Mais il semblait que le passé avait traumatisé la jeune femme plus qu'il ne l'avait soupçonné.

— C'est ma faute, se lamenta Carole. J'ai manqué de tact.

— Il y a sûrement des choses que tu ne sais pas, fit valoir Nick, en proie à un intense sentiment de culpabilité.

N'était-il pas, après tout, responsable de cette situation ?

— Comme quoi ? Nous ne lui avons rien fait, que je sache.

Nick marmonna une réponse inintelligible. Il lui fallait

à présent admettre que sa façon d'agir, neuf ans plus tôt, avait blessé Barbara plus profondément qu'il ne l'aurait cru possible.

Voulait-elle se venger de lui ? se demanda-t-il pour la centième fois. Etait-ce le rêve auquel elle avait fait allusion après qu'ils avaient fait l'amour ? Le fait qu'il était tombé tête baissée dans le piège qu'elle lui avait tendu ?

— J'ai entendu dire que c'était fini, entre toi et Tanya ? reprit sa sœur.

— Oui, ça n'a pas marché.

— Tu comptes amener quelqu'un à l'anniversaire de maman ?

— Oh, ma vie sentimentale est un peu incertaine, pour le moment. Je préfère ne pas en parler.

— D'accord. En tout cas, Stuart a cessé de s'apitoyer sur son sort. Les Tournesols Chantants étaient une excellente idée.

— Je suis heureux que ça vous ait plu. Embrasse les enfants pour moi. Je dois te laisser.

La mine sombre, Nick reposa le combiné. Plus il y pensait, plus la réaction de Barbara à sa rencontre avec Carole accréditait la thèse de la vengeance. Quelqu'un qui n'avait rien à se reprocher n'agissait pas ainsi !

Et pourtant, il était absolument certain qu'elle n'avait pas feint le plaisir qu'elle avait éprouvé entre ses bras. Ce qui signifiait qu'elle n'était pas totalement indifférente à lui.

Il avait donc une chance. Et il se battrait pour ne pas la laisser passer.

Autrefois, il avait dû repousser Barbara. Mais le passé était le passé, les circonstances avaient changé. Il devait l'en convaincre, lui faire comprendre qu'un merveilleux avenir pouvait s'offrir à eux si seulement elle parvenait à tirer un trait sur ses mauvais souvenirs.

Ce soir, il lui faudrait se montrer plus habile que jamais.

14.

— Je sors !

La voix de Sue sortit Barbara de sa torpeur. Redressant la tête de son oreiller, elle jeta un regard interrogateur à son amie, qui venait d'apparaître sur le seuil de la chambre.

— Où vas-tu ? demanda-t-elle d'une voix morne.

— Voir un film.

— Lequel ?

— Ça n'a pas d'importance.

Sue posa un regard réprobateur sur Barbara, notant son apparence débraillée, avant de soupirer.

— Il est évident que tu n'as aucune envie de sortir avec Nick ce soir. Pour ma part, je n'ai pas l'intention de me trouver sous un feu croisé. Tu es entièrement responsable de la situation, tu en assumes les conséquences toute seule.

— Je ne peux pas sortir avec lui. Plus maintenant.

— Il va venir te chercher, lui rappela son amie. Que comptes-tu faire ? Lui claquer la porte au nez ?

— Je ne sais pas, geignit Barbara. Je ne sais pas ce que je vais faire.

— Nick ne m'a pas l'air d'un homme à renoncer si facilement, donc je préfère sortir. Il est 18 h 45, Barb. Tu ferais bien de te préparer un peu.

Il lui restait donc quinze minutes avant l'heure de leur rendez-vous…

Sue partie, sa fierté força Barbara à s'arracher au confort de son lit. Elle troqua ses vêtements froissés pour un jean et une chemise à carreaux qu'elle laissa délibérément pendre par-dessus le pantalon. Elle ne voulait pas souligner ses courbes, envoyer le moindre message sexuel à son visiteur.

Elle se brossa ensuite les cheveux mais ne mit pas de maquillage. Voilà, songea-t-elle avec ironie, étudiant son reflet dans le miroir. Barbara Lamb au naturel. Nick ne pourrait plus l'accuser d'avoir diverses personnalités. Elle n'avait plus rien à cacher.

Le carillon retentit.

Son cœur, qui pesait telle une pierre dans sa poitrine, sembla soudain reprendre vie et bondit douloureusement. C'était Nick. L'homme qui avait couché avec elle tout en sachant pertinemment qui elle était. Comme il avait dû se moquer d'elle !

Les joues brûlantes d'humiliation, la jeune femme força ses jambes de plomb à l'action et, d'un pas traînant, se dirigea vers la porte. Elle ne voulait pas ouvrir mais Sue avait raison : Nick ne partirait pas aussi aisément. Et puis, elle était curieuse de savoir pourquoi il avait fait mine d'ignorer son identité et l'avait laissée s'enfoncer, s'humilier. Elle se demandait également pourquoi il avait impliqué sa sœur dans cette affaire. Car il était évident qu'il l'avait reconnue et n'avait pas eu besoin de Carole pour confirmer son identité.

Il avait joué avec elle comme un chat avec une souris, songea Barbara. Tressaillant de colère, elle entrouvrit la porte, prête à l'envoyer sur les roses, mais se trouva confrontée à un objet qui la prit totalement de court.

Ses ailes de fée !

Elles étaient absolument intactes, comme si rien ne leur était jamais arrivé.

Un seul coup d'œil à Barbara fit comprendre à Nick que leurs retrouvailles allaient être difficiles. A son absence de maquillage et à la façon dont elle était vêtue, le message était clair : la séduction n'était pas à l'ordre du jour.

Cela ne l'empêchait pas d'être infiniment séduisante. Mais Nick comprit qu'il serait bien avisé de ne pas prendre les choses à la légère. Le regard de la jeune femme était belliqueux, ses poings serrés.

En se rappelant soudain que c'était *lui* la victime, dans cette affaire, il sentit une colère vertueuse monter en lui. Non, il ne méritait pas d'être traité de la sorte !

— Ouvre la porte que je puisse faire passer les ailes, ordonna-t-il.

Sans attendre sa réponse, il poussa le battant du pied et s'introduisit dans l'entrée. Visiblement médusée, Barbara ne songea pas à protester et lui céda du terrain.

Nick pénétra dans un petit salon, puis déposa délicatement les ailes sur une table. Il regarda ensuite autour de lui, en proie à une sombre satisfaction.

Il était au cœur du territoire de Barbara. Et il n'avait pas l'intention d'abandonner sans se battre le terrain conquis.

Barbara referma machinalement la porte. Elle n'arrivait pas à croire qu'il avait réparé ses ailes. Cela ne ressemblait pas du tout à l'image qu'elle s'était forgée de lui. Elle se sentait à présent aussi déroutée que lorsqu'elle avait vu ces mêmes ailes, brisées, dans son bureau le lundi précédent.

— Co… comment as-tu fait ? demanda-t-elle malgré elle.

Il se tourna vers elle, un petit sourire aux lèvres.

— J'ai contacté une costumière lundi après-midi et je les lui ai envoyées.

Cela fit à Barbara l'effet d'une douche froide.

— Je vois. Quelqu'un d'autre s'est chargé de les réparer.

— Je voulais que le travail soit parfait, c'est tout.

— Bien sûr. Un homme tel que toi peut acheter tout ce qu'il veut.

Son compagnon plissa les yeux, visiblement vexé par sa remarque.

— Je pensais simplement te faire plaisir.

— Ecoute, Nick, pas la peine de perdre ton temps à raconter des mensonges. Je vais te faciliter les choses : je sais que tu sais qui je suis. Je peux même te dire à quel moment précis tu t'en es aperçu. C'est quand tu as fait cette remarque sur mes yeux au cours de notre dîner.

— Pourquoi n'avoir pas avoué la vérité à ce moment-là, alors ? repartit aussitôt Nick. Pourquoi avoir menti pour commencer, puis entretenu cette mascarade ? Ce n'est pourtant pas faute d'avoir eu des occasions de te confier à moi !

Barbara croisa les bras en un geste défensif, puis baissa involontairement les yeux.

— J'avais peur que tu cesses de t'intéresser à moi si tu m'associais avec la Barbara Lamb d'autrefois. Le pot de colle qui te suivait partout, au point que tu avais dû te débarrasser d'elle.

Nick pinça les lèvres mais ne répondit pas aussitôt. Prenant son silence pour un aveu, Barbara renchérit :

— Anne Shepherd m'a permis d'être *moi-même,* pas une autre. Elle me laissait une chance de me présenter sans le poids du passé. Mais quand tu as compris qui j'étais, tu aurais dû me le dire. Au lieu de cela, tu m'as menée en bateau.

— Je te rappelle que c'est toi qui as commencé par mentir ! intervint Nick en la fusillant du regard. Je ne savais pas quel jeu tu jouais !

— Si ça t'inquiétait, pourquoi n'en avoir rien dit ?

— Parce que je ne voulais pas que tu disparaisses.

— De la même façon que toi, tu as disparu de ma vie autrefois ? Tu as fait une petite attaque de paranoïa, peut-être ? Tu t'es demandé si je ne cherchais pas simplement à me venger ?

Il s'empourpra légèrement, à ces mots, mais hocha la tête.

— Ça m'a traversé l'esprit, oui.

— Donc au lieu de risquer cela, sachant pertinemment qui j'étais, tu as décidé d'arranger un peu le passé et de t'octroyer le beau rôle. Celui du grand frère qui veut protéger son cadet…

— C'était la vérité.

D'un ricanement, Barbara lui fit comprendre le peu de crédit qu'elle accordait désormais à sa parole.

— Je dois dire que tu as appris de tes erreurs du passé. Cette fois, tu n'as pas laissé échapper ta chance ! Nous sommes passés du restaurant à ton lit.

— Tu aurais pu faire machine arrière à n'importe quel moment, fit valoir Nick.

— Mais tu savais très bien que je n'en ferais rien. Tu avais toutes les cartes en main. Tu t'es moqué de moi du début à la fin.

Il parut sur le point de répliquer mais prit une profonde inspiration. Lorsqu'il parla enfin, ce fut d'une voix plus posée, bien que toujours rauque d'émotion.

— Une nouvelle fois, c'est toi qui as tout provoqué en mentant. Et ne prétends pas que ce petit numéro de fée, pour mon anniversaire, n'était pas une façon de prendre ta revanche.

— Je voulais simplement obtenir une réaction différente de celle de ton vingt et unième anniversaire.

— Appelle ça comme tu veux, j'appelle ça une vengeance. Tu as été ravie de me planter là après avoir chanté pour moi.

Mais Barbara refusa de laisser la culpabilité s'emparer d'elle.

— C'était l'intention, reconnut-elle franchement. Mais quand tu m'as embrassée…

Rougissant malgré elle à ce souvenir, elle s'interrompit avant d'achever d'une voix sourde :

— … ça a bouleversé tous mes plans.

— Tu t'es cependant bien vite ressaisie, après quoi tu

as décidé de faire toi-même une livraison de roses mortes pour voir si tu pouvais te moquer davantage de moi.

— Non ! lança-t-elle avec véhémence. Je… je voulais simplement te revoir. La vengeance n'était plus à l'ordre du jour après cette soirée.

— Ce qui nous ramène donc à la question : pourquoi m'avoir caché ton identité ?

Sans lui laisser le temps de répondre, il fit un pas en avant et s'arrêta devant elle. Un mélange enivrant de colère et de sensualité irradiait de lui, empêchant Barbara de respirer.

— Et pourquoi as-tu traité ma sœur comme tu l'as fait ? Tu l'as repoussée, tu as refusé d'accepter son invitation à l'anniversaire de ma mère…

— J'étais sous le choc à cause de la coïncidence… A ceci près que ce n'était pas une coïncidence, bien sûr ! Tu n'aurais jamais dû mêler Carole à tout ça.

— C'est le seul moyen qui me soit venu à l'esprit pour te forcer à te confier. J'avais besoin de savoir la vérité, de comprendre ce que tu voulais de moi : une véritable relation ou une simple vengeance. Mais quand je te vois habillée ainsi, j'ai ma réponse. Tu as eu ce que tu voulais et tu n'as qu'une hâte, c'est que je débarrasse le plancher. Je me trompe ?

Barbara baissa les yeux, effondrée. Etait-ce déjà la fin de ce qui avait semblé si prometteur, lundi soir ? Avant qu'elle puisse répondre à la question, les mains de Nick s'abattirent telles des serres sur ses épaules.

— Laisse-moi t'aider. Je vais t'offrir la vengeance que tu recherches.

Son visage fut soudain tout proche, ses yeux plongeant dans les siens. Ses lèvres frôlèrent sa bouche, puis la conquirent totalement tandis que ses mains se mêlaient à ses cheveux.

— J'ai envie de toi, Barbara Lamb, souffla-t-il tout en la plaquant contre un mur. Même si je sais que tu veux seulement me faire souffrir, j'ai envie de toi. Je ne peux pas me contrôler. Ça devrait te faire plaisir, non ?

Le cœur de Barbara battait la chamade et elle ne put articuler le moindre mot. Nick l'avait embrassée si soudainement qu'elle n'avait eu d'autre choix que de s'abandonner aux injonctions de ses sens.

Comment pouvait-elle encore réagir à ses caresses, à ses baisers, alors qu'il s'était moqué d'elle ? Sa raison, sa vertu offensée n'avaient-elles donc aucun empire sur son corps ?

La question cessa de la préoccuper lorsque son compagnon déboutonna sa chemise et révéla ses seins tendus, lourds de désir. Avec un soupir de satisfaction, il se pencha pour offrir à chacun l'offrande de ses lèvres.

Barbara renversa la tête, haletante, s'arc-boutant involontairement pour mieux s'offrir à lui. Son sang, dans ses veines, semblait s'être changé en un torrent de lave. Seul comptait à présent le désir qui montait en elle, un désir qu'elle n'avait plus qu'une façon d'arrêter : il lui fallait l'assouvir.

Ce ne fut que lorsque Nick s'attaqua à son jean qu'elle reprit conscience de ce qu'elle était en train de faire. Il allait lui faire l'amour ici, dans l'entrée de son appartement, presque contre la porte. Comment avait-il pu la réduire aussi aisément à cette masse de sensations et d'hormones ? Et qu'attendait-il d'elle, exactement ? Une pure satisfaction sexuelle ?

La douleur qui lui serra le cœur fut si brutale qu'elle éteignit instantanément le brasier de son désir. Horrifiée, elle repoussa son compagnon et arracha ses lèvres aux siennes.

— Non !

— Pourquoi non ? Il n'y a plus de mensonges entre nous. Pourquoi ne pas nous donner une chance ?

Refermant une main sur ses fesses, Nick la plaqua

tout contre lui pour lui faire sentir toute la violence de son érection.

— Ce que nous partageons est unique, murmura-t-il. Tu sais que c'est vrai. Et je ne te laisserai pas t'enfuir, simplement parce que j'ai fait ce que j'ai cru raisonnable de faire il y a neuf ans. Je voulais te protéger, c'est tout.

La protéger ? C'était la meilleure... N'aurait-il pu trouver un autre moyen ? Ou lui parler, à l'époque, pour adoucir la rupture ?

Il mentait ! La seule chose qui était réelle était le désir qu'il éprouvait pour elle. Mais il essayait de la manipuler, tout comme il l'avait manipulée lundi soir et plus tôt dans la journée en l'envoyant chez sa sœur. Nick était simplement prêt à tout pour arriver à ses fins : coucher avec elle.

De toutes ses forces, elle le repoussa avant de s'exclamer :

— Laisse-moi ! Va-t'en d'ici !

Sa violence fit pâlir Nick et, Dieu merci, il n'essaya pas de résister. La mine sombre, il fit un pas en arrière.

— Pourquoi ? demanda-t-il en secouant la tête. Ça te plaisait. Exactement comme lundi soir. Je ne t'ai pas forcée.

— Non. Mais il n'y a pas que le sexe dans la vie.

— Et pourtant, c'est ce que nous avons partagé de plus vrai, de plus honnête et de plus profond.

— C'est vrai, railla Barbara. Et ça en dit long ! Tu prétends m'avoir repoussée dans mon intérêt, il y a neuf ans ? Tu me dégoûtes ! Le seul intérêt qui compte, c'est le tien ! Tu te moques parfaitement de mes sentiments, comme tu t'en moquais autrefois.

Le visage de Nick se crispa aussi sûrement que si elle venait de le gifler. De nouveau, il secoua la tête. Lorsque ses yeux retrouvèrent enfin les siens, ils étaient noirs comme un ciel d'orage.

— J'ai fait ce qu'il y avait de mieux pour toi, à l'époque. Tu étais quelqu'un d'unique. Je ne voulais pas te laisser gâcher ta vie en encourageant ta fixation sur moi. A seize ans, tu avais le monde entier à découvrir, à explorer.

Ce raisonnement posé rouvrit de vieilles blessures. Il parlait comme un adulte expliquant la vie à un enfant déraisonnable. Mais s'il voulait de la logique, elle allait lui en donner !

— Si je comptais tellement pour toi, pourquoi n'as-tu pas essayé de me retrouver, durant toutes ces années ?

La question ne parut pas troubler Nick, qui haussa simplement les épaules.

— La vie sépare les gens. Je me suis laissé entraîner, je me suis consacré presque exclusivement à mes affaires. Je n'ai pas réfléchi.

— Dis plutôt que tu n'as pas une seule fois pensé à moi durant tout ce temps !

— C'est faux, répliqua-t-il fermement. Je ne peux pas changer le passé. Je sais que je t'ai blessée, mais telle n'était pas mon intention.

Désespérée, Barbara sonda son regard à la recherche d'une lueur d'amour, de désir ou même seulement de chaleur. Mais elle n'y vit rien d'autre qu'une noirceur impénétrable.

— Après ça, reprit-il, je me suis dit que j'avais laissé passer ma chance. Qu'il était trop tard pour faire machine arrière. J'aurais voulu avoir une deuxième chance, mais il est apparemment trop tard pour ça.

Plongeant la main dans sa poche, il en sortit un objet qu'elle reconnut aussitôt.

Une montre ! Etait-ce…

— Prends-la, ordonna-t-il d'une voix sourde.

D'une main tremblante, Barbara prit la montre et la retourna lentement. Son nom et celui de Nick étaient gravés au dos. Ainsi, il l'avait gardée pendant toutes ces années…

— Je ne t'ai peut-être pas recherchée, Barbara, mais je ne t'ai jamais oubliée.

Puis, avant qu'elle pût articuler le moindre son, il tourna les talons, franchit la porte et sortit de sa vie.

15.

Une seconde chance…

Barbara espérait, tout en mêlant des paillettes à ses cheveux, que Nick lui en accorderait une. Ce soir, elle allait donner la représentation la plus importante de sa vie. Son avenir avec l'homme qu'elle aimait en dépendait.

Restait à espérer qu'il se rendrait enfin compte que c'était l'espoir qui la guidait, pas la vengeance. Avait-elle tué cet espoir en rejetant ses explications, en refusant ce qu'il lui offrait ?

Reposant sa bombe de paillettes, elle prit la montre qui reposait sur sa table de maquillage. La montre qu'elle lui avait offerte neuf ans plus tôt, et qu'il avait précieusement gardée. Si seulement elle n'avait pas été aussi prompte à le juger et à le condamner…

Mais ce soir, elle tenait sa chance de se racheter. Et elle comptait bien la saisir à deux mains !

Glissant la montre dans son sac en guise de porte-bonheur, elle jeta un dernier coup d'œil à son reflet et partit pour la fête qui allait déterminer son avenir. Leon Webster était passé prendre Sue deux heures auparavant et la soirée devait à présent battre son plein.

Son apparition serait une surprise pour tout le monde, y compris pour Sue. Barbara avait en effet préféré ne pas se confier à son amie de peur que cela ne les entraînât dans d'interminables discussions. Or, elle n'avait pas d'autre choix que de se rendre à cette soirée. C'était sa seule chance de regagner le cœur de Nick. Tout débat était donc inutile.

Ses ailes et une nouvelle baguette magique l'attendaient déjà dans la voiture, ainsi qu'un poste stéréo portatif. Après s'être assurée qu'elle n'avait rien oublié, Barbara s'installa au volant et prit la route de Pymble.

La circulation était fluide mais le trajet lui parut interminable. Enfin, elle atteignit le cul-de-sac où habitaient les Huntley. De nombreux véhicules y étaient garés, ce soir, et elle n'eut d'autre choix que de se garer en plein milieu de la voie. Elle bloquait la sortie mais c'était un problème dont elle se préoccuperait plus tard.

Il lui fallut cinq bonnes minutes par parvenir à enfiler les ailes dans le rail qui les maintenait en place sur son dos. La chose était plus facile avec l'aide de Sue ! Elle y parvint finalement puis, sur des jambes tremblantes, se dirigea vers la maison. Elle n'avait qu'une cinquantaine de mètres à franchir mais elle faillit tourner dix fois les talons.

En arrivant devant la porte, elle constata que la musique semblait venir de l'arrière de la demeure. Parfait, songea-t-elle, vaguement rassérénée. Cela lui permettrait donc de faire une entrée discrète.

Prenant une inspiration, elle appuya sur la sonnette et attendit. Elle espérait que quiconque lui ouvrirait la croirait lorsqu'elle prétendrait avoir été engagée pour faire une surprise à la mère de Nick.

Soudain, elle pâlit. Et si c'était ce dernier qui venait ouvrir ?

A cette idée, Barbara crut que son cœur allait s'arrêter. Elle resta paralysée sur le seuil jusqu'au moment où le battant s'ouvrit, révélant un miracle.

Carole Huntley.

— Barbara ?

Les mots se bousculèrent à ses lèvres et sortirent en un torrent fébrile.

— Je suis venue chanter pour ta mère, comme tu me l'as demandé… Je… je me suis débrouillée.

— Quelle merveilleuse surprise ! Je suis ravie que tu aies pu te libérer. Tu es superbe.

— Merci. Tu pourrais lancer ce disque ? demanda la jeune femme en lui tendant le poste. Tu n'as qu'à appuyer sur *Lecture*.

— Bien sûr.

— La fête est au sous-sol ?

— Non. Mais laisse-moi cinq minutes pour y faire descendre tout le monde. Nous pourrons leur faire exactement la même surprise qu'aux enfants.

— Ce serait parfait.

Puis une ride soucieuse vint barrer le front de Carole.

— Je… je te paierai pour ça, bien sûr.

— Non. Je ne veux pas en entendre parler. C'était un malentendu, l'autre jour. Vas-y et laisse la porte ouverte que je puisse entendre la musique.

Carole hésita un instant avant de hocher la tête.

— Bon. Nous pourrons parler après. Tu comptes rester, n'est-ce pas ?

— Je l'espère, oui…

— Je suis si contente ! s'exclama la sœur de Nick en battant des mains. Bon, laisse-moi cinq minutes, d'accord ?

— Pas de problème. Oh, il y a deux chansons sur le disque. *Joyeux Anniversaire* est la deuxième, alors ne va pas t'imaginer que tu t'es trompée de piste.

— Reçu cinq sur cinq. Maman va être ravie.

Barbara soupira comme Carole s'éloignait. Jusque-là, la chance lui souriait.

A travers le battant, elle entendit la maîtresse de maison donner à tout le monde l'ordre de descendre. Il y eut un brouhaha, puis des bruits de pas, et le silence revint.

Aussi discrètement qu'elle put, Barbara poussa le battant et s'approcha du haut de l'escalier. Lorsqu'elle entendit la musique monter enfin du sous-sol, elle sut qu'il était trop tard pour reculer. Elle se mit à chanter en descendant les marches, mettant toute son âme dans les paroles.

— *Somewhere over the rainbow...*

Jamais sa voix n'avait été si belle, mais Barbara ne le savait pas. Elle chantait sans même en avoir conscience, à présent, descendant les marches avec la dignité d'une reine.

Des murmures d'appréciation accueillirent son apparition. Carole avait disposé les invités en un demi-cercle dont le centre était occupé par les parents de Nick, Judith et Keith. Leurs enfants les entouraient : Nick, Danny, Carole et son mari.

Tous souriaient à la notable exception de Nick mais Barbara fit de son mieux pour ne pas le regarder. Son cœur battait la chamade et elle espéra que sa voix n'allait pas la trahir. Du coin de l'œil, elle vit Sue lui adresser un sourire encourageant et se détendit quelque peu.

Nick comprendrait-il qu'après l'orage, un merveilleux arc-en-ciel apparaissait parfois ? Qu'il était possible d'oublier le passé aussi sûrement qu'un ciel bleu effaçait la tempête ?

Un tonnerre d'applaudissements accueillit sa performance lorsque la chanson prit fin. Le visage de Keith Armstrong trahissait une émotion réelle et les yeux de sa femme étaient baignés de larmes. Barbara, presque malgré elle, jeta un nouveau regard vers Nick.

Il ne souriait toujours pas mais sa tête était légèrement inclinée sur le côté, ses yeux rivés sur elle. Un changement subtil semblait s'être produit en lui. D'hostile, son expression était devenue pensive. Une lueur d'espoir se réveilla en Barbara.

Carole demanda le silence à grands signes comme l'air de *Joyeux Anniversaire* commençait. Barbara se remit à chanter tout en s'avançant vers Judith, sa baguette magique levée. Lorsque la musique s'arrêta, Barbara commanda :

— Faites un vœu...

Puis elle déversa une pluie de paillettes sur la mère de Nick.

— Joyeux anniversaire, souffla-t-elle en se penchant pour l'embrasser sur la joue.

— Merci, Barbara. C'était formidable.

— C'est notre chanson, intervint Keith. *Over the Rainbow*. Tu l'as mieux chantée encore que Judy Garland. Merci, Barbara. Nous sommes ravis de te revoir.

Rougissant de plaisir, Barbara sourit.

— Merci à vous.

— Carole, reprit Keith en se tournant vers sa fille. Tu peux remettre cette chanson ? Nous allons danser.

En s'écartant pour les laisser gagner le centre du demi-cercle, Barbara se retrouva près de Danny. Il lui sourit de toutes ses dents, le regard pétillant. C'était à présent un bel homme, visiblement sûr de lui et de son charme.

— Tu as une voix magnifique. Ravi de te revoir, Barbara. Tu es toujours aussi splendide.

Il ne bégayait plus. Comme son frère, il dégageait une sensualité presque palpable. A ceci près que Barbara y restait insensible.

La musique se fit de nouveau entendre. Aussitôt, Danny proposa :

— Tu danses avec moi ?

— Non ! fit une voix dans leur dos.

Danny pivota, stupéfait. Nick se tenait derrière lui, la mine sombre.

— Pas cette fois, Danny. Barbara ne t'est pas destinée. Elle ne l'a jamais été. Et c'est avec moi qu'elle va danser. Alors va te trouver quelqu'un d'autre.

Danny fixa son frère, bouche bée et visiblement dérouté par la violence de sa réaction.

— Eh, calme-toi ! Je voulais seulement…

— Marcher sur mes plates-bandes, comme il y a neuf ans.

Danny s'empourpra sous le coup de l'accusation.

— Mais qu'est-ce qui te prend ? Tout ça, c'est de l'histoire ancienne !

— Pas pour moi. Bas les pattes.

Avec un haussement d'épaules, Danny s'éloigna. Nick attira aussitôt une Barbara médusée contre lui, encerclant sa taille d'un bras possessif.

— Dis-moi que ce n'est pas un jeu, Barbara, murmura Nick.

Elle leva les yeux vers lui, le cœur battant d'un fol espoir.

— Non, ce n'est pas un jeu.

Au même instant, Judith et Keith Armstrong passèrent en virevoltant près d'eux.

— Alors, tous les deux, vous ne dansez pas ?

Plutôt que de continuer à attirer l'attention, Nick l'entraîna sur la piste improvisée. Barbara frémit, presque douloureusement consciente du corps d'acier plaqué contre le sien.

— C'est un nouveau départ que tu me proposes ? murmura son compagnon, penchant la tête pour lui parler à l'oreille.

Elle hésita, en proie à une soudaine panique. Etait-ce ce qu'il voulait ? Ou attendait-il d'elle un aveu de complète reddition pour mieux la rejeter ?

Elle n'avait pas d'autre choix que de dire la vérité.

— Je n'aurais pas dû me présenter à toi sous un faux nom. Je suis désolée. C'est simplement que… je me sentais si vulnérable…

Il la dévisagea pendant ce qui parut à Barbara une éternité. Puis il soupira profondément, mêlant ses doigts à ses cheveux.

— Non, c'est ma faute. J'ai voulu précipiter les choses. J'aurais dû te laisser plus de temps.

Il parlait du passé, pas de l'avenir. Et lorsqu'il la relâcha, Barbara en éprouva un terrible sentiment de solitude. C'était fini. Ils n'auraient pas de seconde chance.

Alors Nick lui prit la main, la serra farouchement et murmura :

— Viens avec moi.

Sans attendre sa réponse, il l'entraîna vers l'escalier en fendant la foule des invités. Ils traversèrent le salon et, par une baie vitrée grande ouverte, émergèrent sur une terrasse à l'arrière de la maison. La seule lumière provenait de l'éclairage de la piscine.

— Nous devrions être tranquilles, ici. Je veux que tu comprennes une chose, Barbara…

— Q-Quoi ?

— Ce que j'ai fait il y a neuf ans…

Posant un doigt sur ses lèvres, elle l'interrompit.

— Ça n'a pas d'importance.

Avec tendresse, il lui prit la main et la rabaissa.

— Justement, si. C'est une question de confiance. Je ne veux pas faire comme s'il ne s'était rien passé. Je veux que tu saches que tu as toujours énormément compté pour moi. Même quand tu n'étais qu'une adolescente. Le regard que tu posais sur moi…

— Je te vénérais. Je conçois que ça ait pu être embarrassant.

— Non. Du moins, pas au sens où tu l'entends. Tu me donnais l'impression de m'offrir un amour incroyablement pur. Quelque chose d'unique. Et je pense m'en être nourri jusqu'au moment où je me suis rendu compte que je risquais de gâcher ta vie. C'est pour ça que j'ai pris mes distances. Je n'ai jamais eu l'intention de te faire souffrir. Et moi-même, j'en ai payé le prix pendant neuf ans. Aucune femme n'a pu me faire ressentir ce que tu m'avais fait ressentir. Jusqu'au moment où une fée m'a embrassé, le soir de mon anniversaire. C'était magique. Même si je ne savais pas encore que c'était toi…

— Je sais… J'ai éprouvé la même chose. Alors que je n'étais venue que dans l'espoir de solder nos comptes.

— Oh, Barbara…

Ils s'embrassèrent farouchement, passionnément. Ce baiser leur soufflait que le passé, enfin, ne comptait plus. Il n'y avait que le présent et le long voyage qui s'offrait à eux.

— Je ferai tout ce qui est en mon pouvoir pour regagner ta confiance, reprit Nick d'une voix rauque d'émotion.

— Ne me chasse plus de ta vie, Nick.

— Jamais ! lui promit-il.

Il scella sa promesse d'un nouveau baiser. Barbara sentit son cœur gonfler d'une joie immense, de tout l'amour qu'elle avait chéri et entretenu pendant toutes ces années.

— Nick ? Barbara ? fit soudain la voix de Carole, depuis l'intérieur de la maison.

A contrecœur, ils se séparèrent.

— Ici ! appela Nick. Que se passe-t-il ?

— Je vais apporter le gâteau de maman. Je voudrais que vous soyez là.

— Nous arrivons !

Tournant un regard brillant vers Barbara, il demanda :

— Tu es prête à affronter ma famille ?

— Et toi ?

— Bien sûr. Je serais ravi de t'avoir à mes côtés. Je veux que tout le monde t'y voie.

— Dans ce cas, j'en serai très heureuse, moi aussi.

Mais Nick ne manifesta aucune hâte de rentrer. Il continua de la regarder, dans la lumière mouvante qui venait de la piscine.

— Je vais veiller sur toi, promit-il, lui effleurant la joue du pouce.

— Je te fais confiance.

— C'est le début de notre relation, alors…

— Oui.

Bras dessus, bras dessous, ils regagnèrent le salon, émergeant enfin des ténèbres.

16.

— Tous mes vœux de bonheur, Nick, fit Leon en levant sa coupe de champagne.

— Merci, mon vieux.

Tous deux se tenaient à l'extérieur du chapiteau dressé sur Observatory Hill. Barbara et Sue étaient allées se rafraîchir et Nick ne voulait pas commencer à circuler parmi les invités sans sa nouvelle épouse.

— Quand je pense que tu as retrouvé Barbara il y a quatre mois à peine, reprit Leon. On peut dire que vous ne perdez pas de temps, tous les deux.

— Tu ne te débrouilles pas mal non plus, ironisa Nick, à en juger par le diamant que j'ai vu briller au doigt de Sue.

Son ami rougit comme une pivoine. Nick lui décocha une grande tape dans le dos et l'étreignit affectueusement.

— Eh, qu'est-ce que vous faites dehors ?

Les deux hommes se tournèrent. Danny s'approcha, un large sourire aux lèvres. Il avait tenu son rôle de témoin de Nick à la perfection.

— Nous attendons nos dulcinées, répondit Leon. Elles sont allées se repoudrer le nez.

— Nez qu'elles ont fort joli, je dois dire. Vous avez tous les deux décroché le gros lot avec Barbara et Sue.

— Sans rancune, Danny ? se sentit obligé de demander Nick.

Son frère parut un instant dérouté, puis comprit le sens de sa question.

— A propos de Barbara ?

— Tu étais très épris d'elle autrefois.

— C'est du passé, j'étais un gamin à l'époque. Franchement, je suis ravi pour vous.

Comme Nick arborait une mine perplexe, Danny soupira :

— Vous êtes faits l'un pour l'autre. Je ne m'étais pas rendu compte que je vous pourrissais la vie, autrefois. Je regrette. Mais tout est bien qui finit bien…

Danny lui tendit une main que Nick serra chaleureusement.

— Merci, petit frère.

Au même instant, Barbara et Sue tournèrent au coin du chapiteau et aperçurent les trois hommes.

— Leon ! appela Sue en désignant l'entrée. Le groupe joue un rock. On danse ?

— Il suffit de demander, ma belle !

Leon passa sa coupe à Danny puis, d'une démarche exagérément chaloupée, s'approcha de sa fiancée. Habillée d'une robe en lamé vert qui soulignait ses courbes sensuelles, Sue était plus ravissante que jamais. Avec panache, Leon la prit dans ses bras et la fit virevolter vers l'intérieur du chapiteau, où ils disparurent en riant.

— Tu veux danser, toi aussi ? demanda Nick à sa nouvelle épouse.

— Je préférerais rester un moment tranquille avec toi…

— J'ai compris le message, s'exclama Danny en soulageant son frère de sa coupe de champagne. Un bon témoin sait quand s'éclipser…

Nick le regarda s'éloigner, un sourire aux lèvres, avant de reporter son attention sur sa femme. Qu'elle était belle dans sa robe de mariée… De nouveau, elle ressemblait à une fée, comme lors de leurs retrouvailles à cet endroit même, quatre mois plus tôt à peine.

Il sentit son cœur bondir en réponse à l'amour qu'il lut dans ses yeux. Il y vit aussi de la confiance, cette confiance qu'il avait su reconquérir. Ouvrant les bras, il l'attira à lui et l'embrassa délicatement sur les lèvres.

— Tu portes la montre que je t'ai donnée, murmura-t-elle. Je ne l'ai remarqué que quand tu as porté un toast à mes parents…

— Je tenais à la porter aujourd'hui. Tu as toujours été l'élue de mon cœur, Barbara. Il n'y en a jamais eu d'autre.

— Pour moins non plus, murmura-t-elle, émue.

Et c'était la chose la plus magique, songea Nick en l'embrassant de nouveau. La façon dont le destin les avait réunis et leur avait donné une seconde chance.

Il était l'homme le plus heureux du monde. Et il comptait bien passer le restant de ses jours à partager ce bonheur avec celle qui en était la source.

Sa femme. L'élue de son cœur. L'amour de sa vie.

collection *Azur*

Ne manquez pas, dès le 1er juin

***POUR UNE NUIT DE PASSION**, Heidi Rice* • *N°3475*

Puisque Nick Delisantro ignore toutes ses tentatives pour le joindre, Eva a décidé de passer au plan B : ce soir, elle se rendra au vernissage auquel il doit assister, et lui parlera. Car, après des mois de recherches pour retrouver le dernier héritier du comte De Rossi, le vieil homme pour lequel elle travaille, elle entend bien obtenir un rendez-vous. Mais, si elle sait tout, ou presque, de l'histoire familiale de Nick, Eva n'était pas préparée à affronter son charme ténébreux. Incapable de résister au désir fou qu'il lui inspire immédiatement, elle s'abandonne, entre ses bras, à une nuit de passion. Mais, au matin, Eva sent la panique l'envahir : c'est non seulement son emploi qu'elle vient de mettre en péril, mais aussi son cœur…

***LA BRÛLURE D'UN BAISER,** Lindsay Armstrong* • *N°3476*

Play-boy & Milliardaire

Depuis toujours, Mia sait que le monde est divisé en deux catégories de personnes : les play-boys richissimes et flamboyants, comme Carlos O'Connor, et les gens comme elle, la fille de la gouvernante, presque invisibles. Un jour pourtant, il y a cinq ans, Carlos a posé les yeux sur elle. Et Mia n'a jamais oublié le désir qui brillait alors dans son regard, ni la douceur de ses lèvres sur les siennes. Mais, persuadée qu'il se lasserait vite d'elle, et terrifiée par les sentiments qu'il lui inspirait, elle a préféré prendre la fuite. Aujourd'hui, hélas, elle pressent que son passé est sur le point de la rattraper. Car la petite agence d'événementiel qu'elle a créée a été choisie pour organiser le mariage de la sœur de Carlos…

***UNE BOULEVERSANTE MÉPRISE**, Michelle Conder* • *N°3477*

Séjourner dans le plus bel hôtel particulier de Londres, en compagnie du meilleur parti de la ville… qui pourrait croire que cela s'apparente à de la torture pour Lily ? Hélas, non content d'être outrageusement beau, Tristan Garrett est aussi l'homme avec lequel elle a voulu croire, des années plus tôt, à un avenir radieux, avant qu'il ne la bannisse soudainement de sa vie. Aujourd'hui, alors qu'elle a tout perdu, Lily n'a d'autre choix que d'accepter son aide – et son hospitalité… Mais comment supporter, jour et nuit, l'hostilité et le mépris de cet homme qu'elle n'a jamais oublié, mais qui ne fait rien pour lui cacher qu'il ne l'aide qu'à contrecœur ?

UN HÉRITIER POUR LE PRINCE, Lucy Monroe • *N°3478*

Attendre l'enfant du prince Maksim de Volyarus aurait dû être une joie pour Gillian. Maksim n'est-il pas l'amour de sa vie, l'homme qu'elle devait épouser ? C'était du moins ce qu'elle croyait voilà quelques semaines encore, jusqu'à ce jour atroce où les médecins leur ont annoncé qu'elle ne pourrait peut-être pas avoir d'enfant. A la minute même, Maksim a brutalement rompu leurs fiançailles. Dans ces conditions, comment pourrait-elle faire comme si de rien n'était et l'épouser, comme il l'exige maintenant qu'elle porte son héritier ? Car elle sait à présent que leur histoire n'a aucune valeur pour cet homme qui fera toujours passer son devoir avant elle et leur enfant…

LE CHANTAGE D'UN SÉDUCTEUR, Victoria Parker • *N°3479*

Quand elle comprend que l'homme si séduisant qui vient de pénétrer dans son bureau est envoyé par ses parents pour la ramener à Arunthia, Claudia n'a qu'une envie : le mettre à la porte. Sa vie est ici, à Londres, où elle se consacre jour et nuit à un travail qui la passionne, et certainement pas à la cour d'Arunthia, où seule l'attend une vie de devoirs et d'obligations. Mais lorsque Lucas lui propose une importante somme en échange de son retour, Claudia sent sa résolution vaciller. N'a-t-elle pas terriblement besoin de cet argent pour mener à bien le projet qui lui tient tant à cœur ? La mort dans l'âme, elle se résout à céder au chantage de cet homme dont la proximité la trouble profondément, et à le suivre, pour trois semaines, à Arunthia...

AU PIÈGE DE LA TENTATION, Cathy Williams • *N°3480*

Dès qu'elle s'est installée à la campagne, Heather s'est prise d'amitié pour Daniel, le petit garçon qui vit avec sa grand-mère dans la maison voisine. Elle imagine bien le genre d'homme que doit être Leonardo West, le père de l'enfant : un homme entièrement dévoué à ses affaires, riche, puissant et sans cœur. Aussi, quand elle le rencontre enfin, n'hésite-t-elle pas à lui dire vertement ce qu'elle pense de sa conduite. Mais quand Leonardo lui demande, quelque temps plus tard, de s'occuper de son fils, Heather sent la panique l'envahir. Si elle n'a pas le cœur d'abandonner le petit garçon à son sort, elle n'en est pas moins convaincue qu'elle doit se tenir à distance de Leonardo et des sentiments brûlants qu'il éveille en elle, en dépit de toute raison.

LA FIANCÉE INTERDITE, Sharon Kendrick • *N°3481*

Francesca ? Comment la petite sauvageonne qui grimpait aux arbres a-t-elle pu se métamorphoser en cette femme envoûtante ? Et, surtout, que fait cet imposant diamant à son doigt ? Zahid refuse de croire que celle qui n'était hier encore qu'une adolescente puisse être aujourd'hui fiancée. Mais son étonnement n'est rien face à la colère qu'il ressent en découvrant celui qu'elle doit épouser, un homme vil et intéressé. Pour empêcher ce mariage, Zahid décide de tout faire. Sans pouvoir se défaire d'un désagréable sentiment : ne se ment-il pas à lui-même en prétendant agir pour le bien de Francesca ? Car la voir fiancée à un autre éveille en lui un élan possessif et primaire. Un élan auquel il ne peut céder : en tant que cheikh de Khayarzah, il se doit entièrement à son pays et à son peuple...

L'ORGUEIL DE ZANDER VOLAKIS, Sarah Morgan • *N°3482*

Lorsqu'il découvre le visage de la femme engagée pour le débarrasser de son image de play-boy, Zander Volakis sent une colère noire l'envahir. Car ce n'est pas n'importe quelle femme, c'est *sa* femme. Celle qui a su, cinq ans plus tôt, avec son corps somptueux et son regard innocent, obtenir de lui ce qu'il avait refusé à tant d'autres... avant de le trahir de la pire des façons. Mais aujourd'hui, pour conclure une importante affaire, il doit à tout prix restaurer son image. Alors, c'est décidé : Lauranne travaillera pour lui et ensuite, seulement, il lui accordera le divorce qu'elle réclame. Mais, avant cela, il compte bien la mettre dans son lit et oublier, une bonne fois pour toutes, celle qui n'a jamais cessé de hanter ses nuits...

***UN IRRÉSISTIBLE DÉFI**, Lynne Graham* • *N°3483*

- Amoureuses et insoumises - 1ère partie

Quand elle apprend que Mikhail Kusnirovich, l'homme si séduisant qui lui a volé un brûlant baiser, quelques semaines plus tôt, a acheté la maison dans laquelle elle vit, Kat sent une colère sourde l'envahir. Car, elle n'en doute pas : ce séducteur impitoyable cherche à se venger parce qu'elle a repoussé ses avances. Comment, sinon, expliquer l'odieux marché qu'il lui propose : il lui rendra sa maison si elle passe un mois avec lui, sur son yacht. Comment refuser, alors que Birkside est le seul foyer qu'elle et ses sœurs aient jamais eu ? Mais si elle a eu la force de repousser Mikhail une fois, en dépit du désir fou qu'il lui inspire, Kat se demande avec angoisse si elle en sera capable pendant tout un mois...

***LE SECRET DE VALENTINA**, Abby Green* • *N°3484*

- La fierté des Corretti - 3ème partie

A la mort de son frère, Valentina s'est fait deux promesses : vouer une haine éternelle à Gio Corretti, l'homme responsable de ce terrible accident, et protéger ses parents, si affectés par cette perte. Aujourd'hui, hélas, alors que sa petite entreprise est au bord de la faillite, un seul homme peut l'aider : Gio. Si elle veut offrir à ses parents la vie meilleure qu'ils méritent, elle va devoir se résoudre à lui demander du travail. Mais à peine croise-t-elle le regard de Gio que Valentina comprend que les sentiments troublants qu'il a toujours éveillés en elle sont plus puissants que jamais. Dans ces conditions, comment travailler pour cet homme qu'elle s'est juré de haïr… et avec lequel tout avenir lui est interdit ?

Best-Sellers n°605 • suspense

La coupable parfaite - Laura Caldwell

A Chicago, une femme est accusée d'avoir empoisonné sa meilleure amie dans le but de lui ravir son mari. Aux yeux de la police, la culpabilité de la prévenue ne fait aucun doute. En revanche, pour l'intrépide et brillante avocate Izzy McNeil, qui se lance alors dans sa première affaire pénale, rien n'est moins sûr. Sa cliente a beau se montrer étrangement secrète, Izzy n'est pas du tout convaincue par la thèse du crime passionnel. A tel point qu'elle décide de mener sa propre enquête pour éclaircir les zones d'ombre et découvrir la vérité. Mais ce qui s'annonce comme l'affaire de sa carrière ne pouvait pas tomber plus mal car la vie personnelle d'Izzy est en plein chambardement : son ex-fiancé fait un retour retentissant alors même qu'elle tente de construire une nouvelle histoire d'amour.

Entre sombres secrets et passions inavouables, Izzy plonge peu à peu dans un monde où les relations aux allures inoffensives peuvent se révéler dangereuses…

Best-Sellers n°606 • suspense

Dangereux faux-semblants - Heather Graham

Pétrifiée, Madison Darvil ne peut détacher son regard de l'épaisse flaque de sang qui macule le sol. Qui rôdait cette nuit dans les sous-sols sinueux des studios de cinéma où elle travaille, et a sauvagement égorgé la belle Jenny Henderson, une jeune actrice dont la carrière était en train de décoller ? La police soupçonne le petit ami de Jenny, mais Madison, elle, refuse de croire à sa culpabilité : jamais celui qu'elle considère comme son petit frère n'aurait pu commettre un crime aussi odieux ! Parce qu'elle veut à tout prix qu'il soit innocenté, mais aussi parce qu'elle veut faire enfermer le criminel qui peut de nouveau – et à tout instant – frapper, Madison accepte d'apporter son aide à Sean Cameron, l'agent du FBI dépêché sur place. Un homme auréolé de mystère qu'elle peine à cerner… et dont la présence la trouble plus encore quand il lui révèle qu'il connaît son secret et que, comme elle, il a le pouvoir de communiquer avec les morts.

Best-Sellers n°607 • roman

L'héritage des Granger - Brenda Jackson

Des années plus tôt, Jace, Caden et Dalton Granger ont laissé derrière eux Charlottesville, la maison de leur enfance, et les terribles souvenirs qui y sont attachés. Mais, aujourd'hui, ils sont de retour pour exaucer le dernier souhait de leur défunt grand-père : sauver l'entreprise dans laquelle des générations de Granger ont mis toute leur énergie et leur passion.

Lorsqu'il découvre que *Granger Aeronotics*, qu'il a toujours connue florissante et à la pointe du progrès, est aujourd'hui au bord de la faillite, Jace n'a qu'une envie : claquer la porte et retourner à la vie qu'il s'est construite loin de Charlottesville. Hélas, comment le pourrait-il alors qu'il a solennellement juré à son grand-père, sur son lit de mort, de reprendre les rênes de l'entreprise familiale ? S'il veut sauver *Granger Aeronotics* et démasquer le traître qui a vendu certains de leurs secrets de fabrication à leur plus grand concurrent, Jace n'a qu'une solution : faire appel à Shana Bradford, la meilleure consultante de la ville.

Mais à peine pose-t-il les yeux sur la jeune femme qu'il pressent que cette collaboration sera bien plus difficile qu'il ne l'avait envisagé. Comment consacrer toute son énergie à sauver *Granger Aeronotics*, comme la situation l'exige, alors que les formes pulpeuses, la voix douce et le regard lumineux de Shana l'obsèdent jour et nuit ?

Best-Sellers n°608 • historique

La scandaleuse - Nicola Cornick

Londres, Régence

Susanna, en chair et en os ? Impossible ! Et pourtant… James Devlin, stupéfait, doit se rendre à l'évidence : c'est bien sa première épouse qui rit et danse avec insouciance au bal le plus prisé de la saison, et qui fait mine de ne pas le reconnaître ! Comment Susanna ose-t-elle réapparaître ainsi comme si de rien n'était, après avoir disparu sans laisser de traces, neuf ans plus tôt, au lendemain de leur nuit de noces ? Et comment peut-elle croire que se présenter sous un faux nom suffirait à le tromper, lui ?

Alors que la colère le submerge avec la même force qu'autrefois, James se jure que Susanna ne quittera pas ces lieux sans lui avoir donné l'explication qu'il attend depuis neuf ans. Ni sans lui avoir avoué ce qu'elle fait aujourd'hui au bras de l'un des célibataires les plus en vue de Londres. Car même s'il refuse de se l'avouer, il ne peut supporter l'idée que Susanna soit à un autre homme que lui…

Composé et édité par les
éditions HARLEQUIN
Achevé d'imprimer en avril 2014

BRODARD & TAUPIN

La Flèche
Dépôt légal : mai 2014

Imprimé en France